MÉMOIRES

SECRETS

POUR SERVIR A L'HISTOIRE
DE LA
RÉPUBLIQUE DES LETTRES
EN FRANCE,

DEPUIS MDCCLXII JUSQU'A NOS JOURS;

OU

JOURNAL

D'UN OBSERVATEUR,

CONTENANT les *Analyses des Pieces de Théâtre qui ont paru durant cet intervalle* ; *les Relations des Assemblées Littéraires* ; *les notices des Livres nouveaux, clandestins, prohibés* ; *les Pieces fugitives, rares ou manuscrites, en prose ou en vers* ; *les Vaudevilles sur la Cour* ; *les Anecdotes & Bons Mots* ; *les Eloges des Savants, des Artistes, des Hommes de Lettres morts, &c. &c. &c.*

TOME VINGT-SEPTIEME.

. . . . *huc propius me,*
. . . . *vos ordine adite,*
Hor. L. II. Sat. 3. ℣. 81 & 82.

A LONDRES,

CHEZ JOHN ADAMSON.

M. DCC. LXXXVI.

MÉMOIRES

SECRETS

Pour servir a l'Histoire de la République des Lettres en France, depuis MDCCLXII, jusqu'a nos jours.

ANNÉE M. DCC. LXXXIV.

13 Novembre 1784. EXTRAIT d'une lettre de Constantinople, du 12 octobre. Une de mes principales remarques depuis que je suis ici, c'est que l'athéisme y a fait de grands progrès, en proportion autant qu'ailleurs, sur-tout depuis que le projet d'adopter la tactique européenne a multiplié les étrangers à Constantinople. Ainsi, les Turcs en acquérant nos connoissances militaires, perdront leur religion, & même toute leur religion : lequel vaut le mieux ?

13 Novembre. M. *Menc*, maître des requêtes,

vient de périr par accident chez son confrere M. *Laurent de Villedeuil* ; il étoit connu dans la littérature par une traduction de *Machiavel* & un discours préliminaire, où il venge ce grand politique de la mauvaise réputation qu'on lui a donnée. Ses amis assurent qu'il y a des choses dignes de la profondeur des vues de *Montesquieu*. Quoi qu'il en soit, c'étoit un homme d'esprit & de mérite, mais sans fortune ; ce qui le faisoit souvent gauchir dans ses fonctions de magistrature.

M. *Menc* étoit d'une ancienne & bonne famille de Provence ; il étoit membre du parlement d'Aix, & quitta lors de la révolution pour passer au conseil, & achetant à crédit une charge de maître des requêtes. L'intrigue & la souplesse lui avoient valu les bonnes graces de M. le garde-des-sceaux. Ce chef de la justice cherchoit à le soutenir en lui procurant des places ou des fonctions utiles. C'est ainsi qu'il l'avoit mis dans le nouveau bureau des Quinze-vingts ; il étoit en outre d'une nouvelle commission pour la recherche, la collection, la réunion & l'interprétation de toutes les ordonnances de nos Rois.

13 *Novembre*. Relation de la séance publique tenue aujourd'hui par l'académie royale des sciences, pour sa rentrée d'après la S. Martin.

Le public en entrant a d'abord observé avec satisfaction un ballon suspendu à la voûte de la salle ; il a jugé qu'il seroit question de ces machines dont il est si fort enthousiaste. Ce ballon a même servi de joujou pour le désennuyer jusques au moment de l'ouverture de la séance ; on le descendoit de temps en temps, afin de le bourrer d'air inflammable, & c'étoient des brouhaha, des cris de joie qui ne finissoient pas. A chaque fois cependant il se répandoit une odeur infecte, qui obligeoit d'ouvrir les fenêtres.

Messieurs étant en place, il n'y a eu aucune annonce de prix, soit décerné, soit à décerner; le secrétaire est entré tout de suite en matiere, & la durée de la séance a été entièrement remplie & au-delà par la lecture de quatre éloges & de quatre mémoires.

Dans les premiers, M. le marquis de *Condorcet* a soutenu la réputation qu'il s'est déjà si justement acquise en ce genre. MM. *Morand*, *Bezout*, *Macquer* & le comte *Tressan*, de onze confreres auxquels il avoit à payer le tribut, ont été ceux qui se sont trouvés en rang pour passer.

L'éloge de M. *Morand* a été court. C'étoit un médecin, fils du fameux chirurgien du même nom. Les morceaux qui ont frappé dans ce discours, sont lorsque le panégyriste a peint son héros, amateur de toutes les sciences, les effleurant toutes; ce qui l'a empêché de se distinguer dans aucune à certain point; embrassant la médecine pour avoir un état, sans vouloir la pratiquer, comme propre à lui donner occasion d'acquérir les vastes connoissances dont il étoit avide. L'endroit où, à l'occasion des mémoires assez étendus de M. *Morand* sur le charbon de terre, le marquis de *Condorcet* disserte en homme d'état sur la disette du bois à Paris & en France, & veut en assigner la cause, n'a pas été du goût de bien des politiques. Ses raisonnements ont paru mal-adroits & tirés de trop loin. Tout

A 3

le monde n'a pas été auſſi fort content de la digreſſion ſur la ſociété royale de Médecine, pour laquelle on lui reproche une complaiſance ſecrete. Il n'a pu cependant ne pas rendre juſtice à l'attachement de M. *Morand* envers la faculté, attachement qui ne lui a pas permis de reſter chez cette rivale, dès qu'elle a voulu s'élever contre ſa mere. Enfin, la peinture d'un directeur de compagnie par où il termine, a réuni tous les ſuffrages ; il a repréſenté M. *Morand* comme un modele en ce genre, joignant la fermeté à la douceur, & ſachant ſe faire aimer de tous ſes confreres, ſans jamais courber la regle au caprice de perſonne.

L'éloge de M. *Bezout* n'a pas été plus long. Il fourniſſoit peu. Cependant l'auteur a eu l'art d'y faire venir des digreſſions qui ont attaché dans ce ſujet aride. Celle, par exemple, où il excuſe les difficultés ſouvent fondées en raiſon de la part des parents qui s'oppoſent au goût peu réfléchi & nuiſible de leurs enfants pour la carriere des lettres ou des ſciences, a paru préſentée ſous un aſpect nouveau & piquant ; mais le morceau vraiment applaudi & qui a emporté tous les ſuffrages, c'eſt le détail dans lequel, à l'occaſion du choix fait de M. *Bezout* par le miniſtre pour examinateur des gardes-marine & des éleves de l'artillerie ; il développe les diverſes parties, non-ſeulement du talent, mais du génie qu'exige un pareil emploi : M. *Bezout*, malgré ſes frayeurs de la petite-vérole qu'il n'avoit point eues, allant interroger auprès de leur lit deux jeunes gens attaqués de cette maladie, pour qu'un pareil retard ne nuiſît pas trop à leur avancement, & les jugeant dignes du ſacrifice qu'il leur faisoit, est une anecdote à conserver, & que le panégyriste a rendu plus intéressante encore par l'onction qu'il a mise dans son récit.

M. *Macquer* étoit un chymiste qui a beaucoup écrit en ce genre ; ce qui a donné lieu au Marquis de *Condorcet* d'entrer dans une infinité de détails sur cette science si amusante & si à la mode aujourd'hui. La peinture de l'union qui régnoit entre un héros & un frere, homme de lettres, auquel il a survécu dans les larmes & la douleur, a serré le cœur de tous les spectateurs sensibles. Celle de M. *Macquer*, avec toutes les qualités les plus sociables, n'aimant que son intérieur, & y rentrant toujours avec plaisir & le plus qu'il pouvoit, est un tableau non moins touchant & plus philosophique. Enfin, ce savant recelant en lui-même une cause de mort dont il éprouvoit journellement les effets sans la connoître, calculant les approches du terme fatal, en prévenant sa femme & ordonnant que son corps fût ouvert, afin de pouvoir être utile peut-être à l'humanité, même après son trépas, a mis le comble à l'attendrissement & à l'admiration de l'assemblée.

M. le marquis de *Condorcet* a changé absolument de ton pour son dernier éloge ; il s'agissoit d'un homme de grande qualité, d'un guerrier lieutenant-général des armées du roi ; il a embouché, en quelque sorte, la trompette, & a débuté par un éloge pompeux des ancêtres de son héros. Outre ce morceau qui distingue ce panégyrique des autres déjà prononcés plusieurs fois à la gloire du défunt, le secrétaire a trouvé le moyen de s'en ménager plusieurs qui n'avoient pas été employés. Ce qu'on peut lui reprocher, c'eſt d'avoir plus parlé du courtiſan & de l'homme de lettres, que du ſavant ; il n'a pas diſſimulé que ſon héros avoit peu de titres à cette derniere qualité. Quelques diſſertations ſur l'électricité au moment où elle devient l'objet des recherches de tous les phyſiciens, commé aujourd'hui les différentes ſubſtances acriformes, furent le prétexte plutôt que le motif fondé de ſon admiſſion à l'académie des ſciences. A en croire M. de *Condorcet*, le comte de *Treſſan*, quoique neveu & éleve de deux évêques, n'en étoit pas plus religieux. C'eſt ce que lui reprocha le jéſuite *Menou*, lors de la fondation de l'académie de Nancy, à laquelle ne contribua pas peu M. de *Treſſan*. Il y pro- nonça différents diſcours, & le jéſuite, confeſ- ſeur du roi *Staniſlas*, l'accuſa de s'y être montré exceſſivement hardi dans ſes opinions. Le roi de Pologne lui en fit des reproches. « SIRE, lui » répondit l'accuſé, je ſupplie votre majeſté de » ſe reſſouvenir qu'il y avoit trois mille moines » à la proceſſion de la ligue, & pas un philo- » ſophe. » M. de *Condorcet*, dont la plume eſt naturellement amere & ſatirique, n'omet jamais de pareils traits, & avec d'autant plus de raiſon, qu'ils enchantent toujours l'auditoire.

Une choſe fort remarquable dans ces quatre éloges, c'eſt qu'il n'eſt queſtion dans aucun que le héros ait fait une fin chrétienne : point d'extrême-onction, de viatique, de confeſſeur même ; on en infere avec aſſez de vraiſemblance qu'ils ont tous été philoſophes juſques au bout.

M. *Demareſt* a lu le premier mémoire *ſur la cauſe de la diſtinction & de la ſéparation des couches de la terre, & ſur les conſéquences qui en résultent.* Les moyens qu'emploie la nature sont simples & uniformes. On n'a pas deviné son secret, quand on assigne de grandes causes à la plupart des effets qu'elle produit. C'est ce que prétend M. *Demarest* dans son mémoire. Il n'y offre qu'une très-légere esquisse des observations qu'il a faites depuis vingt ans sur cette partie de l'histoire naturelle ; il s'est contenté d'y présenter ses vues générales, & il a très-bien fait. Cette matiere aride n'étoit guere propre à intéresser le très - grand nombre des auditeurs.

Le second mémoire d'astronomie est de M. de *Cassini* : son but est *la vérification des nouvelles découvertes faites en Angleterre sur les étoiles doubles.* C'est avec des lunettes qui grossissent des milliers de fois l'objet plus que les autres, qu'on a fait ces observations. Il a été sur-tout question de la planete de *Harschel.* Tout ce mémoire fort sec & fort ennuyeux, a été peu écouté.

L'attention a été singuliérement réveillée par le mémoire de M. *Sabatier* sur un grand nombre de morsures qu'avoit faites à une même personne un chien enragé, traitées avec succès. C'est qu'il intéressoit puissamment tous les auditeurs. La cautérisation est le moyen employé par M. *Sabatier* : avant lui on le regardoit purement comme auxiliaire, & il a éprouvé qu'il étoit curatif, & peut-être le meilleur qu'on pût employer.

L'auteur commence par établir l'état affreux du malade, qui portoit sur lui soixante-quinze morsures ou égratignures. Nul doute que l'animal dont il avoit été si horriblement déchiré, ne fût enragé, puisqu'un jardinier mordu peu

avant une seule fois par le même chien, étoit
mort peu après d'une hydrophobie bien avé-
rée.

M. *Sabatier* entre ensuite dans tous les détails
de son procédé très-violent, dont le succès avoit
en moins de cinquante jours passé ses espérances.

Du reste, nul remede administré au malade,
sauf quelques gouttes d'*alkali volatil* qu'il avoit
désirées ; mais l'académicien les lui avoit accordées par complaisance pure, & ne regarde point
ce spiritueux comme anti-hydrophobique. Ce
mémoire a été fort applaudi.

Le public s'impatientoit beaucoup de ne rien
entendre sur le ballon offert à ses yeux, lorsque
M. *Meusnier* a fini la séance par un *extrait de
l'exposé des recherches & expériences faites jusques
à ce jour par ordre de l'académie pour la perfection des machines aérostatiques*. De tout son récit, il résulte que la compagnie a jugé comme
le plus essentiel de trouver une enveloppe absolument imperméable à l'air inflammable ; c'est
à quoi elle travaille, & ce qu'elle espere avoir
obtenu dans le ballon suspendu, dû à l'invention
du sieur *Fortin*, artiste très-intelligent. Ainsi elle
n'est encore qu'au premier pas.

13 *Novembre*. Extrait d'une lettre de Loches
du 2 Novembre..... La manie des aérostats a
pénétré jusques dans notre petite ville. Le 14 octobre dernier nous avons joui du spectacle d'un
ballon lancé dans les airs ; il étoit d'une figure
hexagonale ; un cône tronqué formoit sa base, un
prisme son milieu, & son sommet étoit terminé
en pyramide. Une de ses faces représentoit les

armes de la ville ; sur une autre on lisoit le quatrain suivant :

Superbe aéroftat, dont la noble ftructure
De l'efprit des humains annonce la grandeur ;
Tout émerveille en toi ; l'art aide la nature ;
Le ciel eft ton pays, un homme eft ton auteur.

Ce globe s'éleva environ à mille toifes ; mais la circonftance la plus extraordinaire, c'eft que plufieurs de nos amateurs affurent avoir vu, à l'aide de leurs lunettes, une infinité d'hirondelles fe repofer fur lui.

14 *Novembre.* Par-tout le goût de la belle typographie femble fe ranimer. En Italie, l'imprimerie royale de Parme, dont M. *Bodoni* eft directeur, & celui de la Propagande à Rome, cherchent à le difputer aux *Aldes,* aux *Gioliti,* aux *Torrentini,* ces anciens imprimeurs fi renommés dans ce berceau de la littérature en Europe. On a exécuté dans l'imprimerie de la Propagande, avec de très-beaux caracteres & fur de très-grand papier, un effai typographique en quarante-fix idiomes, pour célébrer *Guftave III,* roi de Suede, lorfqu'il y a voyagé. L'éloge de ce prince original eft en un quatrain latin, que voici :

Amplius haud memores Alarici, Roma, furorem ;
Res fato verfas nunc meliore vides ;
Nam te GUSTAVI recreat præfentia ; gaude
Quod te nunc tanti principis ornet amor !

Ces vers traduits d'abord en Suédois, le font

A 6

enfuite dans les autres langues de l'ancien continent. Voici comme un amateur les a rendus
depuis ici très-librement en françois :

Trop de cruels tyrans, ô déplorable Rome !
Ont jadis dans ton sein déployé leurs fureurs ;
Ouvre les yeux, feche tes pleurs ;
Dans un monarque vois un homme.

15 *Novembre*. Afin de pouvoir mieux comparer la lettre miniftérielle aux Evêques, & la
plaifanterie dont le clergé l'a fait fuivre, il faut
les rapprocher l'une de l'autre. Voici d'abord la
première :

De Verfailles , le 16 octobre 1784.

« Le roi ayant fixé , monfieur, fon attention
particuliere fur l'importance de vos fonctions ,
ainfi que fur les avantages multipliés que recueille fon fervice, comme celui de la religion,
de vos bons exemples & de vos foins journaliers,
fa majefté m'ordonne de vous marquer qu'elle
défire que vous réfidiez beaucoup, & que vous
ne fortiez jamais de votre diocefe fans en avoir
obtenu fa permiffion. Vous avez donné , monfieur, trop de preuves de votre zele au roi, pour
que fa majefté ne foit pas perfuadée que vous
entrerez dans fes vues avec un empreffement
égal à leur juftice. L'intention de fa majefté eft
donc que toutes les fois que vous ferez dans le
cas de vous abfenter de votre diocefe, vous
m'en préveniez , ainfi que du temps à-peu-près
que vous croirez que vos affaires pourront vous
en tenir éloigné. Je me ferai un devoir, comme
un plaifir , de mettre fur le champ votre de-

mande fous les yeux de fa majefté, & de vous faire part de ce qu'il lui plaira de décider.

J'ai l'honneur d'être, avec un parfait attachement, votre, &c. »

Réponfe de M. l'évêque d'..... à la lettre de M. le baron de Breteuil, *du 16 octobre* 1784.

« J'ai reçu, M. le baron, la lettre que vous m'avez fait l'honneur de m'écrire en date du 16 octobre. La premiere phrafe de cette lettre eft un peu longue ; mais avec de la patience on en vient à bout, & après l'avoir lue, on eft bien édifié des grands principes qu'elle renferme ; ainfi que vous me le prefcrivez, monfieur, je réfiderai beaucoup, en ne fortant jamais de mon diocefe. Il a trois lieues de long fur deux de large. Je ne franchirai pas fes bornes, fans en avoir obtenu votre permiffion ; je répons de la foumiffion de mes confreres, comme de la mienne. Le clergé de France, le premier corps de l'état, va devenir un college, dont M. le baron fera le régent. J'ai foixante ans, je croyois mon éducation finie ; mais je vois bien que fous un maître auffi habile on peut toujours apprendre quelque chofe de nouveau. Je vous prie, M. le baron, de me continuer vos leçons. Elles m'enfeigneront à facrifier l'amitié, la reconnoiffance, la nature même ; le fervice du roi recueillera des avantages particuliers, multipliés de mon miniftere ; les prémices du vôtre annoncent une récolte abondante....

P. S. Si ma fanté m'oblige de vous demander la permiffion de fortir de mon diocefe, je prendrai d'avance la précaution d'écrire à mon médecin pour favoir à peu-près le temps que durera

ma maladie, & j'aurai l'honneur de vous en
informer. »

On voit par-là que cette facétie portant tout
au plus contre le premier commis, auteur de la
lettre circulaire affez mal tournée en effet, ne
peut en ridiculifer l'objet, trop bien entendu du
côté de la politique & du côté de la religion.

15 *Novembre.* Il fe tient depuis quelque temps
un comité chez M. le garde-des-fceaux, compofé
de quatre magiftrats, quatre membres de l'académie des belles-lettres, & quatre bénédictins.
Son objet eft de raffembler en corps toutes les
ordonnances de nos rois pour en former un code
de jurifprudence du royaume. On n'en eft encore
qu'à la premiere race, & l'on compte qu'il en
paroîtra un premier volume l'année prochaine.
Quand la vieille ordonnance eft bien conftâ-
tée, bien déchiffrée, ces meffieurs joignent des
notes au texte, dans lefquelles ils font voir ce
qui eft tombé en défuétude & ce qui eft en
vigueur; ce qu'il y avoit de bon, & ce qu'ils
y trouvent de défectueux. On ne connoît encore
que quelques membres de cette affemblée: M. de
Saint-Genis, auditeur de la chambre des comptes,
qui, depuis long-temps, s'étoit occupé lui feul
d'un travail de cette efpece, & avoit raffemblé
en ce genre un recueil des plus étendus; M. *Pafto-
ret,* confeiller à la cour des aides, homme de
lettres qui a remporté un prix à l'académie des
infcriptions, & s'eft occupé déjà de cette favante
matiere; enfin, M. *Menc,* maître des requêtes,
qui vient de mourir.

Il ne faut pas confondre ce comité avec un
autre plus étendu, dont on a rendu compte,
purement littéraire, & dont le but eft d'enrichir,

de compléter & d'éclaircir l'histoire de France.

16 Novembre. On fait aujourd'hui que M. *François de Neufchâteau*, distingué dans la république des lettres & au barreau, dont on ne parloit plus depuis quelque temps, est procureur-général au conseil supérieur du Cap. Il a signalé son ministere par des conclusions qui ont été suivies & provoqué un arrêt du 8 janvier dernier, célebre parmi les marins. Il défend sur les vaisseaux le baptême du tropique, scene profane & puérile, qui dégénere trop souvent en injure réelle ou en exécution tyrannique ; parodie burlesque, d'ailleurs de la plus essentielle des cérémonies du christianisme. C'est un procès élevé au sujet d'une pareille momerie pratiquée sur la *Claudia*, navire de la Rochelle, le 14 janvier 1783, qui a donné lieu à M. *François de Neufchâteau* de faire parler la raison, l'humanité, la religion, la philosophie, s'accordant toutes à demander la proscription de cet usage bizarre, tyrannique & cruel quelquefois.

16 Novembre. La *Cléopâtre* de M. *Marmontel* a reparu sur l'affiche depuis quelques jours & a été jouée hier. Elle n'avoit été retardée que parce que l'auteur en vouloit donner les prémices à la cour. Les trois premiers actes y ont beaucoup réussi ; mais les deux derniers ont paru mauvais & en cela la ville a été d'accord avec elle. Du reste, la piece étoit parfaitement oubliée depuis trente-quatre ans, & l'on n'a pu juger si elle avoit beaucoup gagné ou si elle n'avoit pas perdu. On ne se ressouvenoit que de l'*Aspic*, y faisant son rôle & opérant le dénouement. Ce reptile, ouvrage du fameux *Vaucanson*, étoit imité & composé avec tant d'art & d'intelligence qu'on le voyoit s'élancer en sifflant sur la reine, & la piquer de son

dard ; ce qui fit dire malignement à un spectateur
à qui l'on demandoit son jugement , *qu'il étoit de
l'avis de l'aspic.* Le poëte qui n'avoit pas oublié
ce bon mot, a voulu éviter qu'on le rappellât, & a
fait *Cléopâtre* se tuer hors de la vue du spectateur.
Quoi qu'il en soit, il y a de grandes beautés dans
cet ouvrage, dont le défaut essentiel est du sujet
inadmissible au théâtre. On ne peut s'habituer à
voir un grand homme , au même instant joindre
tant de sublime à tant de bassesse , ou plutôt dé-
mentant continuellement ses discours par les actions, parler en héros & agir en lâche. Le rôle
d'*Octavie*, femme d'*Antoine*, absolument nouveau, que M. *Marmontel* a créé dans l'espoir
d'augmenter l'intérêt, ne sert qu'à l'affoiblir, en
ce qu'il met dans un plus grand jour l'avilisse-
ment du personnage principal, abandonnant une
épouse pleine de beauté, de douceur & de vertu,
pour une femme à laquelle il n'a d'autre obligation que celle de lui avoir fait perdre toute
son énergie & toute sa gloire. Ce rôle même
d'*Octavie* n'est pas aussi touchant qu'il devroit
l'être, parce que sa tendresse pour son époux l'a
fait se porter à trop de complaisance & d'abjec-
tion envers sa rivale. En général, on observe dans
cette tragédie que l'auteur excellent pour rendre
les détails , les tableaux, les peintures fortes qu'il
a puisés dans les historiens Romains & autres,
peche absolument par l'invention, lorsqu'il lui
faut marcher seul, & qu'il a eu tort de reparoître
dans la carriere à un âge où il est temps , au contraire, pour les plus beaux génies de s'en retirer.

Du reste, suivant une anecdote bonne à conserver, les courtisans prétendent que la reine n'a
point été fâchée du peu de succès de M. de *Mar-*

montel à Versailles. Elle s'est ressouvenue de l'acharnement qu'il mit dans le temps contre le chevalier Gluck , le maître de sa majesté & son protégé ; & par zele de venger celui-ci, en riant & par plaisanterie, elle cabaloit en quelque sorte contre sa *Cléopâtre*.

16 *Novembre.* Depuis quelques jours le bruit couroit de la mort de M. le marquis de *Pompignan.* Elle est certaine. On sait aujourd'hui qu'elle est arrivée le premier de ce mois; ce qui laisse une place vacante à l'académie françoise.

1·6 *Novembre.* Les Srs. *Dorfeuil & Gaillard*, qui réunissent aujourd'hui la direction des deux troupes foraines de l'*ambigu comique* & des *variétés amusantes*, ont accédé aux propositions de M. le duc de *Chartres*, dont l'objet est toujours d'attirer de plus en plus les curieux dans son palais par toute sorte de jeux, de divertissements & d'actes publics. En conséquence ils y font construire une salle provisoire de l'emplacement appellé autrefois *le jardin de son altesse royale.* On la dit provisoire, parce qu'elle ne doit durer que le même temps que les nouvelles boutiques, qui est celui de l'interruption des travaux. Alors on verra à fournir un autre local. La salle dont il s'agit, doit être construite moyennant 75000 livres, & on leur en doit remettre les clefs à la main au 1 janvier 1785.

17 *Novembre.* On a donné hier à la comédie Italienne la premiere représentation d'une comédie parade en un acte, en prose & en vaudevilles, suivie d'un divertissement analogue, même de couplets. Le titre *des docteurs modernes* avoit attiré beaucoup de monde. On savoit qu'il s'agissoit du *Mesmérisme*, c'est-à-dire , qu'on s'attendoit à voir

cette doctrine, ses chefs & adhérents baffoués sur
la scene ; ce qui a eu lieu en effet. Cette bagatelle
a été assez bien reçue. Cependant on reproche à
l'auteur, qu'on veut être M. *Radet*, d'avoir éva-
poré tout son sel & toute sa gaieté dans le commencement, & de n'en avoir pas assez réservé
pour la fin. Au reste, il s'est passé à cette représentation une anecdote singuliere.

Les *Docteurs modernes* ont été précédés de la
Brouette du Vinaigrier, drame fort goûté du public. On a été surpris au milieu du second acte
d'entendre partir du centre du parterre un coup
de sifflet très-fort & très prolongé. Tout le monde
a été indigné & les voisins du spectateur mal-veil-
lant lui en ont fait des reproches ; ce qui a occasionné une sorte de tumulte, l'a fait connoître & il a été arrêté & conduit au corps-de-
garde. Il s'est trouvé que c'étoit un homme du
peuple, qui n'avoit jamais vu le spectacle, à qui
quelque Mesmériste avoit donné de l'argent & un
sifflet pour qu'il fît usage du dernier au milieu de
la piece des *Docteurs modernes*. Son peu d'usage,
son ignorance si l'on jouoit deux pieces, ou si l'on
n'en jouoit qu'une seule, l'avoient fait se mépren-
dre & siffler trop tôt. Sa bonne foi lui a servie
d'excuse, & il a été relâché. Vraisemblablement
il ne connoissoit pas même le nom de celui qui
l'avoit mis en œuvre, ou au moins il n'a pas
encore percé dans le public.

18 *Novembre*. Extrait d'une lettre de Rennes,
du 13 Novembre........ Quoique les états se
tiennent dans cette ville, où ils se sont ouverts
le 8 de ce mois contre l'usage & son droit,
notre évêque ne les préside pas & reste absent.
C'est M. l'évêque de Dol, comme plus ancien,

qui le remplace, par ordre du roi. Cette dispa-
rition de M. l'évêque de Rennes est d'autant plus
singuliere, qu'elle arrive précisément au moment
où tous les prélats ont reçu l'injonction de sortir
de la capitale & d'aller résider dans leur diocese.
On dit que le nôtre a la défense contraire, jusqu'à ce que les états soient finis. C'est un pro-
blême de savoir si c'est volontairement ou non.
Bien des gens estiment qu'il s'est fait adresser
cette lettre de cachet pour se soustraire aux reproches de l'assemblée, à laquelle il avoit donné sa parole d'honneur de n'y point reparoître
qu'il n'eût fait retirer les arrêts du conseil qui
déplaisoient.

Nos états du reste sont assez tranquilles à présent. M. de *Calonne* & M. le baron de *Breteuil*
paroissent avoir à cœur de contenter la province,
c'est d'autant plus généreux de leur part, qu'ils
ne trouveroient pas grande résistance. La noblesse
est présidée par M. de *Tremerga*, qui n'est rien
moins que fait pour occuper cette place, & en
général tous nos chefs sont reconnu fort souples.

Pour amuser les états sans doute, on a répandu au commencement de leur ouverture un pamphlet sans titre contre l'évêque de Rennes. Comme je sais qu'il en est parti des ballots pour Paris,
il vous en tombera sûrement un exemplaire sous
la main, & je ne vous en dirai pas davantage.....

Je vous ferai passer deux arrêts de notre parlement, qui vous parviendroient plus difficilement,
parce qu'ils sont très-mortifiants pour les fermiers-
généraux & pour le conseil qui les soutient,
& a été obligé de les abandonner ou du moins
de pallier leurs torts dans son arrêt du 16 octobre.

Par le premier arrêt du 11 octobre, la cour en vacations ordonne que cent trois barils de tabac en poudre, & la totalité des rôles de tabac filé dit *cantine*, à l'usage des troupes, saisis au bureau général & à l'entrepôt des fermes à Rennes & à Saint-Servan, seront brûlés au bout de la promenade du cours de Rennes, & enjoint à à l'agent des fermes de remettre, dans le jour, aux débitants de tabac en cette ville, les moulins leur appartenants, &c.

Le second du 15 octobre, confirme les saisies de tabac en poudre, qui ont été faites par les différents juges de la province de Bretagne ; fait défenses à tous agents & entrepreneurs des fermes unies de France, de distribuer du tabac en poudre venu en baril, & leur ordonne de remettre, dans le jour de la notification du présent arrêt, aux débitants de tabac, les moulins qui pourroient leur avoir été ci-devant enlevés, afin qu'ils puissent pulvériser les tabacs en carottes pour l'usage du public.

18 *Novembre*. Madame la duchesse de Villeroy, chez laquelle loge le sieur *Radet*, est très-attachée à la doctrine du *Magnétisme animal* : elle lui a fait des reproches d'avoir osé en mettre en scene les apôtres : pour complaire à cette dame, il renie aujourd'hui son ouvrage dans le journal de Paris, & la piece demeure sur le compte du sieur *Rosiere*. Voici du reste ce qui s'est passé avant-hier à cette occasion.

Au dénouement, on voit les malades rangés autour du *baquet de santé*, pour subir l'opération du magnétisme. Quand on est au moment où l'influence agit fortement, tous les malades se levent, & on les envoie dans la *salle des crises*.

Après la piece, le fieur *Rofiere* a adreffé ce joli couplet au public :

> Du vaudeville enfant gâté,
> Meffieurs, avec févérité
> Ne jugez pas les entreprifes ;
> Pour favoir votre fentiment,
> L'auteur eft là qui vous attend
> Dans la falle des crifes.

Le public ayant demandé l'auteur avec beaucoup d'applaudiffements, le fieur *Rofiere* eft revenu feul, & a répondu au public : *Meffieurs j'ai eu l'honneur de vous annoncer que l'auteur étoit dans la falle des crifes : vos bontés l'en ont fait partir, & nous ne favons point ce qu'il eft devenu :* ce qui a fait recommencer les applaudiffements.

19 *Novembre.* Malgré tout le ridicule que Voltaire a voulu imprimer fur M. de *Pompignan*, fes odes facrées, fa tragédie de *Didon*, & fa traduction des tragédies d'*Efchyle*, feront toujours regretter en lui la perte d'un de nos meilleurs litérateurs d'un poëte formé fur les grands modeles, qui avoit beaucoup de goût, & nous rappelloit le fiecle dernier, dont l'éclat s'affoiblit & fé perd tous les jours.

19 *Novembre.* Extrait d'une lettre de Bordeaux, du 16 Novembre... J'ai découvert depuis que je fuis dans cette ville, une nouvelle branche de commerce qu'il eft important de faire connoître. Paffant dans une rue du fauxbourg Saint-Seurin, je vis dans l'attelier d'un forgeron beaucoup de têtes de fer concaves, & qui s'ouvroient & fe fermoient à clef. Je demandai quelle étoit

la deſtination de ces ſortes de maſques ? L'ou-
vrier me répondit que c'étoit pour les Negres des
Iſles. Voici l'uſage de cette joli invention. Lorſque
ces eſclaves ſont à l'ouvrage & qu'ils parlent mal-
à-propos, ou commettent quelque autre crime
de ce genre, on leur met la tête dans cette boîte,
à laquelle eſt ſoudée en dedans une forte lame de
fer, large d'un pouce, & longue de deux, qu'on
leur fait entrer dans la bouche & qui s'applique
ſur la langue, de ſorte qu'ils ne peuvent la re-
muer, ni fermer la bouche, ni l'ouvrir. Excellent moyen pour n'être pas touché de leurs
plaintes ni de leur larmes : car vous ſaurez qu'un
Negre gémit & pleure tout comme un homme.

20 *Novembre*. Extrait d'une lettre de Saint-
Maxence, du 15 novembre. J'ai été émerveillé
d'un nouveau pont qui ſe trouve ici ſans que
perſonne en ait parlé. A la hardieſſe de celui de
Neuilly, ajoutez des colonnes accouplées qui tiennent lieu de piles, & dont l'élégance pare la ſo-
lidité : imaginez un trottoir intérieur, d'une
invention nouvelle, adoſſé à l'extrémité du pont,
de maniere que les chevaux qui traîneront les
bateaux, paſſeront ſous la voûte ſans s'arrêter.
En voyant le moyen ſi ſimple d'avoir réduit à
rien la manœuvre la plus difficile des bateliers,
on ne peut s'empêcher d'admirer le génie, qui
fait ainſi anéantir les entraves phyſiques de la
navigation.

Du reſte, ne ſoyez pas ſcandaliſé ſi je mets le
nouveau pont au deſſus de celui de Neuilly,
cela ne fait point tort à la réputation de ſon auteur qui eſt le même : cela veut dire ſeulement
que M. *Perronet* s'eſt ſurpaſſé : on pourroit juſte-
ment l'appeller. *le Vauban des ponts & chauſſées*.

20 *Novembre*. C'eft le 9 au foir décidément que M. le comte d'*Oels*, revenu de Saint-Affife, eft parti en dernier lieu de cette capitale. On raconte qu'en prenant congé de M. le duc de *Nivernois*, il lui a dit : *j'avois paffé la plus grande partie de ma vie à défirer voir Paris ; j'en vais paffer le refte à le regretter*.

21 *Novembre*. Extrait d'une lettre de Rennes, du 17 Novembre. . . . . . Le 31 du mois dernier, les plans de la navigation intérieure de la Bretagne, dreffés d'après les mémoires du comte de *Piré*, pour joindre la Vilaine à la Mayenne & à la Rancé, ayant été préfentés au roi par les députés commiffaires des états de Bretagne, il doit en être grandement queftion dans l'affemblée, & ce fera un des principaux objets du travail.

21 *Novembre*. Tandis qu'on laiffe fans encouragement la belle inftitution de l'abbé de l'Epée, l'empereur qui en fut frappé dans le temps, n'a pas négligé de la former dans fes états, & il en a rempli depuis peu le projet. On apprend que ce prince a fait choifir trois maifons à Léopoldftadt pour y recevoir & inftruire trente fourds & muets. La premiere leur fervira de logement ; la feconde, d'école ; la troifieme, où fe trouve un jardin, eft deftinée à leur récréation. Au frontifpice de la premiere, on lit cette infcription : *Surdorum, mutorumque inftitutioni & victui*. JoSEPH. AUC. 1784.

Le 29 du mois dernier, ces éleves difgraciés de la nature ont rendu pour la premiere fois, dans une affemblée publique, un compte très-fatisfaifant de leurs progrès durant le cours de l'année.

21 *Novembre*. Le *Défœuvré* ou *l'Espion du Boule-vard du Temple*, a, comme on l'y avoit invité, étendu sa sphere, & depuis quelque temps il paroît une brochure dans le même genre sur les grands spectacles. Elle est si rare qu'on ne peut encore en parler que sur parole. Il faut espérer que les héroïnes & les coryphées de l'opéra & des deux coméd es trouveront quelque défenseur, meilleur que l'auteur du pamphlet intitulé, *le Défœuvré mis en œuvre, ou le revers de médaille*, pour servir d'opposition à *l'Espion du Boulevard du Temple*, & de préservatif à la tentation; pamphlet très-plat, qui ne pouvoit pas avoir même le mérite de défendre l'innocence. Quelle innocence en effet, que celle qui se trouve au milieu de tout ce qu'il y a de plus vil, de plus crapuleux, de plus infame, où la vertu la plus pure se souilleroit nécessairement.

22 *Novembre*. Il est mort il y a peu de temps, une courtisane du vieux sérail, nommée Mlle. de *Beauvoisin*. Obligée de donner à jouer pour se tirer d'affaire, elle avoit par ses charmes usés, eu l'art en dernier lieu de captiver M. *Baudard de Sainte-James*, trésorier des dépenses du département de la marine. Ce magnifique seigneur ayant plus d'argent que de goût, avoit fait des dépenses énormes pour elle : on estime qu'il faut qu'il lui ait donné en bijoux seuls & autres effets, environ quinze à dix-huit cents mille francs, outre vingt mille écus de fixe par an. Sa vente est aujourd'hui l'objet de la curiosité, non-seulement des filles élégantes, mais encore des femmes de qualité. On y compte deux cents bagues plus superbes les unes que les autres : on y voit des diamants sur papier, comme chez les lapidaires, c'est-à-dire,

c'eft-à-dire non montés; fes belles robes fe mon-
tent à quatre-vingts; on parle de draps de trente-
deux aunes, tels que la reine n'en a point. Enfin
depuis la vente de la fameufe *Defchamps*, on n'en
connoît point en ce genre qui ait fait autant de
bruit.

22 *Novembre*. Extrait d'une lettre de Straf-
bourg, du 12 novembre.... Une des chofes qui
m'a fait le plus de plaifir dans cette ville depuis que je la parcours, c'eft un jardin botanique
femblable à celui du roi à Paris. C'eft un des
mieux tenus & des plus riches que l'on connoiffe.
M. *Gerard*, préteur de Strasbourg, qui, comme vous favez, a été le premier miniftre du
roi auprès des Etats-Unis, a dépofé dans ce jardin
une collection des plantes les plus curieufes de
l'Amérique feptentrionale, qu'il a rapportées lui-
même des environs de Philadelphie; ces végétaux
acclimatés fous un ciel ami du leur, & propice
à leur culture, réuffiffent à merveille.

Ce jardin doit beaucoup aux foins d'un médecin fameux de cette univerfité, nommé *Spielman*,
chymifte encore plus célèbre, mort en feptembre
de l'année derniere. Lorfqu'on lui confia la direction du jardin botanique de Strasbourg, il
n'y avoit ni ferres, ni école, aucuns fonds n'é-
toient deftinés à fon entretien; il lui a procuré
tout cela; & il peut en paffer, finon pour le créa-
teur, au moins pour le reftaurateur. Une des
anecdotes finguliéres qu'on m'a racontées de la
vie de ce favant & que je ne puis omettre, c'eft
qu'en 1756, il fut nommé à la chaire de profeffeur de poéfie; ce qui ne vous laiffera pas une
grande idée du goût de cette ville & des éleves
qu'il a pu former en ce genre.....

Tome XXVII.   B

23 *Novembre.* Comme la piece des *Docteurs modernes*, quelque médiocre qu'elle foit, porte fur le ridicule du jour, elle fait grand bruit, & fera certainement fuivie avec fureur. Il court dans les maifons un petit écrit imprimé à ce fujet. C'eft une efpece de confultation au public, dans laquelle on demande s'il eft permis de jouer ainfi fur la fcene, non-feulement des médecins connus, mais tous leurs difciples, choifis entre ce qu'il y a de plus illuftre, de plus éclairé & de plus eftimé dans le royaume. On attribue cette feuille, qu'on dit bien tournée, à M. d'*Eprémefnil*, grand enthoufiafte du magnétifme. On affure qu'il attend le retour de quelques confreres auffi fanatiques que lui en ce genre, pour dénoncer la parade des *Docteurs modernes* aux chambres affem-blées, & en demander la profcription.

23 *Novembre.* Le bureau académique d'écri-ture eft une des inftitutions qui feront époque dans l'adminiftration de M. le lieutenant - gé-néral de police actuel. Il a été établi par lettres-patentes du roi du **23** janvier 1779, régiftrées au parlement le **12** mars audit an. Il eft compofé de vingt-quatre membres, & doit avoir vingt-quatre agrégés ; vingt-quatre affociés écrivains & graveurs ; en outre des correfpondants écri-vains, dont le nombre n'eft pas déterminé. Ce bureau s'affemble quatre fois par mois pour traiter de la perfection des écritures ; du dé-chiffrement des anciennes écritures ; des calculs relatifs au commerce, à la banque & à la finan-ce ; de la vérification des écritures, & de la grammaire françoife relativement à l'orthogra-phe. Il a une féance publique de rentrée au mois de novembre. Celle de cette année qui a eu lieu le 18 novembre, a préfenté un fpectacle plus nouveau & plus curieux qu'aucune féance des autres académies.

Un M. *Haüy*, interprete du roi, & profeffeur pour les écritures anciennes, agrégé du bureau, a fait paroître un éleve, âgé de dix-fept ans, nommé *le Sueur*, aveugle depuis l'âge de fix femaines, auquel par un procédé particulier en moins de fix mois il a appris à lire, à calculer, à diftinguer des cartes de géographie, à folfier, à noter la mufique, & même à imprimer des livres à l'ufage de fes femblables, & fur le champ il lui a fait donner devant l'affemblée des preuves de ce qu'il avançoit. Il eft à obferver que cet infortuné, obligé d'aller mendier des fecours qu'il partage avec fa famille, ne peut facrifier à l'étude que quelques inftants par jour. Cette fcene auffi mémorable que touchante, a déjà été gravée. On voit une eftampe repréfentant le jeune aveugle lifant à l'aide de fes doigts.

M. *Haüy*, de fon propre mouvement, & avec le défintéreffement le plus noble, s'eft offert à la fociété philanthropique pour confacrer fes talents à l'inftruction des enfants aveugles-nés, dont elle prend foin, & il eft à fouhaiter que, digne rival de M. l'abbé de l'Epée, mais ayant moins de facultés, il trouve plus d'encouragement. Au refte, c'eft à l'aveugle de Puifaux, inftruifant fon fils avec des caractères en relief; à *Sanderfon*, aveugle enfeignant les mathématiques au milieu d'un cercle de clair-voyants, & tout récemment à M. de *Kempellen*, auteur du joueur d'échecs qu'on a vu ici, & le maître de mademoifelle *Paradis*; enfin à M. *Weiffemburg*, de

B 2

Manheim , privé de la vue dès l'âge de sept ans, & suppléant à la perte de cet organe par la perfection donnée à son tact , que M. *Haüy* avoue modestement qu'il est redevable de l'imagination d'une tentative qui a si bien réussi.

23 *Novembre*. On se rassure de plus en plus aujourd'hui sur la santé de M. *Charles*. Il annonce qu'il ouvrira son cours de physique expérimentale le jeudi 2 décembre ; ce qui prouve que son malheureux accident n'a pas eu de plus longues suites. Bien des gens même assurent, malgré toute la probabilité du contraire, & la rumeur générale soutenue à cet égard, qu'il n'a jamais eu lieu.

24 *Novembre*. Le pamphlet contre l'évêque de Rennes qu'on a annoncé , a percé en effet dans cette capitale. Il n'a point de titre. C'est un recueil de lettres, où l'on assimile M. de *Girac* à *Figaro* , & à l'occasion de la piece du sieur de *Beaumarchais*, on fait venir ce prélat sur la scene. Tout cela est fort mal agencé & tiré de très-loin. L'envie de médire s'y montre trop à découvert. On y a inséré jusques à la généalogie des *Bareau*, manuscrit dont nous avons parlé il y a plusieurs années. Quoi qu'il en soit, comme la méchanceté, bien ou mal assaisonnée , produit toujours de l'effet , les Bretons recherchent avidement celle-ci , & le pamphlet en est très-couru , très-fêté.

Il paroît que l'auteur en veut aussi à M. *Poujaud de Montjourdain* , administrateur des domaines dè Bretagne , & à ce titre seul le place dans sa brochure. Il y rapporte une anecdote de procédé dur & de mauvaise foi , par laquelle il voudroit indisposer contre ce financier M. le contrôleur-général, qui, dans ce moment-ci, bien loin de vexer les Bretons, cherche à se rendre de son mieux agréable à leur province.

24 *Novembre.* Le petit imprimé dont on a parlé, a pour titre: *Réflexions préliminaires à l'occasion de la piece des Docteurs Modernes.* Comme il est fort court, qu'il ne se vend point, & n'a été envoyé qu'aux adeptes ou partisans du mesmérisme, qu'il est d'ailleurs très - important, puisqu'il semble destiné à servir de base à la dénonciation de M. d'*Epréménil*, on va le consigner ici dans toute son intégrité.

« Voici un pouvoir terrible & d'un nouveau genre qui s'éleve dans l'état.

» M. *Mesmer* a des ennemis puissants, il en a même qui sont revêtus d'une grande autorité. Il a fait une découverte, il propose une doctrine, il a beaucoup d'éleves plus distingués les uns que les autres par leur rang, leurs lumieres, leur existence personnelle.

» Ses ennemis n'osent pas attenter à sa vie. Le temps des auto-da-fé passe par-tout ailleurs. Il n'a jamis existé en France. Forcés de ménager sa personne, ils l'attaquent dans son honneur. On l'a joué sur le théâtre italien de la maniere la plus indécente & la plus calomnieuse, lui directement, & indirectement ses éleves, ses malades. En attendant que M. *Mesmer* le demande aux loix, on ose demander aujourd'hui aux peres de famille, aux citoyens honnêtes, en un mot, au public impartial, s'il est bien convenable que dans un état policé, une autorité quelconque s'arroge le droit de disposer sur le théâtre de l'honneur d'un individu ?

» *Aristophane* jouoit *Socrate*, & l'a conduit

B 3

à la ciguë. Eſt-ce là l'intention des ennemis de M. *Meſmer* ? Ils ſe trompent. L'honorable cortege dont M. *Meſmer* eſt entouré, portera, quand il en ſera temps, au pied du trône & dans le ſecret de la juſtice, un témoignage de ſon ſavoir & de ſa vertu.

» Si les ennemis de M. de *la Chalotais* avoient imaginé la reſſource des théâtres, ils auroient pu mener loin ce grand homme & la magiſtrature françoiſe. Le lecteur eſt prié de peſer ce petit nombre de réflexions dans l'intérieur de ſon foyer.

» L'auteur de cet écrit ſe nommera un jour. Connu par ſon reſpect pour la puiſſance du roi, l'autorité des loix & la vérité, il a toujours fait profeſſion de ne craindre ni les railleries, ni les intrigues, ni l'abus du pouvoir. »

24 *Novembre*. *Dubarri* le *roué* revient ſur l'eau, & cherche à tirer parti aujourd'hui, non de ſa belle-ſœur, mais de ſa femme. On ſait qu'il a épouſé une jeune & jolie perſonne de ſa province, bien née d'ailleurs. Il l'a menée à Paris avec lui depuis quelque temps. Il a commencé par chercher à la dégoûter de lui, & à la familiariſer avec le vice, en lui donnant le ſpectacle de ſes propres débauches, & en faiſant venir ſans ceſſe ſous ſes yeux toutes ſortes de coquines. Enfin, il l'a introduite chez M. le contrôleur-général, & c'eſt elle qui fait aujourd'hui les honneurs de la table de M. de *Calonne*.

On veut que madame la vicomteſſe de *Laval*, furieuſe de cette préférence, ſe ſoit retirée, & vive actuellement avec M. *Michault d'Harvelay*.

25 *Novembre.* On a commencé hier la vente des tableaux de M. le comte de *Vaudreuil*, grand-fauconnier de France. Cette superbe collection est au nombre de plus de cent. Il n'y a de l'école françoise que quelques *Casanove*, & & les huit tableaux de M. *Vernet* pour la galerie de la Ferté, qui n'ont jamais été exposés au salon. On a parlé dans le temps de ces chef-d'œuvres commandés par M. de *la Borde*, & dont il avoit eu la malhonnêteté d'enlever la jouissance momentanée aux yeux du public.

On est très-surpris que M. de *Vaudreuil* se défasse de tant de richesses pittoresques, & l'on ne peut trop en donner la raison. La plus vraisemblable, c'est qu'il avoit en vue la place de M. d'*Angiviller*; que pour mieux y parvenir, il avoit été bien-aise de se donner la réputation d'un connoisseur, & que cette petite charlatanerie ne lui ayant pas réussi, il s'est trouvé gêné, & a été obligé d'user de cette ressource pour faire honneur à ses affaires.

25 *Novembre.* Vers à madame de * * * qui avoit éprouvé des revers de fortune, & étoit tourmentée d'une maladie cruelle, à l'époque du jour de sainte Catherine, sa patrone.

O *Catherine*, autrefois si brillante,
D'appas remplie & d'esprit pétillante,
Qu'on fêtoit tant ! plus de cour, ni de fleurs,
Même de vers ; personne ne te chante.
Ce jour s'alonge au milieu des douleurs,
Et ton tribut, hélas ! ce sont mes pleurs.
Cet abandon que ma muse déteste,
(Voyons pourtant, calculons tes malheurs)

Sembleroit-il à tes yeux, si funeste !

Qu'as-tu perdu ? des amis vains, trompeurs,

De tout état, tout rang, toutes couleurs,

Epouventail du mérite modeste,

Flagorneurs bas, ou méchants persiffleurs ;

Tu n'en avois qu'un vrai.... Mais il te reste.

25 *Novembre.* Extrait d'une lettre de Rennes, du 20 novembre. Nos états, depuis leur ouverture, se passent assez bien jusques à présent avec la cour & le ministere : mais il y a des tracasseries particulieres dont il faut empêcher les suites. Je ne vous ferai point un journal fastidieux de nos séances, & m'en tiendrai aux faits principaux.

Après le discours du comte de *Montmorin,* le nouveau commandant de la province, plein de graces & d'aménité, le don gratuit de deux millions a été accordé par acclamation. Ensuite les états ont exposé leurs doléances, & ont demandé si les commissaires du roi étoient autorisés à redresser leurs griefs ? M. de *Montmorin* a dit que sa majesté étoit disposée très-favorablement, qu'ils pouvoient députer en cour, & qu'ils seroient très-bien venus ; en sorte que nous ne doutons pas que le droit d'élire nos députés ne nous soit rendu, & que nous n'ayons satisfaction sur les octrois municipaux : on nous offre même des choses que nous ne demandons point, tels que la confection des chemins publics, &c.

Les partisans de l'évêque de Rennes, sur-tout dans l'ordre du clergé, ont élevé à son sujet une question qui auroit pu aller loin, si l'on n'y eût mis un terme. Ils se sont plaints de ne point

voir leur préſident-né & celui des états. Ils ont
rendu compte des bruits qui couroient que ce
prélat étoit retenu par ordre ſupérieur, & ont
fait valoir l'article de nos privileges qui s'oppoſe
aux lettres de cachet contre aucun membre avant
ou pendant la tenue. En conſéquence, il a été
député vers le commandant pour ſavoir ſi ces
bruits étoient fondés. M. de *Montmorin* a répondu fort ſagement qu'il l'ignoroit. Arrêté
enſuite qu'il ſeroit écrit à M. l'évêque de Rennes, & qu'on lui demanderoit ſi ſon abſence
étoit forcée ou volontaire. M. de *Girac* n'oſant
ſe compromettre vis-à-vis de la cour, a répondu
trop ambigument pour que la choſe fût bien
éclaircie ; mais comme au fond on n'étoit pas
fâché de ne le point voir, on a interprété favorablement ſa lettre, & l'on a pas été plus loin.

Un autre incident s'eſt élevé encore à ſon
occaſion. M. le comte de *la Violais*, l'ancien
préſident de la nobleſſe, fort zélé pour la province, a rendu compte de tout ce qu'il a fait
en ſa faveur durant ſon ſéjour à Paris, où
d'office il avoit veillé à ſes intérêts. Il n'a pas
diſſimulé qu'il avoit éprouvé beaucoup de contra-
riétés, & il les a attribuées à des menées de
M. l'Evêque de Rennes. M. de *Châtillon*, un des
membres de la nobleſſe, s'eſt levé, & lui a demandé s'il étoit bien fûr de ce qu'il diſoit, &
s'il en avoit la preuve. Il a répondu que non ;
que c'étoient de ſimples ſoupçons aſſez bien fondés, qu'il communiquoit à ſon ordre. Sur quoi
M. de *Châtillon* l'a pouſſé vivement, au point
que le comte lui en a témoigné ſa ſurpriſe, &
lui a rappellé l'ancienne amitié qui les ſioit. Son
adverſaire a répliqué qu'il y en avoit pu avoir

autrefois ; mais qu'il n'en exiſtoit plus aujour-
d'hui ; pas même d'eſtime. Un pareil propos
devenoit une inſulte, qui demandoit une réparation. Les deux champions ont mis les armes
à la main ; on les a ſéparés : mais il paroît difficile d'empêcher les ſuites de cette rixe après les
états finis.

Les partiſans de l'évêque de Rennes ont voulu
faire naître d'autres incidents pour troubler les
états ; mais ils n'ont pas encore réuſſi, même à
l'égard du tabac dont ils vouloient qu'on ſe
mêlât, & l'on a par prudence laiſſé cette affaire
entre les mains du parlement.

On n'auroit jamais cru que ſous M. de *Calonne*, contrôleur-général, les Bretons euſſent
été ſi bien traités, & ſe fuſſent conduits avec
tant de modération.

26 Novembre. M. le comte d'*Oels*, en revenant
de France eſt paſſé au fort de Khel, & s'y eſt
arrêté. C'eſt là qu'eſt établie l'imprimerie de la
ſociété littéraire typographique. Le ſieur de *Beaumarchais* s'y étoit rendu vraiſemblablement à
deſſein. Il invita l'illuſtre étranger qui avoit
quitté l'*incognito*, à viſiter ces fameuſes preſſes,
formées des caractères de *Baskerville*, gémiſſant
depuis plus de quatre ans pour donner au public
l'édition de *Voltaire*. Quoique le nom de ce
grand homme ne dût pas être infiniment agréable au prince *Henri*, depuis la publication de ſes
mémoires, monument d'ingratitude & diatribe
ſanglante contre le roi ſon frere, le ſieur de
Beaumarchais eut l'impudence de propoſer à ſon
alteſſe royale de manipuler elle-même. Elle s'y
prête volontiers, & croit imprimer une feuille

de *Voltaire* ; elle veut voir si elle a réussi, & trouve le long madrigal suivant, avec ce titre :

Essai d'une presse de l'imprimerie de la société littéraire typographique, fait en présence de son altesse royale monseigneur le prince HENRI *de* PRUSSE *, à son passage à Khel, le 16 novembre 1784.*

Augufte ami des arts, arbitre des guerriers,
 Que Mars & les neuf Sœurs couvrent de leurs
   lauriers ,
 Au chantre de *Henri* quel honneur tu viens faire.
Héros ! qui méritas un chantre tel que lui ,
Toi, l'honorable ami de notre grand *Voltaire* ,
   En vifitant fon fanctuaire ,
HENRI ! tu mets le comble à fa gloire aujourd'hui.
C'eft quand l'aigle divin fur fon autel fe pofe,
Qu'il ne manque plus rien à fon apothéofe.
Mais fon autel, HENRI, n'eft-il donc pas le tien ?
Vois comme aux temps futurs avec nous on arrive ;
De l'immortalité nous compofons l'archive ;
De FRÉDÉRIC le grand, frere, émule & foutien ,
Tes hauts faits, tes vertus, leçons de tous les âges ,
Rempliront à leur tour nos plus brillantes pages.

Au ftyle amphigourique de cette piece , à fa prolixité, on juge aifément quel en eft l'auteur. C'eft cet homme qui, depuis fept mois , occupe feul le théâtre des François. On voit qu'il ne réuffit pas mieux dans la louange que dans le fentiment. Ces vers font dignes de l'auteur des couplets de la centénaire. Il faut les conferver pour leur ridicule rare.

26 Novembre. C'eſt M. *Robert* qui, quoique peintre de genre, a été nommé garde du *Muſæum* qui s'établit dans la galerie des Tuileries; il eſt déſigné pour cette place depuis long-temps ; voilà le moment auquel il va commencer à en exercer les fonctions. Les maçons font abſolument fortis de ce lieu; mais il y a beaucoup d'autres ouvriers qui doivent y paſſer, & l'on ne croit pas que le *Muſæum* puiſſe être ouvert au public avant 1786.

Les peintres d'hiſtoire, qui, avec raiſon, croyoient que cette place leur étoit due, font très-jaloux de M. *Robert*, qui ne l'a emporté que par une protection ſpéciale de M. le comte d'*Angiviller.*

Tout récemment M. *Robert* a demandé un adjoint, parce qu'il prétend qu'un garde du *Muſæum* ne doit jamais s'abſenter. On a ſenti la juſteſſe de ſon idée, & c'eſt M. *Jaurat*, ancien peintre d'hiſtoire, très-médiocre il eſt vrai, qui a accepté la place. Au reſte, M. *Robert* y a mis toute ſorte d'honnêteté, en voulant un égal, & non un inférieur; il a même demandé que l'adjoint fût à appointemens égaux.

26 Novembre. Les deux arrêts du parlement de Rennes, qui eſt cour des aides en même temps, rendus au ſujet du tabac rapé, par la chambre des vacations, les 12 & 15 octobre dernier, ſont parvenus ici imprimés: ils ſont volumineux, ils contiennent dans le plus grand détail, tout ce qui s'eſt paſſé, & font voir l'excès du mal.

Par le premier, c'eſt au bureau de la récette générale que l'on ſaiſit des tabacs de mauvaiſe qualité, ou plutôt de la qualité la plus pernicieuſe, au dire des experts; c'eſt du tabac venant de

Morlaix, le chef-lieu où il se fabrique : ainsi c'est par le fait même des fermiers - généraux ou de leurs principaux agents, que provient la mauvaise qualité de la denrée.

Par le second, on juge que le mal est général, puisque de trente-neuf villes & bourgs de la province, où ont été faites les visites & analyse du tabac râpé, il ne s'en est trouvé aucun où la denrée n'ait été déclarée plus ou moins altérée ou pernicieuse.

C'est en conséquence de la nécessité de pourvoir promptement le public d'une meilleure denrée devenue un objet de première nécessité, que la cour a ordonné la restitution aux débitants des moulins qui leur avoient été précédemment enlevés.

C'est cette restitution contraire à une déclaration & à des lettres-patentes enrégistrées par le parlement, dont le conseil lui fait un crime; mais la nécessité est la première loi : d'ailleurs il est prouvé que le fermier a abusé du privilege que ces loix lui avoient accordé; & l'on a apposé dans les deux arrêts la clause respectueuse, *sous le bon plaisir du roi*; enfin il a été arrêté que Sa Majesté seroit très-humblement & très-instamment suppliée, pour l'intérêt de l'humanité, de retirer sa déclaration & ses lettres-patentes.

27 Novembre. Extrait d'une lettre de Rambouillet, du 20 novembre..... Le roi est satisfait de plus en plus de son acquisition; il s'occupe des améliorations & embellissements de ce château, il suit & dirige lui-même le travail. Il y a une très - belle pièce d'eau régulière, que Sa Majesté veut conserver; mais elle a projeté de former au tour un certain nombre de petits cabinets de verdure, tous variés, dont chacun doit être composé d'arbres fruitiers de la même espece. J'en ai vu le plan dressé & levé par Sa Majesté très-promptement ; elle l'a confié pour l'exécution à M. *Robert*, le peintre, qui vient d'être nommé *dessinateur des jardins du roi*. Cette place qu'avoit eu le fameux *le Nôtre*, avoit été supprimée depuis sa mort.

27 Novembre. La fameuse Inconstance, comédie nouvelle en un acte & en vers, jouée hier aux Italiens pour la premiere fois, est encore une production de M. *Radet*. Cette piece, dont le fond est peu saillant, ne mérite pas qu'on en parle plus au long : si l'on vouloit s'y arrêter, on en pourroit critiquer jusqu'au titre qui n'est pas juste.

27 Novembre. M. *Moutard*, imprimeur de la reine & son libraire, hier dans une lettre aux journalistes de Paris, a désavoué un livre qui se débite sous son nom, chez l'étranger, qui a pour titre *Mémoires historiques & politiques des pays-bas Autrichiens* : il déclare qu'il n'a été accordé en France aucune permission pour cet ouvrage. On regarde ce désaveu comme une tournure imaginée pour faire connoître une production dont personne ne parloit. Cette petite charlatanerie excite aujourd'hui la curiosité des amateurs. Elle est d'autant plus adroite, qu'il est défendu aux censeurs de laisser nommer même dans les feuilles périodiques, les livres sans privileges, & qu'ils n'ont pu se refuser à la justification du sieur *Moutard*.

28 Novembre. Les calembours sont en vogue plus que jamais ; on en jugera par ceux qu'on fait dans la meilleure compagnie au sujet & à la veille d'une guerre fanglante, prête à s'allumer; & ce font des gens graves & de beaucoup d'efprit, non pas qui les font, mais qui les répetent. On dit, par exemple, que la toile va être à bon marché, attendu que l'empereur fait *filer* en Flandre 80,000 hommes. On dit que le fieur *Philippe*, acteur de la comédie Italienne, eft la caufe de la guerre, parce qu'il bouche l'*Efcaut* (l'*Efcot*), actrice du même théâtre, avec laquelle il couche. Ce jeu de mots a déjà été employé dans un couplet qu'on a rapporté, mais dans un fens différent & moins groffier. Tels font les jeux de nos fociétés à beaux efprits.

28 Novembre. Le fieur d'*Orfeuil*, l'un des nouvaux directeurs de la troupe foraine qui s'établit au Palais-Royal, eft un homme très-entreprenant, qui avoit formé un projet pour englober toutes les troupes de province, & en avoir la régie générale. Son plan étoit agréé, & il alloit fortir un arrêt du confeil qui l'adoptoit, lorfque le prince de *Beauveau*, s'intéreffant à la comédie de Marfeille, comme gouverneur & lieutenant-général des pays & comté de Provence, s'y oppofa & empêcha l'effet.

Les vues du fieur d'*Orfeuil* ne font pas moins étendues aujourd'hui ; il veut ériger fa troupe tôt ou tard en troupe rivale de la comédie francoife, & autorifé par le duc de *Chartres*, il fait enrôler dans les provinces tous les fujets qui s'y diftinguent.

Les comédiens françois, alarmés du vafte projet de cet ambitieux, ont cru prudent d'en prévenir les effets dès le principe, & ont député vers M. le baron de *Breteuil*, comme miniftre de Paris, pour lui témoigner leurs alarmes. C'eft

Mlle. *Contat* qui portoit la parole ; on affure que cette démarche n'a eu aucun fuccès, & à moins que les gentilshommes de la chambre n'inter-viennent, la feconde troupe françoife pourroit bien avoir lieu & fe former infenfiblement.

28 Novembre. M. le chevalier de *Boufflers* ne s'occupe pas toujours de calambours, de polif-fonneries ou de chanfons grivoifes ; on en peut juger par ce quatrain, deftiné à être mis au bas du portrait du prince HENRI :

> Dans cette image augufte & chere,
>
> Tout héros verra fon rival,
>
> Tout fage verra fon égal,
>
> Et tout homme verra fon frere.

29 Novembre. On affure qu'on va timbrer tous les ouvrages en mufique & autres objets de gravure, & que le produit de ce léger impôt, fera affecté à l'académie royale de mufique. M. *Gretry* a été choifi pour cenfeur des ouvrages de ce genre, qui, jufqu'à préfent, étoient débités fans permiffion.

29 Novembre. Extrait d'une lettre de Caraman, du 10 Novembre...... L'établiffement de M. le comte de *Caraman*, lieutenant-général pour le roi en Languedoc & commandant en fecond de la ville de Metz & des Trois-Evêchés, notre fei-gneur, réuffit très-bien depuis 1781 qu'il eft formé dans cette ville & peut fervir de modele à ceux du même genre qu'une bienfaifance éclai-rée défireroit créer. C'eft une caiffe d'avances en faveur de l'agriculture, dont le fonds eft de dix mille francs.

Tous ceux qui en ont befoin, & dans l'un des cas fixé par le fondateur, peuvent y avoir recours avec confiance, en fe conformant aux formalités prefcrites.

L'intérêt à payer pour ce prêt, qui ne peut pas durer à chaque fois plus de deux ou trois années, eft de trois pour cent feulement.

Cet intérêt doit être verfé dans la caiffe, afin de fervir à augmenter le capital.

Du refte, M. de *Caraman* a pris toutes les précautions néceffaires à la fureté & à la bonne geftion de la caiffe.

Au décès de M. de *Caraman*, fes héritiers feront maîtres de retirer ledit capital de 10,000 l. & alors la caiffe ne feroit plus compofée que des intérêts de cette fomme accumulés depuis l'origine de la caiffe.

29 Novembre. Le fieur *Pilâtre de Rozier*, eft un intrigant qui, au préjudice des premiers inventeurs, ne s'eft point rebuté des humiliations qu'il avoit éprouvées, & a capté la bienveillance du contrôleur-général, au point de fe faire charger par ce miniftre, de la conftruction d'un ballon qu'il appelle improprement une *Montgolfiere*, depuis qu'il y adapté un globe qui fera rempli d'air inflammable, & que le réchaud avec le feu n'en fera que le fecond agent. On ne fait pas ce qui réfultera de ces deux moyens combinés enfemble, dont l'effet pourroit être funefte.

Quoi qu'il en foit, le fieur *Pilâtre* fait voir ce ballon dans une des falles des Tuileries, moyennant de l'argent, & il fait accroire qu'il traverfera la mer fur cette diligence aérienne.

29 Novembre. Le gouvernement femble ne plus craindre d'avouer la difette très-prochaine du bois, cette production de premiere nécessité, il a permis par arrêt du conseil du vingt-deux octobre, à toutes personnes sans exception, de fabriquer du charbon de tourbe, suivant les procédés qu'elles auront inventés, en se conformant chacun en droit foi à la police des lieux. Et comme le bon ton & la mode sont sur-tout ce qui dirige les Parisiens, les plus grandes maisons se font un point d'honneur d'employer ce combustible, & de donner ainsi l'exemple, malgré son odeur infecte & sa vapeur, qu'on accuse de porter à la tête, d'attaquer la poitrine, & de gâter les meubles. On répond qu'on s'y fera, que des nations entieres s'en servent.

30 *Novembre.* Les auteurs de la parade des *Docteurs modernes*, qu'on croit être MM. *Radet & Rosiere*, ont eu peur de la petite feuille attribuée à M. d'*Eprémesnil*, & en conséquence, ont cherché à prévenir l'impression qu'elle pourroit faire, en répandant par la voie du Journal de Paris, une réponse apologétique. Ils y protestent n'avoir jamais eu en vue de mettre sur le théâtre une satire personnelle, de jouer MM. *Mesmer & Deslon*, & moins encore l'honorable compagnie de disciples qu'ils ont. Ils ont peint une classe d'hommes, & non un ou deux hommes; ce qui a été permis de tout temps à la comédie. Un rapport public, fait au nom du gouvernement par les savants les plus éclairés de la nation, a déclaré que la doctrine du *Magnétisme animal étoit illusoire*, & que *sa pratique étoit dangereuse*; ils ont cru qu'il étoit permis de rire un peu d'une *illusion*, & utile d'attaquer une nouveauté regardée comme *dangereuse*.

Malgré cette sécurité apparente & la déclaration de leur intention louable, ces messieurs n'osent se nommer, signent seulement *les auteurs des Docteurs modernes.*

C'est ce qu'on voit au N°. 333 du Journal de Paris.

30 *Novembre.* L'opéra de *Dardanus* tient le second rang parmi les compositions de *Rameau*, le premier, sans contredit, de nos musiciens nationaux: ceux qui ont vécu avec lui, assurent même qu'il le préféreroit à *Castor & Pollux* : en outre le poëme de *la Bruere* étoit fort estimé : tout cela n'a point détourné M. *Guillard* de refaire ce dernier, & M. *Sacchini* d'y adapter une nouvelle musique. La premiere représentation de cet ouvrage a eu lieu aujourd'hui avec la grande affluence que devoit naturellement attirer la réputation de Italien. Il a eu la douleur de ne point jouir de ce concours, & la goutte le retenoit au lit.

Le premier acte a été unanimement applaudi & avec transport : les trois autres n'ont pas eu le même succès ; on n'y a trouvé que peu de chant, du froid, de la tristesse presque continue, & les danses seules ont excité de grands battements de mains.

Mlle. *Maillard* qui faisoit le principal personnage de femme, qui avoit chanté & joué supérieurement aux répétitions, n'a nullement répondu aux éloges qu'on en avoit fait : on prétend que l'idée où elle étoit d'une cabale formée contre elle par Mad. *Saint-Huberty* qui la jalouse à l'excès, l'a intimidée au point de lui faire manquer tout son rôle.

Le peu de partisans qui restent à notre ancienne musique, n'ont pas manqué de se prévaloir du foible succès de l'auteur de la nouvelle pour crier au blasphême; mais, sans parler de ces amateurs opiniâtrés de l'antique, les défenseurs même les plus outrés de M. *Sacchini*, ne peuvent disconvenir que cette production ne soit inférieure aux deux premieres qu'il a fait exécuter sur le théâtre lyrique, *Renaud* & *Chimene*.

La reine devoit venir coucher hier au château des Tuileries, pour assister aujourd'hui à la nouveauté; mais le roi en a détourné sa majesté; il lui a fait sentir que dans le moment où tout annonçoit une rupture prochaine avec l'empereur son frere, il croyoit convenable qu'elle ne parût pas à une fête publique.

Monsieur & M. le comte d'*Artois*, au contraire, qu'on annonce comme voulant aller à l'armée & donner l'exemple à la nation, ont paru à l'opéra, & y ont reçu les applaudissements mérités.

1 *Décembre* 1784. M. le duc de *Penthievre*, après avoir obtenu du parlement ce qu'il désiroit le plus, que son procès avec le comte d'*Arcq*, ne fût pas plaidé, & s'instrusît seulement par écrit, a produit sa défense sous le titre de *Salvations*, accompagnées d'un *Mémoire à consulter*, qui vraisemblablement ont été donnés aux seuls juges avec beaucoup de circonspection & de mystere; car rien n'en a percé dans le public : on ne connoît ces pieces que par la réponse du demandeur.

Suivant cette réponse sous le titre de *Mémoire à consulter*, répandu, au contraire, avec profusion, M. le duc de *Penthievre* éludoit les demandes du comte d'*Arcq*, en niant qu'il fût fils naturel du comte de *Toulouse*; dans une consultation qui étaie ce *factum*, en date du 19 août

1784, le conseil du demandeur trouvoit les moyens employés dans les *Salvations*, insuffisants pour détruire la preuve résultante des titres & de la possession du comte d'*Arcq*.

En conséquence, celui-ci avoit eu recours à la voie de l'interrogatoire sur faits & articles, qui lui étoit ouverte par une loi positive &·qui n'excepte personne, & avoit présenté requête à cet effet. M. le duc de *Penthievre* a fait les démarches les plus vives pour éviter cet interrogatoire, & à demandé à être jugé sans délai; mais le procès n'étant point en état, le parlement, les chambres assemblées le 7 septembre dernier, a ordonné qu'attendu que cette requête avoit pour objet d'être autorisé à porter le nom de *Bourbon*, il se pourvoiroit pardevers le roi.

M. le comte d'*Arcq*, empressé de faire connoître cette injonction de la cour, espece de reconnoissance provisoire & indirecte de sa qualité de fils naturel du comte de *Toulouse*, qui depuis plus d'un demi-siecle est de notoriété publique, se hâte de publier à la rentrée du parlement, un nouveau Mémoire, où il prend pour prétexte d'interroger de nouveau les jurisconsultes, qui, en effet, lui répondent par une consultation du 16 novembre.

Dans ce Mémoire, où le comte d'*Arcq* rappelle toute son histoire, on apprend une nouvelle anecdote à l'occasion de sa mere, qui n'est pas davantage celle énoncée dans son extrait baptistaire. Il prétend que la dignité de son nom & de son rang, exigeoit le plus grand secret.

1 *Décembre.* M. d'*Entrecasteaux* a enfin été jugé par contumace à Aix, le 16 du mois dernier. Le

parlement est resté les chambres assemblées depuis
six heures du matin jusqu'à onze heures du soir.
Il a été condamné à avoir le poing coupé,
à être rompu vif, brûlé & les cendres jetées au
vent; sa robe de magistrature lui devoit préalablement, être attachée & déchirée si les conclusions eussent été suivies en entier : contre l'u-
sage, l'arrêt a été imprimé & affiché. L'exécution
a eu lieu le lendemain à quatre heures du soir.

Ce qu'il y a de singulier, c'est que le valet de
chambre, qui passoit généralement pour son
complice, n'est condamné qu'à un plus amplement informé de cinq ans, pendant lequel temps
il gardera prison seulement.

Une femme de chambre a été élargie à l'instant, avec pareil plus amplement informé.

Le criminel est toujours à Lisbonne. On assure
qu'il a avoué son crime à la reine, qui lui a
promis de ne point le livrer. Il doit rester enfer-
mé dans quelque château-fort, ou couvent.

2 *Décembre.* Les commissaires du roi envoyés
à Bordeaux pour examiner les plaintes portées au
parlement contre les corvées, après avoir éprouvé
bien des humiliations dans la province, sont
revenu rendre compte de leurs recherches, &
il paroît qu'il n'a pas été tout-à-fait favorable à
M. l'intendant, puisqu'il n'est point encore renvoyé à son département. Il avoit cependant présenté à la cour un mémoire apologétique assez
spécieux, si les faits qu'il y expose étoient exactement vrais. Ce mémoire est imprimé aujour-
d'hui sous un titre étranger ; il porte : *Lettre
d'un subdélégué de la généralité de Guienne, à
M. le duc de ***.* On ne peut douter que cet
ouvrage ne soit celui de M. *Dupré de Saint-*

Maur, par l'*avertissement de l'éditeur*, qui dit:
« Je ne puis me persuader que je risque aucu-
» nement de compromettre le magistrat qui,
» sous un nom emprunté, paroît s'être moins
» occupé de sa propre défense, que de celle du
» gouvernement. » Par ce mémoire très-violent
contre le parlement, & récriminatoire de ses
fameuses remontrances dont on a rendu compte,
l'auteur prétend dévoiler les motifs d'intérêt &
d'animosité qui ont excité les réclamations de
cette cour contre une loi sagement établie pour
le régime des corvées, suivant laquelle elles se
payoient en argent dans une proportion conforme aux impôts, & ceux qui s'étoient sous-
traits jusques-là, s'y trouvoient assujettis. Une
instruction signée du roi, envoyée par M. de
Clugny, devenu contrôleur-général, à son suc-
cesseur en 1776, avoit d'abord été le guide
de sa conduite. Depuis, cette instruction a été
modifiée & convertie en une ordonnance du
conseil, du 3 mars 1783, par M. *Joly de Fleury*.
Le parlement n'a osé attaquer cette loi ; mais il
a supposé des abus, dont on voit le détail dans
la lettre du premier président aux lieutenants-
généraux des sénéchaussées de la province, du 31
mars 1784, rapportée à la suite de celle du
subdélégué. Du reste, dans un *nota* en *postscrip-
tum*, M. l'intendant ne peut s'empêcher de convenir que le systême adopté aujourd'hui par le
gouvernement sur la manutention des corvées,
ne soit susceptible d'inconvénients, & il y indique sommairement des remèdes.

Ce qui fortifie encore les soupçons contre la
bonté du nouveau régime, c'est que dans l'avertissement, on annonce une égale fermentation

élevée dans le parlement de Languedoc contre l'administration des corvées.

2 *Décembre.* On parle d'une caricature, imaginée à l'occasion de la guerre. L'empereur, qui en est le principal héros, est au milieu, son épée à moitié tirée ; la Hollande en face, dans l'attitude d'une femme qui se défend ; le lion Belgique est à côté d'elle qui grince les dents, & semble rugir ; la France plus loin braque ses canons ; le roi de Prusse est derriere l'empereur, il le guette, & on le juge disposé à la surprise. Au bas on a écrit ces mots : *Ture lu tu tu rengaines.*

2 *Décembre.* Il n'y avoit autrefois à Bordeaux que de petites affiches très-seches & très-ennuyeuses concernant le commerce, paroissant une ou deux fois par semaine. Deux jeunes gens de cette ville ont imaginé de les convertir en un journal absolument calqué sur celui de Paris, qui se distribue chaque matin sous le titre de *Journal de Guienne.* Il est dédié au maréchal de Mouchy, & a commencé le premier septembre. Il n'est point mal fait, & pourra même, à bien des égards, être plus curieux que celui de Paris, parce que, quoique soumis à un censeur, il sera susceptible de plus de liberté. Il est aussi littéraire, & nous ne pouvons résister au désir d'en citer pour échantillon la fable suivante, petit chef d'œuvre digne de *la Fontaine* ; elle est d'un M. *Dournu*, vicaire de paroisse.

La Corneille & l'Escargot.

Monsieur de l'Escargot, soyez le bien-venu :
Comment êtes-vous donc, lui dit une Corneille,
Monté

Monté fur cet hêtre chenu,
Vous qu'on fouloit aux pieds la veille !
Mon fecret, répond-il, n'eft pas une merveille ;
C'eft en rampant que j'y fuis parvenu.

3 Décembre. A la derniere affemblée publique de l'académie des infcriptions & belles-lettres, on vit que l'abbé *Arnaud*, l'un de fes membres les plus affidus, manquoit. On dit qu'un chancre horrible le tourmentoit ; on ne fait fi c'eft une fuite de fes débauches; mais cet homme d'églife, un des plus vigoureux champions dans les combats amoureux, vient de fuccomber. Plus intrigant que littérateur, de rien il étoit parvenu à être abbé commendataire de Grandchamp, l'un des quarante de l'académie Françoife & de celle des infcriptions & belles-lettres, lecteur & bibliothécaire de *Monfieur*, hiftoriographe des ordres de faint Lazare & de Jerufalem. Il prétendoit avoir de grandes connoiffances en mufique, c'eft la matiere fur laquelle il a commencé d'écrire. Du refte, il n'a guere fait que des opufcules.

3 Décembre. Dimanche dernier, un jeune homme très-bien mis s'eft préfenté au lever du roi ; il a fendu la foule des courtifans, s'eft jeté aux pieds de fa majefté, & lui a dit : « SIRE, » j'implore votre commifération & votre puif- » fance pour me délivrer du démon dont je fuis » poffédé ; c'eft ce coquin de *Mefmer* qui m'a » enforcelé.... » Tout le monde eft refté ftupéfait. Le roi feul s'eft retourné en riant vers la chapelle, c'eft-à-dire vers l'évêque de Senlis & autres aumôniers & chapelains qui étoient là, & leur a dit : « Meffieurs, c'eft votre affaire ; cette

» bonne œuvre vous regarde. »On craignoit que cet événement ne l'eût effrayé; mais on a bientôt été raffuré par la maniere dont il l'a pris. On s'eft emparé du quidam, il s'eft trouvé être le fils de M. *Millet*, receveur-général des finances, frere de deux femmes mariées à la cour, entre autres de madame la comteffe de *Mouftier*. On l'a jugé fou, & renvoyé à fes parents.

4 *Décembre*. Madame la baronne de *Burman* étoit d'origine fille d'une courtiere de diamants dans la place Dauphine. Elle avoit époufé un petit bijoutier nommé *le Coq*, qui a fait banqueroute, & eft mort en Efpagne. Devenu femme galante, elle a donné dans les yeux d'un riche Hollandois, de l'ordre équeftre, qui l'a époufée, puis s'en eft repenti, a voulu faire caffer fon mariage, & n'ayant pu réuffir, a laiffé fa femme fe livrer à tout fon libertinage. Elle eft aujourd'hui maîtreffe en titre du baron d'*Ogny*, intendant-général des poftes; elle a fur-tout en fous-ordre le fieur *Julien* de la comédie italienne, dont la femme a quelquefois porté des plaintes au baron; mais il en eft tellement engoué qu'il ne croit rien, & ne peut fe paffer de cette dame. Il vient d'en marier la fille au comte de *Peyfac*, avec des avantages confidérables & la plus grande pompe. Cet éclat a beaucoup fcandalifé Paris, & donné lieu de rechercher toute l'hiftoire de fa mere. Elle n'en fera pas moins préfentée, n'ira pas moins à Verfailles, ne jouira pas moins de tous les honneurs & de toutes les diftinctions des femmes de la cour. Le contrat de mariage a été figné par leurs majeftés le 21 novembre.

4 *Décembre*. La pédéraftie, aujourd'hui le beau vice à la mode, comme la tribaderie parmi les

femmes, a été portée depuis quelque temps à un si haut point de scandale à la cour, que sa majesté vouloit qu'on sévît contre quelques seigneurs pris en flagrant délit. On parle d'une espece de sérail qu'ils avoient établi à Versailles, où se rendoient les bardaches à leur usage. On a représenté au roi que l'éclat d'un châtiment juridique seroit très-dangereux, déshonoreroit d'ailleurs beaucoup de grandes maisons, enfin exciteroit sans doute de plus en plus le goût & la curiosité de ce péché. Le roi en conséquence de ces représentations, s'est contenté d'en exiler quelques-uns. On citoit sur-tout le marquis de Cre***, maître-d'hôtel de Madame; on l'accusoit d'avoir débauché un heiduque de la reine. Comme il est absent depuis deux mois & dans ses terres en Flandre, ce bruit s'est accrédité au point qu'on assure que M. d'Angiviller, son ami, lui a écrit qu'il feroit bien de revenir pour détruire, en se montrant, les rumeurs fâcheuses qui se répandoient à son sujet. Cependant il n'est pas encore arrivé.

A ce même sujet, l'on cite un fameux prédicateur de Paris, le pere Césaire, carme déchaussé, cousin du pere Elysée; on dit qu'on a voulu le perdre dans la Franche-Comté sa patrie, où il est actuellement, & qu'il est accusé de sodomie au parlement de cette province. Il faut attendre des éclaircissements sur cet étrange procès.

4 Décembre. Extrait d'une lettre d'Auch, du 25 novembre. Tous les troubles élevés ici au sujet de notre nouvel intendant, M. de la Chapelle, dont le régime des corvées avoit été la cause, sont cessés. Nous avons reçu un arrêt du

conſeil du 18 octobre, qui ordonne que les officiers municipaux ſeront tenus d'exécuter dans tous les cas les ordonnances du ſieur intendant & commiſſaire départi ; il les diſpenſe d'une peine portée contre eux par une ordonnance de cet intendant, mais pour cette fois & ſans tirer à conſéquence. Sa majeſté, du reſte, ſe réſerve de faire connoître ſes intentions ſur l'objet des repréſentations deſdits officiers municipaux, ainſi que ſur tout ce qui concerne le régime des corvées. Il ordonne en outre que les termes & imputations contenus dans leur mémoire imprimé contre les ingénieurs des ponts & chauſſées, ſeront ſupprimés comme injurieux & calomnieux.

Le 5 de ce mois M. l'intendant, avant de leur lire cet arrêt mortifiant, l'a adouci par un diſcours mielleux : il y a fait un pompeux éloge du miniſtre des finances, dont *la gloire retentit dans toute l'Europe*, & a annoncé que M. de *Calonne* s'occupoit d'un réglement général ſur les corvées.

Le maire d'Auch a répondu d'une maniere noble, quoique ſoumiſe & reſpectueuſe pour les ordres du roi...

5 *Décembre. Chanſon* pour le jour de ſaint François, à une demoiſelle que ſon amant jaloux avoit ſouſtraite à toute ſon ancienne ſociété.

Air : *De tous les capucins du monde.*

Je voudrois ce ſoir pour ta fête
Trouver chanſonnette en ma tête
Digne de me faire écouter :
Mais, oh ! la maudite barriere !

Quoi ! l'on ne peut plus te chanter
    Qu'à travers la chattiere.

Tu m'inspirerois mieux, sans doute,
Que ma muse mise en déroute
Par les Cerberes de ton fort.
N'importe ! chantons, on peut faire
D'excellentes choses encor
    A travers la chattiere.

De ton sermonneur ridicule,
D'*Orgon* le merveilleux émule,
Pourquoi ne pas rire en effet !
Et de loin imitant *Moliere*,
Lui conter joliment son fait
    A travers la chattiere.

Toujours s'accroît par la défense
Le doux plaisir de la vengeance,
Et l'esprit en devient plus fin.
De l'amour la jeune écoliere
Ainsi trouve à duper enfin
    A travers la chattiere.

De ton censeur suivant l'exemple,
Sans remords tu pourrois, ce semble,
Lui rendre une bonne leçon.
Crois-moi, tu n'hésiterois guere
Si tu savois combien c'est bon
    A travers la chattiere.

Au reste, qu'il me le pardonne,
Pour son bonheur je le chanfonne
S'il profite de mon éveil.
Quoique dure foit la maniere,
Il fort par fois un bon confeil
A travers la chattiere.

5 *Décembre.* Il paroît conftant que le pere
Hervier, prédicateur devenu fameux depuis
qu'il s'eft mêlé de magnétifer, eft interdit par
M. l'archevêque de Paris. Il faut cependant
beaucoup rabattre de tous les mauvais propos
répandus contre ce religieux. On lit dans le
journal de Guienne un défaveu formel du comte
de *Verthamont*, chez lequel logeoit le pere
Hervier à Bordeaux, d'une prétendue lettre inférée, fous le nom de ce malade dans la gazette
d'Utrecht, fuivant laquelle il l'auroit chaffé de
chez lui. M. de *Verthamont* déclare, au contraire,
qu'il s'eft très-bien trouvé des foins du révérend
pere, qu'il lui a beaucoup d'obligation, &c.

5 *Décembre.* Le principal changement fait par
M. *Guillard* au poëme de *Dardanus*, c'eft d'avoir
fondu enfemble le quatrieme & le cinquieme
acte, pour en arranger un d'une longueur dé-
mefurée & chargé d'incidents, qui fatiguent le
fpectateur, bien loin de lui faire paroître l'action plus vive & plus rapide : il a d'ailleurs
été très-circonfpect dans les autres changements. Il a fi bien fenti les reproches qu'on
pouvoit lui adreffer, qu'il a compofé un long
avertiffement, afin de les prévenir & de s'en
juftifier. Il y déclare qu'il a confulté avec beaucoup de foin les différentes éditions de cet

opéra, joué pour la premiere fois en 1739, &
remis au théâtre en 1744, 1760 & 1768, afin
de fubftituer feulement l'auteur à lui-même, &
d'y mettre du fien le moins poffible. On juge
qu'il en a encore trop mis, ainfi que trop retranché : tort qu'il partage du moins avec le
muficien, auquel il voudroit le renvoyer tout
entier. Celui-ci en effet auroit dû imiter le chevalier *Gluck* qui, voulant refaire la mufique
d'*Armide*, a eu foin de conferver les anciennes
paroles, & de lutter ainfi corps-à-corps, en
quelque forte, avec *Lully*. Au lieu que M. *Sacchini* femble avoir voulu éluder les points de
comparaifon avec *Rameau*. Les connoiffeurs du
refte s'en tiennent, en admirant quelques morceaux, à réprouver l'entreprife, comme ne répondant pas à fa hardieffe.

Les danfes en font la reffource, comme de
bien d'autres opéra. Indépendamment d'un paffe-
pied d'un genre neuf, & fupérieurement exécuté
par Mlle. *Guimard* & le fieur *Veftris*, plufieurs
autres parties des ballets ont été fort goûtées.
Les Dlles. *Saulnier*, *Zacharié* & *l'Anglois* y ont
fur-tout brillé. La premiere a la majefté de
Mlle. *Heynel* & des graces moins féveres ; la
feconde, plus de correction & de naturel, avec
non moins de volupté que Mlle. *Guimard* ;
enfin, la derniere, abfolument nouvelle au
théâtre pour la danfe haute, à la vigueur &
l'aifance de toutes celles qui l'ont précédée, joint
déjà plus de nobleffe.

Les directeurs actuels du théâtre, voyant le
peu de fuccès de *Dardanus*, fe défendent de
l'avoir reçu & laiffé jouer, fur la haute protection
dont la reine honore aujourd'hui M. *Sacchini*.

6 Décembre. Le conseil, depuis la paix, est sur-tout occupé du soin de concilier l'accroissement des cultures des colonies d'Amérique, avec l'extension du commerce général du royaume. Il avoit déjà reconnu nécessaire de tempérer successivement la rigueur primitive des lettres-patentes du mois d'octobre 1727, dont les dispositions écartent absolument l'étranger du commerce des colonies. Il a observé que les circonstances actuelles sollicitoient de nouveaux adoucissements. En conséquence il a rendu un arrêt le 30 août 1784, concernant le commerce étranger dans les isles françoises de l'Amérique, où, en les accordant, il a multiplié encore les ports d'entrepôt au vent & sous le vent, afin de prévenir les abus d'une contrebande destructive, ou de la réprimer avec d'autant plus de sévérité, que les infracteurs en deviendroient plus inexcusables.

6 Décembre. Extrait d'une lettre de Nancy, du 15 novembre. L'affaire du chapitre de Remiremont, à laquelle vous vous intéressez, est finie depuis plus d'un an. Elle a été solemnellement jugée, le 15 octobre 1783, au conseil des dépêches, le roi y étant; les dames opposantes ont été déboutées, & l'élection de madame de *Ferrette* à la dignité de *secrete* a été confirmée; ce qui a donné gain de cause aux dames nieces contre les dames tantes, & tire les premieres de la servitude où celles-ci vouloient les tenir : en un mot, la jeunesse l'a emporté sur la vieillesse; victoire pas toujours conforme à la raison, mais au moins dans l'ordre naturel. Au reste, l'illustration de ce chapitre, la nature des questions qu'on agitoit sur sa constitution, la qualité des parties, l'importance, soit pour l'honorifique, soit pour le temporel, de la dignité qui donnoit lieu à la contestation, & la maniere volumineuse autant que piquante dont les intérêts des parties ont été défendus, tout excitoit la curiosité, & donnoit de relief à ce grand procès.

7 Décembre. C'est aujourd'hui l'évêque de Rennes qu'on prend à tâche, & qu'on assassine de pamphlets. Quoiqu'un nouveau intitulé : *Dialogue entre un abbé & un ami des Bretons, ou petit Catéchisme des Bretons,* paroisse contenir des vues plus patriotiques, on ne peut guere douter que le principal but de l'auteur n'ait été réellement de tourmenter ce prélat. Quoi qu'il en soit, on prétend que ce petit entretien eut effectivement lieu le 12 août dernier. Il roule sur les deux points : *la députation & les octrois municipaux,* qui exciterent tant de troubles aux états derniers ; on y déduit très au clair ces deux objets, en sorte qu'ils sont mis à la portée de l'intelligence de chaque membre, qu'il en peut raisonner pertinemment, & sentir la nécessité d'obtenir satisfaction.

Outre l'évêque de Rennes qui revient dans ce pamphlet, on y parle encore du sieur *Parjaud de Montjourdain,* sur le compte duquel on révele plusieurs anecdotes peu sûres, & calomnieuses vraisemblablement. Il y est question aussi d'un autre maltôtier, qui n'est pas nommé.

Ce pamphlet, au reste, est écrit sans prétention au style ou à l'esprit : il est très-court & intéressant dans le moment des états, où l'on agite les matieres que traite l'auteur.

7 Décembre. Il paroît que le gouvernement

C 2

intimidé , en quelque forte , par l'ordre des patriciens qui femble avoir pris fous fa protection le fieur *Mefmer*, dont beaucoup font enthoufiaftes de fa doctrine, n'a ofé agir ouvertement contre cette efpece de fecte, & a pris le parti, au lieu de l'expulfer par autorité, de faire tomber fa doctrine, en la couvrant de ridicule. On ne doute pas aujourd'hui que la piece des *Docteurs modernes* n'ait été compofée fous fes aufpices, & l'on veut qu'elle foit l'ouvrage, au moins en grande partie, de plufieurs médecins ayant le farcafme à la main, & qui auront guidé leurs prête-noms. On en juge par beaucoup de termes techniques qu'un poëte doit ignorer.

Quoi qu'il en foit, en attendant que la dénonciation ait lieu, quelques plaifants parmi les foutiens du docteur *Mefmer*, ont imaginé de repouffer la plaifanterie par la plaifanterie. C'eft fans doute l'origine d'une facétie qui fe répand depuis deux jours, intitulée : *Extrait des regiftres de la faculté de médecine de Paris, du premier décembre* 1784. On y parodie les actes de ce corps; on y fait parler le doyen comme alarmé des progrès de la doctrine du *magnétifme animal*', prêt à s'élever fur les débris de la fienne, & l'on cherche les moyens d'en prévenir la ruine. On y tourne en ridicule les rapports combinés de la faculté & de la fociété ; l'ancien doyen *Philips*, auteur du petit poëme de la *Mefmériade*; on y baffoue, & les auteurs des pieces contre le *mefmérifme*, & même les acteurs & les actrices qui les ont jouées. L'abbé *Aubert*, un des journaliftes le plus acharné à décrier cette doctrine, eft traité avec un mépris fouverain. On y exalte au contraire les bons ouvrages faits en

ſa faveur ; on nous les faits connoître , tels que
les *Doutes d'un Provincial* , par M. *Servan* , avocat-général au parlement de Grenoble ; *les Obſer-*
vations de M. de Bonneſoy ; *les Lettres de M. le*
comte de Puyſégur ; *les Conſidérations ſur le ma-*
gnétiſme animal , *par M. Bergaſſe.*

Tel eſt le fond de ce pamphlet , qui n'eſt pas
ſans ſel , c'eſt-à-dire , ſans beaucoup de méchanceté.

7 *Décembre.* Le ballon du ſieur *Pilâtre de*
Rozier , c'eſt-à-dire , conſtruit ſous ſes yeux par
MM. *Romain & Hemann* , a été emballé ces
jours-ci & a dû partir pour Calais , d'où cet
intrépide argonaute aérien prétend ſe rendre
en Angleterre. Il eſt digne rival du ſieur *Blan-*
chard , qui , de ſon côté , ſe propoſe de ſe rendre
à Douvres , & de paſſer de-là ſur le continent. Il
faut voir qui des deux tiendra parole , & réuſſira
le mieux. En attendant , le premier décembre
le charlatan *Pilâtre* a ouvert ſon muſée dans
les nouveaux bâtiments du Palais-Royal avec
beaucoup d'appareil , & , entr'autres choſes , avec
une illumination en feux de couleur. Deux illuſtres perſonnages ont bien voulu ſe prêter au
ſpectacle , & l'on a vu dans l'aſſemblée M. de
Suffren couronner le buſte de M. de *Buffon.*

Madame *Saint-Huberty* devoit chanter une
eſpece d'hymne d'inauguration en l'honneur de
l'hiſtorien de la nature , mais les dames n'ayant
pas voulu admettre cette actrice dans leur cercle ,
elle s'eſt piquée , & n'a point chanté. C'eſt un
muſicien de Notre-Dame qui l'a remplacée avec
beaucoup de goût. Quant au poëme , il étoit
médiocre.

8 *Décembre.* Les calembours ne tariſſent point.

C 6.

fur le compte de M. le duc de *Chartres*, à l'occafion des nouvelles boutiques qu'il fait conftruire ; on dit qu'il eft devenu *prévôt des marchands* ; on dit qu'il ne loge plus au Palais-Royal,
mais au *Palais Marchand* : au furplus, le coup
d'œil de ces barraques arrangées uniformément
eft affez joli, mais donne de plus en plus à ce
lieu l'air d'une foire, peu noble pour la demeure
d'un grand prince.

Une autre amufette attire aujourd'hui les
badauds dans le jardin, lorfque le temps le
permet. Il faut fe rappeller que dans le *profpectus*
du plan moderne de fon palais, M. le duc de
Chartres, afin d'adoucir les regrets des amateurs, promettoit de leur rendre la jouiffance
même de ce méridien qui attiroit tant de monde
à l'heure de midi. Il a tenu parole, & a enchéri ; car, outre le méridien, il a fait pratiquer dans la ligne véritable, une petite chambre
qu'on remplit de poudre, ce qui forme explofion
dès que le foleil y frappe, & avertit, non-feulement les promeneurs, mais tout le quartier,
que le foleil eft au milieu de fon cours.

8 Décembre. On fe rappelle ce billet plaifant :
» le martyr *Beaumarchais* eft venu voir la
» vierge *Target*, » qui a été l'époque de la
liaifon de ces deux perfonnages. Depuis, ils
font reftés ce qu'on appelle *amis* dans le monde,
c'eft-à-dire qu'ils fe voient fréquemment, qu'ils
boivent & mangent enfemble. Ils n'en font pas
moins très-oppofés de caractere, de mœurs,
de façon de penfer, d'agir. Me. *Target* ne fait
pas moins à quoi s'en tenir fur le compte de
cet ami prétendu, il n'en a pas plus d'eftime
pour lui. C'eft ce que prouve un mot piquant »

lequel lui eft échappé derniérement chez le fieur de *Beaumarchais* même, où il dînoit. Il étoit queftion de la pompe à feu ; l'amphitrion qui eft un des actionnaires, exaltoit beaucoup cette entreprife ; il difoit que ce projet national feroit infiniment d'honneur à fes auteurs, qu'il en parloit toujours avec enthoufiafme : « Vraiment, je le » crois bien, » lui répond Me. *Target* : « c'eft » *votre baptême.* » Le fieur de *Beaumarchais* qui fent la morfure, rompt la converfation, parle d'autre chofe, & cherche à étouffer ce farcafme fanglant qui n'a pas été perdu pour tout le monde.

8 Décembre. M. le baron de *Breteuil* continue à s'occuper beaucoup de la partie de fon département qui concerne les lettres de cachet. On vante une lettre qu'il a écrite fur ce fujet aux intendants des provinces de fon département, pleine de fages inftructions, bien digne de fervir de modele aux autres fecrétaires d'état, en pareille circonftance.

9 Décembre. On ne ceffe d'imaginer de nouvelles infcriptions pour la pompe à feu, fans qu'aucune ait encore paru fatisfaifante. Voici la derniere connue, d'un M. de *Banfiere* :

Imperat hîc, LODOIX Vulcano, civibus undas
Mittere ; vix loquitur, flumen ubique ruit.

« Le roi ordonne à Vulcain de fournir de » l'eau à fes fujets ; à peine le monarque a-t-il » parlé, que la Seine fe répand par-tout. »

9 Décembre. Mlle *Beaumefnil*, après avoir brillé au théâtre comme actrice, voudroit obte-

nir un rang parmi les compofiteurs en mufique,
on a vu qu'elle avoit déjà compofé un petit acte
d'opéra; hier elle a ofé fe produire au concert
fpirituel. Elle a fait exécuter un nouvel *oratorio*,
intitulé : *les Ifraélites pourfuivis par Pharaon*,
fujet propre à fournir matiere à une grande,
forte et favante armonie. Cet ouvrage a produit
affez de fenfation, pour qu'on le faffe entendre
une feconde fois au public.

9 Décembre. Une anecdote du féjour du comte
d'*Oels* à Paris, qui n'a pas caufé autant de bruit
qu'elle auroit dû, & ne fe répand que peu-à-peu,
n'en mérite pas moins d'être confervée, & l'on
va la configner ici. Le prince ayant demandé
à un enfant s'il n'étoit pas venu dans un œuf,
l'écolier lui adreffa le quatrain fuivant :

Ma naiffance n'eut rien de neuf,
J'ai fuivi la commune regle ;
'C'eft vous qui vîntes dans un œuf,
Car vous êtes un aigle.

*10 Décembre. La lettre de M. le barôn de Bre-
teuil aux intendants des provinces de fon département, au fujet des lettres de cachet & ordres de
détention*, eft datée du 15 octobre dernier. Il
les invite d'abord à vérifier l'état de tous les
prifonniers renfermés extrajudiciairement dans
leur département refpectif, à difcuter les caufes
de leur détention, & à ne pas tarder de lui
marquer les noms de ceux qu'ils eftiment devoir être élargis. En convenant qu'il y a des.
exceptions à faire fouvent, il leur prefcrit les
regles d'après lefquelles ils peuvent & doivent.

se déterminer, soit pour demander l'élargisse-
ment des prisonniers, soit pour continuer leur
captivité, soit pour se décider à l'avenir sur les
fautes, crimes ou circonstances qui exigeront
des lettres de cachet.

Le ministre divise en trois classes les personnes à renfermer de cette maniere. 1. Celles
dont l'esprit est aliéné. 2. Celles qui, sans avoir
troublé l'ordre public par des délits, sans avoir
rien fait qui ait pu les exposer à la sévérité des
peines prononcées par la loi, se sont livrées à l'excès du libertinage, de la débauche & de la dissipation. 3. Enfin celles qui ont commis des actes
de violence, des excès, des délits ou ces crimes
qui intéressent l'ordre & la sureté publique, & que
la justice, si elle en eût pris connoissance, eût
punies par des peines afflictives & déshonorantes
pour les familles.

Tels sont les cas différents où M. le baron de
Breteuil estime qu'on peut demander des lettres de
cachet; mais il prescrit en même temps les regles
qu'il faut observer dans l'examen & le jugement
de ces cas. Tout ce qu'il dit à ce sujet, est très-
sage, & il entre dans des détails qui ne permettent
pas aux commissaires départis de se tromper,
du moins moralement parlant. Cette lettre fort
longue, respire dans tout son contenu, autant
l'amour de l'humanité que l'amour de la justice
& de l'ordre ; elle est écrite avec beaucoup de méthode & de clarté. Le style en est simple & noble,
l'on peut la regarder comme un petit traité sur
une matiere si importante & si peu approfondie
jusqu'à présent, qui sembloit n'être soumise
qu'aux caprices du despotisme ou aux passions
des dispensateurs des ordres illégaux du roi.

11 *Décembre.* Le sieur *Compere Laubier*, négociant d'Oléron, a présenté, il a quelque temps, au maréchal de *Castries*, ministre de la marine, un plan dont l'objet est d'indiquer aux navigateurs, par le moyen de balises, les parties de la côte, de cette isle où, dans un cas de naufrage, on peut sauver les équipages, les cargaisons & quelquefois les navires. M. de *Castries* en a ressenti toute l'utilité, il en a ordonné l'exécution sur le terrain, ainsi que la gravure & l'impression du plan, représentant les positions des balises, dans les différentes anses. Mais on ne dit point quelle récompense a reçu l'auteur patriotique, ou même s'il a été question de le récompenser.

11 *Décembre.* Le docteur *Jussieu* avoit été nommé dans le principe, c'est-à-dire le 5 avril dernier, l'un des commissaires de la société royale de médecine, pour examiner la doctine, les procédés & les effets du magnétisme animal pratiqué par M. *Deslon.* Il paroît que, pensant différemment, il s'est bientôt détaché de ses confreres, & pour justifier cette démarche, il a fait imprimer séparément son examen sous le titre de *Rapport de l'un des commissaires chargés par le roi de l'examen du magnétisme animal.* Il l'a daté de Paris le 12 septembre 1784.

Il reproche à ses confreres d'avoir porté un jugement simple sur quelques faits isolés, & de n'avoir point donné un exposé méthodique de faits nombreux & variés, propres à éclaircir la question, à éclairer le gouvernement & le public, & à déterminer l'opinion de l'un & de l'autre.

Quant à lui, il range les faits dont il a été témoin dans quatre classes : 1. Les faits généraux

& positifs, dont on peut rigoureusement déterminer la vraie cause : 2. Les faits négatifs qui
constatent seulement la non action du fluide con-
testé : 3. Les faits, soit positifs, soit négatifs,
attribués à la seule imagination : 4. Les faits positifs qui paroissent exiger un autre agent.

Ce dernier ordre seul indique l'opinion de
M. de *Jussieu*, qui admet quelquefois un agent,
dans son ouvrage écrit avec beaucoup de méthode, de clarté & de noblesse. Il donne en
même temps aux Mesméristes d'excellents avis
sur la manière de soutenir, de faire valoir &
de démontrer leur doctrine : mais il réprouve le
charlatanisme & le mystere dont ils l'envelop-
pent. Il leur apprend que tout médecin peut
suivre les méthodes qu'il croit avantageuses pour
le traitement des maladies, mais sous la condition de publier ses moyens, lorsqu'ils sont
nouveaux, ou opposés à la pratique ordinaire.
Il convient au reste qu'il faut proscrire tout traitement dont les procédés ne seront pas connus par une prompte publication. Ainsi en derniere analyse, il ne nie, il ne proscrit pas le
magnétisme, mais il décrie la manière secrete
dont on l'emploie, & les abus du procédé & de
la manipulation.

12 *Décembre*. Un abonné du Journal de Paris,
dans une lettre datée de Caronge en Norman-
die, le 23 novembre 1784, propose un prix
pour la meilleure nourrice choisie parmi celles
qui auront fait au moins cinq nourritures pour
Paris. Chacun des cinq nourrissons aura dû
être allaité au moins dix mois, & rapporté à
Paris en bon état, & la nourrice ne pourra
prétendre au prix que dans le cas où elle se

préfentera en état, & dans la difpofition de prendre un fixieme enfant. Le réfultat de ces conditions, calcul fait, & que la nourrice qui remportera le prix, aura donné au moins trois enfants à l'état.

Le prix confiftera en une petite médaille d'or du prix de trente-fix francs, fur laquelle on gravera ces mots : *Prix d'allaitement donné à la nommée..... de la paroiffe de..... pour la ré-compenfer des foins qu'elle a pris de cinq nourriffons de Paris, qu'elle a allaités & rendus en bon état à leurs parents.*

L'auteur défireroit pouvoir fonder vingt prix pareils, qui eft le nombre à-peu-près des Pro-vinces fourniffant des nourrices à Paris. Il eftime que cette dépenfe ne pafferoit pas quinze cents livres par an.

En attendant que ce projet fe réalife en grand, il envoie foixante & douze livres aux journa-liftes de Paris. C'eft Mad. d'*Hamecourt*, direc-trice du bureau des recommanderefes qu'il prie de fe charger de l'acquifition des effets & de la diftribution.

Voilà le moment où le fieur de *Beaumarchais* doit fe montrer & concourir au projet dont il a fourni la premiere idée.

12 *Décembre*. La prétention de M. le duc de *Penthevre*, eft d'être affimilé à tout aux princes du fang, fuivant la volonté de *Louis* XIV, dans fon édit enrégiftré en lit de juftice, en faveur des princes légitimés. Le parlement qui ne re-connoît point cet édit, refufe à ce prince les honneurs qu'il exige : en conféquence il ne s'y trouve jamais. La même difficulté auroit recom-mencé, fi le parlement eût accordé au comte

d'*Arcq* la demande qu'il formoit, que le duc
de *Penthievre*, dans le procès qu'il a intenté contre son altesse sérénissime, fût interrogé sur
faits & articles ; le duc de *Penthievre* eût désiré que deux conseillers de la cour se trans-
portassent dans son palais pour y recevoir ses
réponses.

Le parlement n'a pas voulu le mortifier en
lui refusant cette prérogative, il n'a pas non
plus osé dénier tout-à-fait justice au réclamant :
il pris la tournure d'éluder sa demande, en ordonnant, comme on a vu, que le comte d'*Arcq*
seroit tenu de se retirer pardevers le roi. Il se
flatte que ce personnage décrié n'obtiendra
rien à Versailles, & mourra avant que le procès
finisse.

13 *Décembre*. Le second pamphlet dont on a
parlé en faveur du Mémérisme, a été distribué
à la comédie italienne, le dimanche 5 décembre. On a jeté des paquets du cintre, avant
que le spectacle commençât. On jouoit ce jour
là *les Docteurs modernes*, & l'on conçoit que la
sensation dût en devenir plus grande. Le premier avoit été distribué de même. On continue
de l'attribuer à M. d'*Eprémesnil*, ainsi que le nouveau. On attend avec impatience la rentrée des
enquêtes, qui n'a lieu que le quinze de ce mois,
pour savoir si la dénonciation que se proposoit
le magistrat, aura lieu.

14 *Décembre*. Une espece d'épigramme qui court
le monde, intitulée *les Modes*, excite une grande
fermentation parmi le beau sexe, qui dévoue
son auteur, M. *Heffman*, aux dieux infernaux ;
car celui-ci n'a pas craint de se nommer. C'est
le poëte des petites affiches, qui les alimente

souvent de ses pieces légeres, boutades, caprices, &c. Voici l'épigramme. Il faut se rappeller le monstre imaginaire des Indes, dont on a donné la description, & qu'on a dit ressembler beaucoup aux harpies de la fable.

A Malbrough on vit succéder
Ce Figan que l'on admire ;
Figan, las de commander,
A son tour va quitter l'empire,
Qu'à la *Harpie* il va céder.
A la Hapie on va tout faire,
Rubans, lévites & bonnets ;
Mesdames, votre goût s'éclaire,
Vous quittez les colifichets
Pour des habits de caractere.

14 *Décembre*. M. de *Segur*, ministre actuel de la guerre, bien différent de ses prédécesseurs qui vouloient détruire le beau monument des invalides, ne s'occupe que de son utilité, de son embellissement & de sa décoration. On a déjà rapporté ce qui s'étoit fait à cet égard par ses ordres, & ce qui se faisoit encore aujourd'hui ; c'est une superbe horloge qu'on y va voir. Elle est du *le Paute* cadet, qui soutient l'honneur de ce nom fameux, & partage aujourd'hui la gloire de son frere, dans une carriere que celui-ci a singuliérement agrandie. Le volume de cette machine n'est que d'un sixieme de celle de l'hôtel-de-ville dont on a parlé, pour laquelle il a eu ce singulier procès. Ce n'en est pas moins un chef-d'œuvre aussi par-

ait. Les connoisseurs en ce genre d'orlogerie, y admirent tout à la fois la simplicité dans les moyens, la certitude dans la théorie, & le fini dans l'exécution. Elle est à équation, c'est-à-dire qu'elle indique constamment les heures solaires : par un méchanisme unique, elle sonne les heures, les quarts & les avant-quarts : tous ces effets se produisent sans augmentation de poids, & sans aucun obstacle pour la régularité & l'uniformité du mouvement.

14 *Décembre.* L'institution patriotique formée depuis trois ans par M. l'évêque de Castres, pour l'instruction des femmes en couche dans son diocese, continue avec le plus grand succès. Au dernier concours qui a fini le vingt-trois novembre, par la distribution des prix ; le nombre des éleves distingués entre les sages-femmes, a été tel qu'il a fallu partager presque tous les prix.

Les dioceses limitrophes de St. Pons, St. Papoul & de Carcassonne, y avoient envoyé leurs sages-femmes

M. l'archevêque de Toulouse, frappé de cet exemple, a appellé cette année pour instruire les sages-femmes de son diocese, le sieur *Jaert* chirurgien-professeur de l'école des Castres, & ce prélat en a été si content, qu'il se propose de l'appeller tous les ans.

14 *Décembre* On a dû juger par la maniere dont la chambre des comptes s'étoit radoucie en faveur de M. *Saussaye,* ce receveur des impositions si grièvement diffamé par son commis, que son innocence commençoit à percer. Depuis, par un arrêt du 4 de mois, cette cour a déclaré les imputations du sieur *du Pasquier,* fausses &

calomnieuſes, & a réhabilité entiérement cet
honnête citoyen.

L'ordre des avocats eſt actuellement occupé
de la punition d'un jeune avocat qui a ſigné
le dernier *factum* publié contre M. *Sauſſaye.*

15 *Décembre.* Lors de la ſéance publique de
l'académie françoiſe , tenue le jour de la Saint-
Louis derniere, on n'a fait qu'annoncer la remiſe
du prix deſtiné au meilleur traité élémentaire
de morale. Cet article mérite qu'on y joigne
quelques détails qu'on a ſu depuis.

L'étendue & le nombre des ouvrages qui oc-
cuperent la ſéance , ne permirent pas à M. *Marmontel* , en ſa qualité de ſecretaire perpétuel ,
de lire un morceau qu'il avoit compoſé pour
avertir les candidats de l'extrême difficulté du
ſujet , & de l'attention qu'il exigeoit : il y déve-
loppoit les deux conditions à remplir, ſelon l'é-
noncé du Programme , & que l'ouvrage ſoit éié-
mentaire , & ſoit en même temps l'extrait, &
comme la ſubſtance d'un traité de morale. Il
les tournoit & retournoit dans tous les ſens,
les préſentoit ſous toutes les faces , & finiſſoit
par faire entendre aux concurrents, afin de ranimer leur émulation peut-être découragée, que
ce n'eſt pas ſeulement une médaille d'or, mais
une très-grande réputation qui attend l'écrivain
philoſophe de qui l'académie ou plutôr notre
ſiecle aura reçu ce beau préſent.

M. *Marmontel* annonçoit en outre que l'auteur d'un traité mis au concours, & que l'a-
cadémie avoit jugé digne d'une mention honorable, l'avoit très-bien ſenti ; que ce traité
dont le titre eſt *les Devoirs de l'homme & du
citoyen*, encore imparfait, n'étoit pas de nature

obtenir le prix, & que ce n'étoit pas même
l'intention de fon auteur ; mais qu'il étoit le
travail préliminaire, la premiere élaboration de
ces idées principales qui doivent en fubftance
former l'ouvrage élémentaire.

On devoit en même temps faire part à l'affemblée de quelques morceaux du livre. La durée de
la féance trop courte, quoique très-longue, ne
l'a pas permis.

M. de *la Cretelle*, avocat, fe déclare aujour-
d'hui pour l'auteur du livre, & conféquemment
renonce à concourir. Un engagement qu'il a con-
tracté pour le *Dictionnaire de morale de la
nouvelle Encyclopédie*, ne lui permet pas de s'a-
mufer à cette bagatelle ; mais comme il n'a pas
voulu perdre le léger grain d'encens qui lui
venoit d'une main auffi flatteufe que celle du
fecretaire de l'academie, il a demandé à M. *Marmontel* la permiffion de livrer fon difcours à l'impreffion. Celui-ci a été fort aife auffi de faire fortir
de fon porte-feuille ce morceau précieux. Il eft
imprimé dans le *Mercure* du 11 de ce mois, &
c'eft un parfait modele de galimathias.

15 *Décembre*. La vente des tableaux de M. le
comte de *Vaudreuil* s'eft effectuée en deux
féances, & a rendu 300,000 livres ; les principaux dont le prix eft à conferver, ont monté
aux fommes fuivantes :

Le Pietro de *Cortonne*.   .   .   35,000 liv.
La femme de *Rubens*.   .   .   20,000
L'Adrien de *van der Velde*.   .   19,000
La Vendeufe de pommes de *Gérard
Dou W*.   19,000
Les deux *van Huiffem*.   .   .   16,000
Deux petits *Rembrants*.   .   .   15,000

Trois Vaches de *Paul Poter*. . 15,000
Le Préfident *Richardot de van Keb*. 14,800
Enfin, un tableau du *Guerchin*. 12,000

La plupart de ces tableaux ont été achetés
pour le roi.

Les huit *Vernet* que l'on mit à 68,000 livres,
n'ont point rencontré d'acheteur, parce qu'ils
ne conviennent qu'à un prince ou à un quelqu'un
qui auroit une grande galerie en tableaux : ils
font trop grands pour un fimple cabinet d'a-
mateur.

15 *Décembre*. Extrait d'une lettre de Philadel-
phie, du 10 octobre.... Le dix-huit feptembre.
Sir *Henri Laurens* a préfenté au général *Waynes*,
une médaille d'or frappée en France, que le
Congrès avoit voté en 1779, pour ce général.
D'un côté de la médaille, l'on voyoit le fort
Anglois de Stoni-point, avec cette légende :
Aggeres, Pæludes, hoftes victi. A l'exergue on
lit : *Stoni-point expug.* XV. jul. M.DCC.LXXIX.

Sur le revers de la médaille, eft un guerrier
Américain affis fur une redoute angloife, tenant fon épée à la main, & ayant à fes pieds
un drapeau anglois avec cette légende : *virtutis
& audacia monumentum & præmium.*

. D'après la lettre ci-deffus, il y a grande apparence que cette médaille eft la même com-
mandée à M. *Duvivier* de l'académie de peinture, graveur-général des monnoies de France
& des médailles du roi, dont on trouve l'annonce
dans le catalogue du Salon de 1779, fous ce
titre : *Médaille ordonnée par les Etats-unies de l'A-
mérique, à l'honneur de M. le chevalier de Fleury, pour s'être diftingué à la prife de Stoni-point,*
                                                    en

en 1779. La Gazette dans le temps, a fait mention de cet honneur reçu par le François.

16 *Décembre.* La secte du magnétisme établie à Paris sous le nom de *société de l'harmonie*, sous la présidence du docteur *Mesmer*, son chef & son fondateur, ne se décourage ni par les persécutions qu'elle éprouve, ni même par le ridicule qu'on verse si abondamment & si constamment sur elle. Elle ne s'en propage qu'avec plus de zele. C'est ainsi qu'elle vient de former une colonie helvétique. M. *Langhans*, docteur en médecine de Berne, est autorisé par elle à fonder une autre société pour la Suisse, au nombre de soixante membres selon la forme & les constitutions de celle de Paris.

16 *Décembre.* Les colporteurs annonçoient depuis quelques jours avec un grand mystere, un livre fort piquant par son titre: *le livre fait par force, ou le mystificateur mystifié & corrigé par un Persiffleur persiffié.* Il perce & l'on ne peut le lire, c'est le plus parfait galimathias qui ait jamais été composé. Il est inconcevable qu'un homme ait pu avoir cette patience, & il n'y auroit en effet que le motif de contrainte & de violence qui pourroit justifier une entreprise aussi plate & aussi bête. Il contient pourtant près de 300 pages sans notes, & dont plusieurs d'un caractere très - serré. S'il y a une clef, il faut être bien fin pour la deviner, & il ne mérite nullement qu'on s'en donne la peine. *Verba & voces, prætereaque nihil,* auroit dû être sa véritable épigraphe. Par une espece de dédicace qui est à la tête, datée du 30 août, on juge que cet ouvrage est tout neuf. Il est précédé d'une estampe qui vaut mieux que son contenu en entier.

Tome XXVII.   D

On y voit le pauvre auteur qui a l'air d'un écolier assis devant son bureau, une plume à la main ; deux masques lui mettent le pistolet sur la gorge, & une sorte de magistrat derriere lui, fort attentif, semble attendre sa réponse pour prononcer son arrêt. On lit au bas : *faites - nous un livre, ou nous allons vous casser la tête.*

16 *Décembre. Extrait d'une lettre de Rennes, du 8 décembre.* Les Etats se soutiennent avec la même tranquillité. Nos députés, à ce qu'on croit savoir, ont obtenu les deux objets qu'ils demandoient.

Les tables sont aussi rétablies. Il faut se rappeller qu'elles avoient été supprimées par un arrêt du conseil, du 29 mars 1776. Il y a cependant eu dans l'ordre de la noblesse des difficultés à cet égard. Mais l'avis pour le rétablissement a passé à la pluralité de deux cents dix-neuf voix contre cinquante-neuf. Il a été principalement motivé sur ce que cette suppression n'a point tourné au soulagement désiré.

Une autre difficulté s'étoit élevée précédemment à l'occasion de la lettre que le roi est dans l'usage d'écrire aux états mêmes pour leur témoigner sa satisfaction du don gratuit. Lorsqu'on l'a demandée à M. de *Montmorin*, il a répondu que ce ne pouvoit être qu'un oubli. On l'a supplié d'interposer ses bons offices pour en avoir une directe. On lui a déclaré que LOUIS XVI seroit le premier monarque qui n'eût pas rempli cette formalité. Je ne doute pas que cela ne soit fait.

17 *Décembre.* Rien de plus dangereux pour un poëte qui veut débuter dans la carriere drama-

tique, que d'essayer ses pieces sur un théâtre de
société. Les spectateurs disposés favorablement,
exagerent toujours les beautés qu'ils croient
voir, & dissimulent les défauts : il ne peut ainsi
se corriger, & son amour - propre en acquiert
une confiance funeste. C'est ce qui vient d'arriver à l'auteur de l'*Avare cru bienfaisant*, comédie nouvelle en cinq actes & en vers, dont
la premiere représentation a été donnée avant-
hier. Les amis du poëte qui l'avoient vu jouer
à la campagne, assuroient que la piece leur avoit
paru délicieuse ; & le public l'a trouvée détes-
table, pleine de défauts, à commencer par le
titre qui n'est point du tout rempli, par le principal caractere qui n'est point fait. Sans entrer
dans aucun détail qu'elle ne mérite pas, il suffit
d'observer qu'il n'y a dans cette production ni
assez d'intérêt pour la constituer drame, ni assez
de gaieté ou de piquant pour l'appeller comédie ; que c'est un monstre qu'on ne sait dans
quelle classe ranger : le style même n'en a rien
d'agréable, & nulle part ne rachete le fond.

Le pere de l'ouvrage est un M. *Desfaucherayes*,
fils d'un feu procureur au parlement, nommé
Brousse. Il a de la fortune, & n'est heureusement point dans le cas de travailler par nécessité. Ce qui l'a fait juger plus sévérement, c'est
qu'il est fort présomptueux, fort critique, &
qu'aux premieres représentations du *Jaloux* de
M. *Rochon de Chabannes*, il se déchaînoit contre
la piece avec autant d'indécence que de mauvais
goût.

17 *Décembre*. La suite périodique des *Mémoires
Secrets*, &c. connus sous le nom de *Bachaumont*,
ne paroît guere ici que depuis la Saint-Martin :

elle forme les volumes 22, 23 & 24 de cette
collection. Ils embraffent toute l'année 1783.
Ils ne font pas moins intéreffants que les précédents. On y trouve d'excellents détails concernant les affemblées parlementaires de Paris &
d'autres villes, concernant la faillite momentanée de la caiffe d'efcompte, concernant la cour
& les miniftres, de petites pieces de vers rares
& curieufes, ou nouvelles abfolument ; en un
mot, on y trouve de plus en plus cette variété
étonnante de faits & d'anecdotes qui doivent
contribuer à en augmenter le débit, en ce qu'ils
offrent de quoi contenter tous les goûts & toutes
les claffes de lecteurs.

(Cet article eft tiré d'une gazette manuf-
crite très-accréditée dans Paris, dans les provinces, & même chez l'étranger.)

18 *Décembre*. M. *Servant*, ancien avocat-
général au parlement de Grenoble, après avoir
inftruit la magiftrature par des ouvrages pro-
fonds & remplis d'humanité fur la légiflation,
principalement à l'égard des criminels, s'eft
amufé dans fon loifir à défendre le mefmérifme, auquel il croit avoir l'obligation d'éprouver
dans fes maux un foulagement qu'il avoit inutilement cherché chez la médecine. Le livre
dont il s'agit eft anonyme, mais tout le monde
l'en dit auteur. Il eft en forme de *Doutes d'un*
Provincial, propofés à MM. les commiffaires
par le roi de l'examen du magnétifme animal.
Sous ce titre modefte, M. *Servant* releve avec
la plus grande étendue toutes les bévues que les
mefmériftes reprochent aux commiffaires. Indépendamment de l'excellente logique dont eft
foutenu l'ouvrage, il y regne une gaieté, une

plaifanterie continue, qui en rend la lecture très-
agréable. On ne peut mieux le comparer dans
fon genre qu'aux *dialogues de l'abbé Galliani fur
les bleds*, qui eurent tant de vogue autrefois,
en ce qu'ils mettoient la matiere à la portée
de tout le monde, même des gens les plus
frivoles & des femmes. Le nouvel ouvrage eft
dans le même cas, & ramene beaucoup de
monde du côté de *Mefmer*; car les François
aiment toujours à rire, & donnent ordinairement gain de caufe à celui qui fait les amufer
le plus.

18 *Décembre*. M. de *la Blancherie* a fi bien
intrigué, qu'il vient encore de fe relever de fa
nouvelle interdiction : fon falon de correfpondance doit fe rouvrir au mois de janvier prochain, & il en fera toujours le chef fous le
titre impofant d'*agent général de correfpondance
pour les fciences & les arts*. Malheureufement
M. *Pilâtre de Rozier* lui a fait grand tort ; il a
furieufement envahi, durant la fufpenfion de ce
rival, dans fes domaines & dans fa recette ; il
compte en ce moment pour 40,000 livres de
foufcriptions.

19 *Décembre. Le Vol plus haut, ou l'Efpion
des principaux théâtres de la capitale, contenant
une hiftoire abrégée des acteurs & actrices de ces
mêmes théâtres, enrichie d'obfervations philofophi-
ques & d'anecdotes récréatives.* Ce titre de la
brochure dont on a parlé vaguement, n'eft pas
encore entiérement exécuté. Outre un avis de
l'éditeur, une préface, une poftface, & autres
acceffoires de rempliffage de cette efpece, il n'y
eft queftion que du concert fpirituel & de l'opéra.
Rien de plus mal fait que cette rapfodie, qui

pourroit être charmante en d'autres mains
avec un autre ftyle. Les bonnes chofes qu'on
trouve, font des lambeaux pillés de *l'Efpi*
Anglois, des *Mémoires Secrets*, des *Mémoir*
de l'abbé Terrai, de *la Gazette littéraire*
l'Europe, &c. Tout mal fait que foit cet ouvrage, on ne doute pas qu'il ne foit cour
par les filles & les libertins, ce qui fuffit pour
lui donner de la vogue ; ils attendent la fuite
concernant la comédie françoife & la comédie
italienne avec grande impatience ; mais il eft
bien à craindre qu'elle ne foit pas meilleure.

19 *Décembre.* Voilà le moment venu de l'élection du fucceffeur de M. de *Pompignan.* Il y avoit
beaucoup de concurrents fur les rangs. On en
défignoit fept principaux : M. l'ancien évêque
de Senez, marquis de *Chimene*, marquis de
Bievre, Sauvigny, abbé *Maury, Target* avocat ;
& comte de *Florian.* On étoit fur-tout étonné
de voir parmi les concurrents Me. *Target*, qui
cependant eft un des plus accrédités. On fait
aujourd'hui que le jeudi 16, c'eft l'abbé *Maury*
qui l'a emporté. Les brigues vont recommencer
pour la feconde place qui refte vuide.

20 *Décembre.* M. l'abbé *Giraud - Soulavie*,
prêtre du diocefe de Viviers, eft un jeune phy-
ficien, auteur d'un ouvrage intitulé : *l'Hiftoire*
naturelle de la France méridionale. Ce livre,
ancien déjà, fut, à fon origine, accueilli par
l'académie des fciences ; il obtint fon approbation ; & comme fa majefté a concédé à cette
compagnie la permiffion de publier en fon nom
fes propres ouvrages & ceux qu'elle adopteroit,
elle permit à l'auteur de jouir de fon privilege.
L'académie des infcriptions & belles-lettres, qui

voit propofé aux favants & aux naturaliftes
les recherches fur les antiques limites de nos
mers, honora celui-ci du titre de fon correfpon-
dant. Les académies de Marfeille, Dijon, Pau,
la Rochelle, Châlons, Metz, Nîmes, Angers
fe l'affocierent. Un cenfeur royal, nommé par
l'adminiftration, examina le livre de nouveau.
On reconnut fon utilité & fon orthodoxie au-
thentiquement & légalement. Le fouverain,
après une difcuffion ultérieure faite par ordre du
miniftre, daigna en agréer l'hommage.

Cependant un M. *Barruel*, prêtre du même
diocèfe, l'un des auteurs de *l'Année Littéraire*,
après avoir été l'ami & le confident de fon confrere l'abbé *Soulavie*, l'a attaqué comme un
hérétique, un impie & un athée; il a porté
fa premiere accufation contre lui dans une efpece
de journal périodique répandu en Vivarais, leur
patrie commune, fous le titre des *Helviennes*,
deftiné fpécialement, ce femble, à défendre la
religion contre les livres hétérodoxes. Non content de cette premiere efcarmouche, il lui a
livré un combat plus direct & plus en regle dans
un pamphlet *ad hoc*, qu'il a nommé dérifoire-
ment, *Genefe felon M. Soulavie*, où, entr'autres
chofes, il lui fait un crime d'avoir obfervé dans
les montagnes du Vivarais des couches de co-
quillages pétrifiées, avant les couches de plantes
pétrifiées, tandis que *Moyfe* dit les coquilles
créées après les plantes; & il part de-là pour le
dénoncer à la Sorbonne comme un philofophe
audacieux digne de la cenfure, pour lui prodi-
guer les qualifications les plus injurieufes & les
plus atroces.

M. *Barruel* a fi bien fait, il s'eft tellement

D 4

acharné contre M. l'abbé *Soulavie*, qu'il eft parvenu à l'empêcher d'avoir un canonicat de Viviers, d'avoir des lettres de grand-vicaire, de prêcher devant le roi un fermon agréé, qu'il a fait fufpendre les bienfaits du clergé envers ce membre fi eftimé, & qu'il eft parvenu, finon à le perdre tout à-fait, au moins à le mettre dans le cas de fe juftifier.

La patience de M. l'abbé *Soulavie* s'eft laffée enfin, & il a attaqué au criminel fon calomniateur. L'affaire eft actuellement en inftance au châtelet, & commence à faire du bruit; elle en fera fans doute beaucoup plus lorfqu'elle fera plaidée.

20 *Décembre*. On peut fe rappeller la Garre, dont il fut beaucoup queftion il y a quinze ans, pour mettre durant l'hiver les bâtiments & marchandifes de la riviere à l'abri des glaces & des débâcles. On en avoit commencé une; elle avoit déjà coûté des dépenfes énormes; mais le parlement n'y ayant pas donné fon attache, ayant même fait des repréfentations à cet égard, les travaux font reftés fufpendus depuis cette époque, & les avances ont été abfolument perdues. Cependant on fent de plus en plus la néceffité d'une garre. Il s'agit aujourd'hui d'en conftruire une autre; l'académie d'architecture a été confultée là-deffus, & elle tient aujourd'hui une affemblée folemnelle, où la matiere doit être fort agitée. Elle s'en occupe beaucoup depuis fa rentrée.

21 *Décembre*. Un chevalier des dames, d'autant plus généreux qu'il ne fe nomme pas, a

pris en main leur cause contre M. *Hoffman*, &
a fait à sa piece des Modes la réponse suivante :

La Harpie est un mauvais choix ;
Passons sur ce léger caprice ;
Mais dans ses modes quelquefois
Le sexe se rend mieux justice,
En suivant de plus dignes loix.
Mesdames , j'ai vu sur vos têtes
Les attributs de nos guerriers ;
On peut bien porter leurs lauriers,
Quand on fait , comme eux , des conquêtes ,

On voit que le poëte fait allusion aux plumes
dont nos jolies femmes continuent à se pana-
cher.

21 *Décembre*. M. *Sefman Calmer* étoit un
juif riche , qui avoit acheté le duché de Chaulnes , étoit seigneur de la vidamie d'Amiens , &
avoit eu un procès contre l'évêque de cette ville ,
refusant d'agréer des bénéficiers, auxquels il
avoit donné sa collation comme seigneur : le
prélat a perdu dans le temps.

Ce *Calmer* avoit de jolies filles , qui lui atti-
roient beaucoup de monde ; on croit même
qu'il en a marié une à un baron catholique.
Quoi qu'il en soit, lui & ses filles vivoient
beaucoup avec les chrétiens : il avoit eu aussi
de grandes relations chez madame la comtesse
Dubarri, il en avoit encore à la cour, & tout
récemment avoit vendu le duché de Chaulnes
à M. le comte d'*Artois*. Il est mort le 7 de ce
mois subitement & sans avoir fait abjuration ,

D 5

de maniere qu'il a été transporté à la Villette, où est le cimetiere des juifs. Les rabins, indignés contre ce mauvais disciple de la loi, avoient dévancé le convoi, & lui ont refusé leurs prieres & la sépulture. Il a fallu que le commissaire chargé de ce département se transportât sur le lieu, dressât procès-verbal de leur résistance, menaçât d'avoir recours à l'autorité, & de prendre main-forte. On voit par-là que le fanatisme est de toutes les religions.

21 *Décembre.* Suivant l'usage, il court vers la fin de cette année un vaudeville sur la cour, les ministres, les événements & anecdotes du jour.

22 *Décembre.* M. le marquis de *Chatellux*, conservant pour les Américains l'estime & le zele que lui a inspiré son séjour dans ces contrées, s'occupe, durant la paix, à l'avancement des sciences & des lettres parmi les nouveaux alliés de la France. Il a interposé ses bons offices auprès du comte de *Vergennes* à cet effet. En conséquence il a obtenu pour eux une belle & précieuse collection de livres, dont le roi a bien voulu faire présent à l'université de Pensylvanie. Il a fait cet envoi accompagné d'une lettre en date du 8 mai dernier.

L'envoi arrivé, le 27 juillet, le bureau d'administration de ladite université a arrêté que le président écriroit au marquis de *Chatellux* pour lui témoigner la reconnoissance du corps entier ; ce qui a été fait. Le marquis a reçu la lettre, où l'on pourra juger du genre d'éloquence du pays par cet éloge du roi.... « Ils (les adminis- » trateurs) contemplent avec délice le caractere » d'un monarque, dont la puissance se déployant » jusques aux bornes de l'occident pour y sou-

» tenir les droits de l'humanité, semble suivre
» le soleil dans sa course, & faire briller juf-
» qu'aux extrémités du monde des vertus qui
» ajouteront un nouveau luftre au trône le plus
» éclatant, & serviront d'ornement à l'hiftoire
» des rois.... »

M. le marquis de *Chatellux* se glorifie avec
raison d'une pareille correspondance, & la montre
à qui veut la lire ; il en a même fait inférer des
fragments dans le *Mercure.*

22 *Décembre*. Extrait d'une lettre de Mende,
du 12 décembre 1784...... La commiffion dont
vous demandez des nouvelles, érigée par lettres-
patentes du 22 juillet 1783, eft finie à la satif-
faction de ces contrées. Je vous ai marqué, il
y a un an, que fon objet étoit de parcourir les
Cevennes, le Vivarais & le Gévaudan, afin d'y
entendre & recevoir les plaintes contre les juges,
avocats, procureurs & huiffiers. Les quatre confeillers
au parlement de Touloufe que je vous ai nommés
alors, accompagnés de M. de *Salaze*, doyen des
fubftituts du procureur-général & qui en faifoit
les fonctions, ont eu un travail immenfe : vous
ne fauriez vous imaginer à quel excès étoit porté
le brigandage des gens de loix, & vous frémi-
riez en lifant ces détails. Nombre d'avocats, de
notaires, de procureurs, d'huiffiers ont été con-
damnés aux galeres ou au banniffement. La
corruption étoit fi générale, qu'elle avoit entaché
les juges eux-mêmes. Des praticiens gradués
étoient à la fois fermiers & juges des feigneu-
ries ; leurs maifons préfentoient un affemblage
monftrueux de greffes, d'études de procureurs,
de dépôts d'actes de notaires, des regiftres des
droits domaniaux, & on les voyoit à la fois

D 6

par eux , par leurs clercs ou ayant caufe, parties, procureurs fifcaux, greffiers, procureurs poftulants, experts, juges, notaires, contrôleurs.

Une ordonnance des commiffaires réprime tous ces moyens de fraude, défend la réunion des différents offices, qualités ou fonctions en un même individu; trace des regles certaines pour les procédures, & prononce les peines les plus graves contre les infracteurs.

Voilà , comme vous voyez, une excellente befogne terminée avant que vous ayez rien fait à Paris à cet égard. On dit même ici qu'il n'y aura rien, que le roi dans fa derniere réponfe au parlement fur le mémoire de la compagnie, a trouvé tout bien, & que vous êtes dans le meilleur des mondes poffible.

22 *Décembre.* Les villes du commerce font fort mécontentes de l'arrêt du confeil qui admet les neutres dans nos colonies ; elles jettent les hauts cris, & menacent de ne plus faire d'expédition. Elles envoient des députés extraordinaires pour plaider leur caufe. Ceux du Havre , de Nantes, de Bordeaux font déjà arrivés. Il y eut dernierement après-dîner chez le maréchal de *Caffries* une longe conférence à ce fujet entre plufieurs gens du métier. Un député du Havre développa dans la plus grande étendue le tort que cette miffion caufoit au commerce. M. de *Vaivres*, intendant-général des colonies, défendit l'arrêt du confeil avec beaucoup de zele : il affura que cet arrêt avoit été rendu en connoiffance de caufe & d'après l'avis des députés du commerce.

Il eft à remarquer à cette occafion que ces députés, quoique nommés librement par les

villes , une fois choifis & formant bureau , peuvent ouvrir des avis oppofés au vœu de leurs
commettants , & envifager en grand les intérêts
du commerce en général. Voilà pourquoi dans
certains cas les villes envoient des députés extraordinaires , chargés de défendre leurs intérêts
refpectifs.

Les raifons militantes pour l'admiffion des
neutres , eft l'impoffibilité où fe trouve la France
de fournir les colonies de merrains , de bois de
conftruction , de poiffon & de viande falés , &
autres objets de cette efpece , dont on ne peut
les laiffer manquer.

La grande objection des commerçants , c'eft
que , fous prétexte de ces fournitures , on ouvre
la porte à la contrebande.

On leur répond que c'eft pour éviter , autant
qu'il fe peut , cet inconvénient , qu'on a changé
les lieux d'entrepôt , qu'on les a placés fous les
yeux des adminiftrateurs de la colonie , afin
qu'ils puiffent mieux veiller aux abus , & fous
les yeux des armateurs , commerçants & autres
intéréffés à fe plaindre , pour qu'ils furveillent de
leur côté les navires étrangers.

Enfin , M. de *Vaivres* a terminé le colloque
par déclarer que , dès qu'on pourroit donner
des preuves d'une contrebande tolérée , le gouverneur & l'intendant feroient révoqués fur le
champ.

23 *décembre.* Les colporteurs annoncent myf-
térieufement une efpece d'ouvrage périodique
nouveau , intitulé *le Conteur*. On ne fait d'où il
vient ; il n'y a fur les numéros qu'on en voit ,
ni lieu d'impreffion , ni année. Au refte , ce

n'eſt qu'une rapſodie de vieilleries diviſées ſous différents titres, *anecdotes hiſtoriques*, *anecdotes littéraires*, *anecdotes politiques & civiles*, *anec-dotes gaillardes*. Rièn de neuf abſolument dans tout cela; l'auteur ne fait que mettre à contri-bution les gazettes, journaux & autres ouvrages de toute eſpece. Le ſeul mérite de celui-ci eſt d'être court & varié dans ſes notices : du reſte, ſtyle lourd & peu correct.

Le rapſodiſte, qui ne veut pas effrayer les acheteurs, promet de clorre ſon recueil après trente numéros. C'eſt le fruit de ſes lectures & annotations qu'il communique au public.

23 Décembre. Mlle. *Contat* joue ſi délicieuſe-ment dans *le Mariage de Figaro*, que beaucoup d'hommes en ſont devenus amoureux, & même des femmes, entr'autres Mlle. *Raucourt* ſa ca-marade, renommée entre les tribades. Elle eſt allée lui faire ſa cour, mais en a été mal reçue dès que Mlle. *Contat* a ſoupçonné ce dont il s'agiſſoit. Alors elle a pris une autre tournure. Inſtruite combien cette actrice étoit dérangée dans ſes affaires, & témoin d'une dette de deux mille écus dont le billet préſenté ſous ſes yeux n'avoit pu être acquité à l'échéance, elle a voulu faire ſentir délicatement à Mlle. *Contat* qu'elle pourroit lui être fort utile en ce genre; elle eſt allée trouver le créancier, s'eſt fait remettre le billet & le mémoire quittancé des frais de la procédure en train, & a renvoyé anonyme-ment le tout à la débitrice; ne doutant pas, malgré cela, que Mlle. *Contat* ne découvrît d'où venoit ce cadeau, elle s'eſt préſentée chez elle avec confiance, mais a trouvé la porte fer-mée.

Il faut savoir qu'à la même époque, un agréable de la cour, le comte de *Laudron*, soupiroit pour Mlle. *Contat*, mais inutilement, parce que persuadé du pouvoir de sa figure, il ne parloit nullement de financer. L'actrice, à la vue du billet payé, s'est imaginée que c'étoit cet amant qui s'étoit mis en regle, & apportant la même délicatesse dans sa reconnoissance, elle l'a reçu dans son lit sans parler de rien, & comme si elle lui accordoit réellement le seul prix de son amour. Ce jeune étourdi, comblé des faveurs de l'actrice, s'en est glorifié dans le public, comme d'une conquête due à sa séduction. L'histoire a fait bruit. Mlle. *Raucourt* furieuse, a rompu les barrieres, & a, dans la jalousie, accablé de reproches d'ingratitude Mlle. *Contat*. L'imbroglio s'est éclairci, & il en a résulté que le jeune homme avoit recueilli les fruits de la générosité de la tribade ; ce qui, vu la circonstance, a paru plus plaisant encore. Cette historiette est l'anecdote du jour, & fait beaucoup rire.

23 *Décembre.* Le vaudeville annoncé ne contient que cinq couplets ; mais il ne laisse pas que d'embrasser beaucoup de gens dans ce court espace. Il y est question de l'*empereur*, de la *reine*, de la *guerre*, du comte de *Vergennes*, du maréchal de *Segur*, de M. de *Miromesnil*, du maréchal de *Castries*, de son fils, du baron de *Breteuil*, enfin de M. de *Calonne*. Quoique les couplets ne soient pas aussi bien composés qu'ils pourroient l'être, quelques-uns ne sont pas sans sel, & semble d'un auteur qui connoît bien la cour & le ministere.

24 *Décembre.* Extrait d'une lettre de Rennes,

du 10 décembre. ... Vous ne fauriez vous imaginer la fenfation qu'a produite dans les états
l'annonce que le roi leur accordoit les deux points
en conteftation , concernant le nomination des
députés en cour , & les octrois des villes. Quant
au premier article , M. le duc de *Penthievre* s'é-
toit défifté depuis long-temps de fa prétention,
mais le droit des états n'eft plus contredit en
rien.

Quoique tout cela ne foit qu'une reftitution,
on a été fi enchanté de voir le miniftere fe
défifter de l'ufurpation qu'il avoit faite, qu'on
s'eft porté à des folies, on a crié *vivre le*
roi ! vivre Calonne ! Affurément MM. les pro-
cureurs-généraux du parlement , commiffaires nés
du roi aux états , ne fe feroient pas attendus
en 1766 , à entendre cette exclamation aux états
de 1784.

On a arrêté en outre dans l'affemblée du onze
d'ériger une ftatut à LOUIS XVI , dans une des
places de cette ville , ou ailleurs , en mémoire de
ce grand événement. Cependant la province achete
bien cher une ceffation de violation de nos privi-
lèges & droits qu'on eft venu au point de
regarder comme une grace , les demandes du
roi font doublées.

A l'égard de l'affaire du tabac , il nous eft
venu deux membres de l'académie des fciences,
commiffaires du roi , pour vifiter les tabacs faifis.
Les commiffaires étoient les fieurs *Cadet* &
Beaumé , deux apothicaires. Leur miffion auroit
pu occafionner du bruit avec la cour , fi la fa-
geffe du parlement n'avoit prévenu le conflit d'autorité , & prévenu la violation de fon greffe , en
rendant arrêt qui ordonnoit que le greffe feroit

ouvert auxdits commiſſaires. Ils ont fait leur
viſite, & n'ont pu s'empêcher de reconnoître
que les tabacs ſaiſis, même ceux provenants du
magaſin de la ferme, étoient gâtés. Le parlement a également ordonné que les greffes des
juriſdictions ſubalternes, où étoient en dépôt
pareils tabacs ſaiſis, ſeroient ouverts auxdits commiſſaires.... Je ne ſais s'ils ont fait entiérement leur tournée, mais il n'y a pas de doute
que leur rapport ne ſoit uniforme.... & cette
fois les fermiers - généraux ſeront pris en flagrant délit. Cependant la cour reproche toujours
à notre parlement les tabacs brûlés par la chambre des vacations; elle a ſur le cœur cet acte
d'autorité..... Il vient de le réitérer par un arrêt du 17 de ce mois, qui vous ſera envoyé.

24 *Décembre.* M. *Linguet* ſentant la néceſſiré
de faire quelque éclat, de mettre en avant quelque paradoxe bien hardi pour ſoutenir ſes feuilles
tombées abſolument en diſcrédit, que peu de
gens liſoient, & que beaucoup moins achetoient,
dans ſon numéro 88 a pris le parti de ſoutenir
la cauſe de l'empereur contre les Hollandois,
& de prétendre que la conduite de ce ſouverain
étoit non-ſeulement légitime, mais conforme à
celle que la France a tenue tout récemment à
l'égard du port de Dunkerque.

Cette feuille en effet excite une grande rumeur
parmi les politiques. Ses raiſonnements au ſur-
plus ne ſont que des ſophiſmes, & le réſultat
de ſon bavardage bien analyſé, eſt une maxime
devenue triviale à force d'être connue & répétée,
que la ſeule loi des ſouverains eſt la loi du plus
fort, & même en général celle de l'humanité
entiere.

25 *Décembre.* Extrait d'une lettre de Bordeaux, du 21 décembre. .,. L'auteur de la fable de la Corneille & de l'Escargot, est un vicaire de paroisse, dont vous avez pu voir déjà de petites productions dans les ouvrages périodiques. Il se nomme *Dourneau*; mais son mérite diminue beaucoup, depuis qu'on a su qu'il avoit imité ou traduit cette fable du latin d'un jésuite qui, je crois, est le pere *Desbillons*.

Le numéro 16, du journal de Bordeaux, a déjà valu une légere suspension aux auteurs. Ils avoient inféré, sans la montrer au censeur, une piece de vers érotiques, où on lisoit ces vers trop passionnés :

Quand lasse d'être baisée,
Tu veux baiser à ton tour ;
Quand ta langue électrisée,
Tes levres seches d'amour
Cherchent ma bouche embrasée...

Heureusement l'interdiction n'a pas été longue, & les Journalistes en ont été quittes pour déclarer que la piece intitulée *mes Projets*, n'avoit pas passé sous les yeux du censeur, n'avoit été inférée que par méprise, & n'étoit pas destinée au Journal.

26 *Décembre.* Extrait d'une lettre de Bordeaux, du 21 décembre 1784.... Notre académie de peinture, sculpture & architecture n'a pu faire ouvrir cette année son salon ordinaire : la disette des morceaux d'exposition, a obligé de la renvoyer à 1785.

Elle a tenu seulement sa séance publique pour

la diftribution des prix. Le fujet de celui de peinture & de fculpture, étoit vraiment patriotique; il s'agiffoit de confacrer la mémoire du deffechement des marais de l'archevêché, en 1624; marais dont les exhalaifons nous avoient fi fouvent occafionné la pefte. Cet événement eut lieu fous le cardinal de Sourdis, alors archevêque de Bordeaux.

Le petit nombre de concurrents affez forts pour traiter ce fujet, a obligé de rendre le prix commun aux éleves de peinture & de fculpture.

Les deux couronnés font MM. *Briant* & *Barincourt.*

Le programme pour l'architecture, renfermoit un projet de premiere utilité pour cette grande ville de commerce: favoir, le plan, l'élévation & la coupe d'une halle ou marché au bled, à établir fur un terrain convenable, avec des dimentions prefcrites.

Les deux prix de ce genre ont été remportés par MM. *Thiac* & *Rochefort.*

Il eft à obferver que M. *Barincourt* qui a eu le fecond prix de peinture & de fculpture, a remporté auffi le prix du deffin d'après nature. Il a encore gagné celui de l'anatomie appliquée aux arts de peindre & de fculpter: ainfi il a été trois fois vainqueur & dans trois genres différents.

26 *Décembre*. Meffieurs de l'adminiftration du college de *Louis-le-Grand*, ont fait cette automne une expédition myftérieufe, dont ils fe gardent bien de fe vanter, parce qu'elle n'a tourné qu'à leur confufion. Ayant découvert une cave dont il n'avoient point eu connoiffance jufqu'à

préfent, ils ont paffé dans une feconde, où ils ont obfervé une cloifon en moëllons plus fraîche que les autres murs, & fans aucune ouverture, ils fe font fait autorifer par la chambre des vacations pour démolir la cloifon, & pénétrer dans la partie fecrete. Quel a été leur étonnement, lorfque pour tout tréfor, ils n'ont vu dans cet emplacement tout-à-fait vuide, qu'un crâne humain. Ils ont fait fouiller dans la terre, ils ont fait fonder les murs,.... rien de plus. Du refte, des conjectures fans fin fur le crâne qui fembloit n'avoir pu être jeté là par un foupirail, à plus de trois pieds de profondeur de la rue. On eft encore à deviner à quel ufage les Jéfuites avoient deftiné un pareil caveau.

26 *Décembre*. Prophétie dont l'accompliffement paroît devoir être très-prochain. Tel eft le titre d'un pamphlet publié depuis peu encore par les défenfeurs du mefmérifme. Ils ont fenti la néceffité de mettre les rieurs de leur côté, & ils ne s'y prennent point mal. Dans la nouvelle facétie on décrie affez bien & les médecins, & leur doctrine, & leur conduite, & leur charlatanerie, depuis l'origine de leur fcience abftrufe & conjecturale jufqu'à nos jours. On y défigne le docteur *Mefmer* fous la qualification d'*homme de génie*, à qui la nature a révélé fon fecret. On y raconte de la même maniere allégorique & prophétique, tout ce qui s'eft paffé & fe paffera depuis fa venue en France. La faculté de médecine & la fociété royale qui, jufques-là divifées, fe font réunies contre l'étranger qui venoit les chaffer de leurs écoles, font finguliérement maltraitées, même l'académie des fciences. On baffoue les deux commiffions ; mais on en veut four-tout à la comé-

die dês *Docteurs Modernes*, parce que les adver-
faires regardoient ce moyen comme le plus fûr
pour faire tomber la *société de l'harmonie*. Entre
les gazetiers, journaliftes & folliculaires, on a
choifi l'abbé *Aubert*, comme le plus acharné,
pour le traîner dans la boue, & le couvrir d'ig-
nominie. On pouffe l'injuftice jufqu'à lui con-
tefter le titre de littérateur, qu'il mérite éminem-
ment, au gré des connoiffeurs, lorfqu'il n'a pas de
raifon d'être partial, & de parler contre fon
fentiment intime. Il paroît que le docteur *Paulet*
eft, après l'abbé *Aubert*, le journalifte que l'on
redoute le plus. Cependant l'on n'eft pas fûr de
le connoître pour un ennemi déclaré, & l'on
fe contente de le prévenir dans un avis de l'éditeur.

On finit par dire que les médecins & les
apothicaires difparoîtront de deffus la furface
de la terre ; & l'on ne peut que répondre en
chorus avec l'auteur, *ainfi foit-il !*

· 26 *Décembre*. Les lettres de la Guiane françoife portent que les girofliers ont donné quatre
milliers de leurs fruits ; que les canneliers ne
réuffiffent pas moins bien ; mais que les poivriers
& les mufcadiers y croiffent avec peine.

· 27 *Décembre*. Le premier rédacteur du *Courier
de l'Europe*, pendant toute fa correfpondance,
avoit foigneufement évité de fe compromettre
avec Me. *Linguet*. Soit prudence, foit crainte
de fa dent, foit vénération pour les talents de
l'annalifte, il n'en parloit en aucune manière, &
l'on ne fe fouvient pas qu'il ait même jamais
prononcé fon nom. Le fucceffeur n'a pas imité
cette circonfpection. Il a commencé par recevoir
les diatribes du fieur *Caron de Beaumarchais*

contre l'édition purgée de *Voltaire*, que se proposoit de donner Me. *Linguet* à l'usage des dé-
vots. Celui-ci, naturellement hargneux, non-
seulement n'a pas répondu, mais a baissé pavillon
devant son maître, & s'est désisté de son projet
avec une modestie rare.

La renommée n'a point publié ce qui s'est
passé depuis entre l'annaliste & le gazetier ;
mais il faut que le premier ait eu des torts bien
graves pour que le second se soit porté aux vôies
de fait, & lui ait donné un *soufflet*, ou quelque chose d'équivalent : ce qu'il lui rappelle
dans son numéro 48, du mardi 14 de ce mois,
de la maniere la plus cruelle & la plus outra-
geante, puisqu'il lui reproche en même temps
la lacheté de n'oser lui en demander raison, & de
s'enfuir honteusement & précipitamment devant
lui, lorsqu'il le rencontre. Toutefois, avant de
le condamner, il faut voir comment Me. *Linguet*
repoussera ces personnalités.

27 *Décembre.* Un M. de *Lamoignon*, avocat-
général, avoit été invité par l'académie françoise de venir prendre séance dans son sein ; il
le refusa sous prétexte de ses occupations qui ne
lui permettoient pas d'accepter cette place. La
compagnie piquée arrêta que dorénavant elle
n'éliroit personne qui n'eût fait des sollicitations,
c'est-à-dire, une visite à chaque membre.

C'est cet arrêté qui a fait que depuis il n'y a
point eu d'avocat qui ait siégé à l'académie,
par une délibération contraire de l'ordre, ne
voulant pas qu'aucun de ses membres se soumît
à postuler une place dont tous doivent être dignes,
dès qu'ils sont inscrits sur le tableau.

Me. *le Normand*, orateur dont le nom est

encore en vénération au barreau, fut autrefois
tenté d'être de l'académie françoise ; il se permit
vraisemblablement des démarches : mais l'ordre
lui intima des défenses, & il s'abstint de pour-
suivre son projet.

Depuis peu Me. *Target* a eu le même désir :
il a prévenu le bâtonnier & les anciens, ses confreres. Ceux-ci moins séveres que leurs devan-
ciers, ont pensé différemment ; ils ont déclaré
à Me. *Target* qu'il pouvoit, sans craindre aucune
animadversion de l'ordre, se mettre sur les rangs
& postuler. Il n'a eu que sept voix à la derniere
élection ; il espere être plus heureux, & l'em-
porter lors de la prochaine.

27 *Décembre*. M. *Necker* a employé utilement
ses loisirs. Ne perdant point de vue son objet,
il a composé dans sa retraite un livre *de l'administration des finances de la France*, en trois
volumes. Il a chargé M. le maréchal de *Castries*
de le présenter au roi.

M. *Necker* est actuellement à Montpellier,
où il est allé conduire sa femme, dont la santé
est en mauvais état, & qu'un médecin de cette
faculté s'est chargé de rétablir. Monsieur *Necker*
a été accueilli dans cette ville de la maniere
la plus flatteuse ; il vouloit y louer un hôtel, &
personne n'a voulu de son argent ; chacun s'est
empressé de lui offrir sa maison. On croit cependant qu'il est passé aujourd'hui à *Avignon*, &
qu'il est bien aise d'apprendre-là quelle sensation
son ouvrage aura produite. On veut, comme il
y dit, des vérités fortes ; qu'il craigne les persécutions de ses ennemis ! tel est le langage de
ses partisans. Quant à son livre, il ne se vend

point encore, il eſt très - rare, & peu de gens
ſavent à quoi s'en tenir.

28 *Décembre*. M. le marquis de *Bievre*, comme on l'a dit, étoit ſur les rangs pour la place
vacante à l'académie françoiſe. Il n'a pas tardé
à voir que ſes démarches étoient inutiles, du
moins pour cette fois ; il a trouvé que l'intrigant abbé *Maury* l'avoit prévenu de maniere à
ne lui laiſſer aucun eſpoir : il a préféré de ſe dé-
ſiſter de bonne grace par le calembour ſuivant :
Omnia vincit amor & nos cedamus amori (à
Maury). Il eſt des gens qui l'attribuent au marquis de Chimene, dans le même cas.

28 *Décembre*. On n'a appris que depuis peu
la mort de M. de *la Louptiere*, dont on a rapporté quelquefois des pieces fugitives. C'étoit
ſon genre unique : il avoit de l'eſprit, de la grace
& tournoit aſſez bien un vers, ſur-tout dans ſes
dernieres années. On a de lui un recueil de poé-
ſies, & il étoit auteur des ſix premieres parties
du *Journal des dames*, lors de ſa naiſſance en
1761.

M. de *la Louptiere* étoit homme de condition, & né au château de ſon nom, diocèſe
de Sens, le 16 juin 1724. Son nom de famille
étoit de *Relongue* : eſtropié d'un bras, il n'avoit
pu ſuivre la carriere des armes, qui lui étoit
preſcrite par ſa naiſſance. Il avoit conſacré ſon
loiſir aux muſes, & s'étoit contenté d'être membre de l'académie de Châlons & de celle des Arcades de Rome.

28 *Décembre*. Extrait d'une lettre de Vienne,
du 8 décembre..... Les Gazettes Hollandoiſes
ont été défendues dans tous les états de S. M.
impériale. Nous ne reconnoiſſons point là le
caractere

ractère libre & franc de notre auguste maître.
ce seul moyen ne peut que donner du relief
à de pareilles feuilles. C'est à qui les aura ou les
aura en contrebande. C'est ainsi que, lors de la
dernière guerre avec le roi de Prusse, on défendit le *courier du bas Rhin*, *ou la Gazette de
Clèves*; mais l'impératrice-reine vivoit alors, &
cette interdiction misérable pouvoit passer sur son
compte. Quoi qu'il en soit, il en résulte que ces
gazettes qu'on décrie tant, sont cependant re-
gardées comme très - importantes par les souverains, qu'ils en font dépendre leur réputation,
& en effet ce sont elles qui la fixent tôt ou
tard, du moins chez la postérité.

29 Décembre. On ignore si M. *Vigée* a quelque mécontentement des comédiens françois,
qui l'ont si bien traité jusqu'à présent; mais on
a été fort surpris de lui voir dégrader sa muse
en la faisant passer du grand théâtre au théâtre
de la comédie italienne. C'est ce qu'il vient de
faire en y donnant *les Amants timides*, comédie
en un acte & en vers, jouée hier. Il ne seroit
pas extraordinaire, au surplus, que cette piece
eût été refusée des premiers; elle auroit même
pu l'être des seconds, pour peu qu'ils eussent
voulu se rendre difficiles. Ce n'est qu'une très-
foible esquisse de *la Surprise de l'amour de Mari-
vaux*, si ingénieusement & si adroitement filée,
que possèdent les Italiens. Un dialogue facile,
des vers assez bien tournés, une foule de ma-
drigaux, quelques instants de comique, résul-
tant plus du jeu des acteurs que du fond du
sujet, ont fait tolérer cette piece, reçue du
reste aussi froidement qu'elle avoit été conçue.

30. *Décembre*. Extrait d'une lettre de Boulogne sur mer, du 22 décembre 1784. Ce n'est point de Calais, c'est de ce port que le sieur *Pilâtre de Rozier* se propose de s'envoler pour l'Angleterre.

Parti de Paris dès le 22 décembre, arrivé le 21, il a parcouru la côte le 22.

Le point du départ est fixé sur les débris de l'emplacement de la fameuse Tour-d'Ordre, bâtie par *Caligula*, & d'où cet empereur partoit pour aller faire ses promenades ridicules sur les côtes de Bretagne. Cet endroit a été reconnu comme le plus favorable pour franchir avec moins de danger notre détroit. Il est élevé à pic de deux cents pieds au-dessus de la mer.

Nous avions commencé par recevoir les ustensiles de l'aéronaute & sa machine : nous jouissons enfin de sa personne.

Quant au ballon, il est doré comme un bijou ; on voit qu'il n'a pas été fabriqué aux dépens d'un particulier ; s'il n'étoit aussi immense, ce seroit le plus joli colifichet du monde. Du reste, le procédé est nouveau : c'est un mélange des deux agents, du feu & de l'air inflammable ; ce qui fait nommer cette machine, *Carlo-Montgolfiere*.

Nos Physiciens ont interrogé le sieur *Pilâtre*, qui n'est pas foncé & parle mal. Mais le défaut de savoir est compensé chez lui par une grande audace, par une activité prodigieuse, & par un esprit d'intrigue inconcevable, qui lui a fait supplanter tous ses concurrents, bien plus dignes de la confiance du gouvernement, sur-tout M. *Charles*, auquel on ne peut refuser beaucoup de connoiſſances ; c'eſt lui qui, le premier, a réduit en art cette découverte.

Quoi qu'il en ſoit, il faut attendre à préſent le moment du vent. Du reſte, s'il le permet, le départ eſt fixé du premier au 6 janvier 1785.

Entre les peintures qui décorent le pourtour du ballon, on lit ces deux mauvais vers en l'honneur de M. le contrôleur - général qui a fourni à la dépenſe :

Calonne des François ſoutenant l'induſtrie ,
Inſpire les talents , les arts & le génie.

Mais ce diſtique ſera mieux payé que ne l'a été le poëme de Milton.

30 Décembre. Il paroît ici furtivement impri-mées des remontrances du parlement de Bor-deaux au ſujet des évocations, en date du 17 novembre dernier. On les dit de la plus grande force, & le conſeil en eſt fort ſcandaliſé.

30 Décembre. Il commence à paroître un mémoire pour M. Giraud - Soulavie, prêtre du diocéſe de Viviers ; contre M. Barruel, prêtre du même diocéſe, l'un des auteurs de l'Année Litté-raire, & auteur du libelle intitulé, Geneſe ſelon M. Soulavie.

Ce mémoire ſigné d'un avocat peu connu, Me. le Vacher de la Terriniere, ne répond pas à l'importance du ſujet. Il eſt long, embrouillé, mal écrit; mais, malgré ces défauts, on y juge le plaignant ſuffiſamment attaqué dans ſon état, dans ſa foi, dans ſon honneur, pour qu'il ait droit d'accuſer ſon adverſaire de calomnie, &

E 2

de lui demander les réparations ordonnées par les loix.

Un *poft-fcriptum*, très-favorable à l'abbé *Soulavie*, annonce que, tandis qu'on imprimoit ce mémoire, M. le garde-des-fceaux a ordonné la fuppreflion du libelle du fieur *Barruel*.

Au refte, le fieur *Barruel*, provoqué dépuis plufieurs mois, fe tient fur la défenfive, & refte dans un profond filence. On n'en a encore arraché que quatre lignes. Il s'eft condamné lui-même devant M. l'archevêque de Paris, il lui a dit que *vraifemblablement il perdroit fon procès dans ce malheureux fiecle, où l'impiété domine fi ouvertement ; mais qu'il y étoit tout réfigné, qu'il lui feroit glorieux d'avoir fouffert quelque chofe pour venger la majefté de la religion.*

31 *Décembre.* Dès qu'on a fu hier que MM. *Piccini*, pere & fils, étoient les deux auteurs de la piece nouvelle jouée aux Italiens fous le titre de *Lucette*, comédie en trois actes & en profe mêlée d'ariettes, chacun s'eft écrié fur le champ, c'eft-à-dire, mauvais poëme & bonne mufique. Jugement qui s'eft trouvé on ne peut pas plus jufte. Seulement l'excellence de l'une n'a pu compenfer & couvrir cette fois la platitude de l'autre.

31 *Décembre.* On a compofé fur l'injonction donnée aux évêques de fortir de la capitale, & de réfider dans leur diocefe refpectif, une affez bonne plaifanterie. C'eft une *requéte des filles de joie de Paris, à M. le baron de Breteuil*, où l'on fait fentir à ce miniftre les inconvéniens de fon ordre fi bien conçu en apparence, & cependant très-mal vu en politique. Comme la piece

n'est que manuscrite & assez longue, on ne peut
l'avoir que difficilement.

31 *Décembre*. La mort de M. *Court de Gebelin*
n'a point éteint les divisions du musée de Paris.
Ce chef a été remplacé par M. l'abbé *Roussier* ;
mais les dissidents n'en suivent pas moins les
bannieres du président expulsé, qu'ils croient ou
font semblant de croire le vrai. Ils ont rouvert
leurs séances au commencement de ce mois,
& font des réceptions que les fondateurs ori-
ginaires regardent comme nulles. Il faut voir
qui l'emportera ; car deux établissements de cette
espece ne peuvent durer ensemble. Nous rendrons
compte de l'assemblée des dissidents, illustrée,
dit-on, par la présence d'un prince Africain.

31 *Décembre*. M. *Sylvain Maréchal*, jeune
littérateur qui donne de grandes espérances,
nous offre en ce moment l'exemple d'une nouvelle victime que le fanatisme vient d'immoler.
Il est bibliothécaire du college Mazarin, & il
perd sa place pour avoir composé un ouvrage
moral, qui, quoique revêtu de toutes les formes légales, a paru aux ennemis de la philosophie rempli d'audace & d'impiété. Il a pour
titre : *Livre échappé au déluge*. Cette anecdote
mérite d'être éclaircie plus amplement.

31 *Décembre*. La tribaderie a toujours été en
vogue chez les femmes, comme la pédérastie
chez les hommes ; mais on n'avoit jamais
affiché ces vices avec autant de scandale &
d'éclat qu'aujourd'hui. Quant au premier, comme
il n'est pas puni par les loix, c'est moins étonnant. Aussi nos plus jolies femmes y donnent-
elles, s'en font-elles une gloire, un trophée !

Voici un couplet affez gai, tout récemment
éclos à ce fujet.

AIR : *De Figaro.*

Il eft des beautés cruelles,
Et l'on en voit chaque jour.
Savez-vous pourquoi nos belles
Sont fi froides en amour !
Ces dames fe font entr'elles,
Par un généreux retour,
Ce qu'on nomme un doigt de cour.

P. S. La lettre circulaire de M. le baron de
Breteuil nous étant tombée fous la main, comme
elle devient de jour en jour plus rare par les
raifons qu'on a dites, on croit devoir inférer &
conferver ici en entier cette piece intéreffante,
& dont la longueur d'ailleurs n'eft pas exceffive.

*Copie fur imprimé de la lettre circulaire adreffée
par M. le baron de Breteuil, miniftre d'état, à
MM. les intendans des provinces de fon département, au fujet des lettres de cachet & ordres
de détention.*

Verfailles, le 25 octobre 1784.

Vous trouverez ci-joint, monfieur, un état
des différentes perfonnes de votre département,
actuellement renfermées en vertu d'ordres du
roi, expédiées d'après vos informations & votre
avis, ou les informations & avis de MM. vos

prédéceſſeurs. Vous verrez que quelques-unes de
ces détentions ſont déjà fort anciennes : je ne
doute point qu'il n'y en ait pluſieurs qu'il eſt à
propos de faire ceſſer, & je vous prie de ne pas
perdre un moment pour vérifier & me marquer
quelles ſont celles dont la révocation vous paroîtra devoir être prononcée dès-à-préſent, &
quels motifs vous détermineront à penſer que
les autres doivent ſubſiſter.

Je conçois que la diverſité des cauſes de
détention, & les différences que le ſexe,
l'âge, la naiſſance & l'éducation mettent né-
ceſſairement entre les perſonnes détenues, s'oppoſe à ce qu'on établiſſe ſur cette matiere des
principes fixes, & qui embraſſent généralement
toutes les circonſtances ; mais il me ſemble
qu'on peut cependant ſe faire quelques regles,
auxquelles on pourra du moins ramener le plus
grand nombre de cas, s'il n'eſt pas poſſible de
les y ramener tous.

La ſuite des affaires de cette eſpece, qui
paſſent journellement ſous mes yeux, m'a fait
reconnoître que ceux que l'on renferme le plus
ordinairement ſe diviſent en trois claſſes.

La premiere comprend les priſonniers dont
l'eſprit eſt aliéné, & que leur imbécillité rend
incapables de ſe conduire dans le monde, ou
que leurs fureurs y rendroient dangereux. Il ne
s'agit à leur égard, que de s'aſſurer ſi leur état
eſt toujours le même ; & malheureuſement il
devient indiſpenſable de continuer leur détention, tant qu'il eſt reconnu que leur liberté ſeroit, ou nuiſible à la ſociété, ou un bienfait
inutile pour eux-mêmes.

Je mets dans la ſeconde claſſe ceux qui, ſans

avoir troublé l'ordre public par des délits, fans
avoir rien fait qui ait pu les expofer à la fé-
vérité des peines prononcées par la loi, fe font
livrées à l'excès du libertinage, de la débauche
& de la diffipation. Je penfe que, quand il n'y
a que de l'inconduite, & qu'elle n'eft accompagnée ni de délits, ni de ces baffeffes caractéri-
fées qui menent prefque toujours aux délits, la
détention ne doit pas durer plus d'un ou de deux
ans. C'eft une correction très-forte qu'un ou deux
ans de privation de liberté : elle doit fuffire pour
infpirer de fages réflexions, & pour opérer le
retour au bien dans une ame qui n'eft pas tout-
à-fait corrompue. Les familles, & même les
peres & meres, quoiqu'en général plus difpofés
à l'indulgence que les autres parents, exagerent
quelquefois le tort des fujets dont ils ont follicité
la détention : & fi l'on fe prêtoit trop facilement à la rigueur dont ils voudroient ufer, il
arriveroit fouvent que ce ne feroit plus une
correction, mais une véritable peine qu'on infli-
geroit. C'eft ce qu'il eft effentiel de diftinguer,
& ce que je vous prie, monfieur, de ne pas
perdre de vue.

Lorfqu'indépendamment du libertinage, les
fujets détenus fe font rendus coupables de vols
d'argent, ou de fouftraction d'effets dans la
maifon paternelle feulement, ou lorfqu'ils ont
commis quelques infidélités, ou qu'ils fe font
permis des abus de confiance, ou enfin que,
pour fe procurer de l'argent & fatisfaire leurs
paffions, ils fe font fervi de ces moyens peu
délicats, que la probité défavoue, mais que les
loix ne puniffent pas ; la détention doit alors
être plus longue. Je penfe cependant qu'elle ne

doit jamais être prolongée au-delà de deux ou
trois ans ; & même que c'est assez d'une année,
lorsqu'il sera question de jeunes gens au dessous
de vingt ans, qui ont été entraînés par la fougue
de l'âge, ou séduits par de mauvais conseils,
& qui, par inexpérience, ont pu ne pas sentir
la conséquence & toute l'étendue de leur faute.

Je comprends aussi dans cette même seconde
classe, les femmes & les filles qui se conduisent
mal, & les mêmes observations doivent leur être
appliquées ; c'est-à-dire que, quand elles ne sont
coupables que de simples foiblesses, une ou deux
années de corrections sont suffisantes, & que
la détention ne doit être prolongée jusqu'à deux
ou trois ans, que quand il s'agit d'un libertinage poussé jusqu'au degré du scandale & de
l'éclat.

La troisieme classe est de ceux qui ont commis
des actes de violence, des excès, des délits ou
des crimes qui intéressent l'ordre & la sureté
publique, & que la justice, si elle en eût pris
connoissance, eût puni par des peines afflictives,
& déshonorantes pour les familles. Je conçois
qu'il n'est guere possible de rien préjuger sur la
durée de la détention de cette espece de prisonniers ; cela doit dépendre des circonstances
plus ou moins graves du délit, du caractere
plus ou moins violent du coupable, du repentir
qu'il peut avoir témoigné, des dispositions qu'il
annonce, & de ce qu'on doit raisonnablement
présumer de l'usage qu'il feroit de sa liberté,
si elle lui étoit rendue. Il faut seulement con-
sidérer que, s'il est vrai que les prisonniers détenus pour crimes doivent en général s'estimer
trop heureux d'avoir échappé aux peines qu'ils

E 5

ont méritées ; il est constant aussi qu'une détention perpétuelle, & même une longue détention, est la plus rigoureuse de toutes les peines
pour ceux d'entr'eux dont les sentiments ne sont
pas totalement anéantis ou dégradés.

Du reste, ce n'est pas seulement par rapport
aux prisonniers renfermés pour crimes ou délits,
c'est pour tous les prisonniers, quels que soient
les motifs de leur détention, qu'il convient
d'avoir égard à la conduite qu'ils tiennent depuis qu'ils sont détenus, & indépendamment
des autres considérations qui peuvent concourir
à retarder ou accélérer leur liberté, il est juste
de la faire dépendre sur-tout de la maniere
dont ils se comportent, du plus ou du moins
de changement qui se fait en eux, & de ce
qu'on aura à craindre ou à espérer d'eux lorsqu'ils redeviendront libres.

Il est même à souhaiter que sur cet article,
vous ne vous en rapportiez pas entiérement
au témoignage des personnes chargées de la
garde des prisonniers : je désirerois que, pour
vous en assurer par vous-même, vous voulus-
siez bien, dans le cours de vos tournées, visiter,
avec un soin particulier, les lieux de détention
de votre département, soit maisons de force,
maisons religieuses, forts ou châteaux ; interroger vous-même les prisonniers, & vous faire
rendre compte en leur présence de tout ce qui
les concerne : je suis persuadé que de pareilles
visites faites une fois par an dans chaque lieu
de détention, produiroient un très-bon effet ; elles
auroient l'avantage de vous faire connoître,
non-seulement la conduite des prisonniers, mais
encore la maniere dont il sont traités ; vous

écouteriez leurs représentations, vous sauriez si leur nourriture & leur entretien sont proportionnés à la pension qu'on paye pour eux ; quel est l'ordre & le régime de chaque maison ; quelles précautions on y observe pour maintenir la tranquillité entre les détenus ; quelles mesures on prend pour prévenir les évasions ; enfin, quels abus il pourroit être essentiel de réprimer. Tous ces détails sont dignes de l'attention de l'administrateur. Si vous ne pouvez pas vous en occuper vous-même pour toutes les maisons, forts ou châteaux de votre département, vous pourriez du moins visiter ceux où il y a le plus de prisonniers, & faire visiter les autres par vos subdélégués, ou d'autres personnes de confiance, sur l'exactitude desquelles vous croiriez devoir compter. Je vous prie de ne pas oublier de me faire part tous les ans du résultat de ces visites. Vous ne devez point douter que je n'en rende au roi un compte très-exact, & que je ne lui propose d'adopter vos vues sur les changements & les réformes qui vous paroîtront utiles ou nécessaires.

Il ne vous échappera sans doute pas que, lorsque je vous invite à prendre par vous-même ou vos subdélégués, des éclaircissements sur la conduite des prisonniers, je n'entends parler que de ceux qui sont renfermés dans des maisons, forts ou châteaux de votre département. A l'égard de ceux qui, d'après votre avis, ou celui de MM. vos prédécesseurs, sont détenus hors de votre intendance, je suis persuadé qu'en vous adressant à MM. les intendants dans le département desquels ils se trouveront, vous en recevrez toutes les informations dont vous aurez besoin.   E 6

Je n'ai jusqu'à présent fait mention que des prisonniers actuellement détenus, compris dans l'état ci-joint, & sur le fort desquels il s'agit en ce moment-ci de statuer. Mais tout ce que j'ai observé à leur égard, & les mêmes principes, les mêmes regles qui m'ont paru devoir en général servir à décider si les ordres expédiés contre eux seront ou non révoqués, me paroissent devoir s'appliquer aux personnes que, par la suite, il pourra être question de renfermer.

Ainsi, monsieur, lorsque vous me proposerez l'expédition d'ordres demandés par les familles, je vous prie de me marquer en même temps de quelle durée vous penserez que doit être la détention, & je crois qu'en général, & sauf les circonstances particulieres qui peuvent se présenter, elle ne doit s'étendre au-delà de deux ou trois ans pour les hommes, lorsqu'il y a libertinage & bassesses ; pour les femmes, quand il y a libertinage & scandale, & au-delà d'un ou de deux ans lorsque les femmes ne sont coupables que de foiblesse, & les hommes que d'inconduite & de dissipation.

Je vous prie aussi de me proposer un terme pour la détention même de ceux qui seront prévenus d'excès, délits ou crimes. Cela doit, comme je l'ai dit, dépendre des circonstances, & ce sera à vous, monsieur, de les apprécier.

A l'égard des personnes dont on demandera la détention pour cause d'aliénation d'esprit, la justice & la prudence exigent que vous ne proposiez les ordres, que quand il y aura une interdiction prononcée par jugement, à moins que la famille ne soit hors d'état d'en faire les

frais de la procédure qui doit précéder l'interdiction. Mais en ce cas, il faudra que la démence foit notoire, & conftatée par des éclair-
ciffements bien exacts.

Quand il s'agit de faire renfermer un mi-
neur, ne fût-ce que pour la forme de correction, le concours du pere & de la mere a jufqu'à préfent paru fuffire. Mais les peres & meres
font quelquefois injuftes, ou trop féveres, ou
trop faciles à s'alarmer, & je penfe qu'il faudra
toujours exiger qu'au moins deux ou trois des
principaux parents fignent avec les peres & meres
les mémoires qui contiendront la demande des
ordres.

Le concours de la famille maternelle eft indifpenfable lorfque la mere eft morte, & celui
des deux familles lorfque le pere n'exifte plus ;
à plus forte raifon quand il n'y a plus ni pere
ni mere.

Enfin, il ne faut accueillir qu'avec la plus
grande circonfpection, les plaintes des maris contre les femmes, celles des femmes contre leurs
maris ; & c'eft fur-tout alors que les deux familles doivent fe réunir & autorifer par un con-
fentement formel le recours à l'autorité.

Ces principes font connus, & je fais qu'en
général on les a toujours fuivis. Mais je crois
avoir remarqué que l'on a quelquefois demandé
des ordres, & que MM. les intendants en ont
quelquefois propofé dans des circonftances où,
je vous avoue, qu'il ne me paroît pas convenable d'en accorder. Par exemple, une perfonne
majeure, maîtreffe de fes droits, n'étant plus
fons l'autorité paternelle, ne doit point être
renfermée, même fur la demande des deux fa-

milles réunies, toutes les fois qu'il n'y a point de délits qui puissent exciter la vigilance du ministère public, & donner matière à des peines dont un préjugé très-déraisonnable, mais qui existe, fait retomber la honte sur toute une famille. Il est vraiment essentiel, par rapport aux faits dont on accuse les personnes qui ne dépendent que d'elles-mêmes, de bien distinguer ceux qui ne produisent pour leurs familles que des désagréments, & ceux qui les exposent à un véritable déshonneur. C'est sans doute un désagrément pour des gens d'un certain état, & ils sont avec raison humiliés d'avoir sous leurs yeux une sœur ou une proche parente dont les mœurs sont indécentes, & dont les galanteries & les foiblesses ne sont pas secretes. C'est encore un désagrément pour une famille honnête, & il est naturel qu'elle ne voie pas avec indifférence que, dans la même ville, dans le même canton qu'elle habite, un de ses membres s'avilisse par un mariage honteux, ou se ruine par des dépenses inconsidérées, ou se livre aux excès de la débauche, & vive dans la crapule. Mais rien de tout cela ne me paroît présenter des motifs assez forts pour priver de leur liberté ceux qui sont, comme disent les loix, *sui juris*. Ils ne font de tort qu'à eux; le genre de déshonneur dont ils se couvrent, ne tombe que sur eux, & leurs parents ne le partagent point, & ne me paroissent avoir aucun droit à l'intervention de l'autorité.

Telles sont, monsieur, les réflexions que m'a suggérée l'attention particuliere que je donne à tout ce qui concerne les ordres de détention, depuis que le roi a bien voulu me nommer se-

taire d'état. J'en ai rendu compte à SA MA-
TÉ, qui les a trouvées conformes aux vues
justice & de bienfaisance dont elle est animée.
e désire qu'on ne s'en écarte que le moins
il sera possible, & comme elle sait que c'est
tout d'après l'usage que l'on fait de son auto-
contre les particuliers que se forme & s'établit
pinion du public sur le gouvernement, elle
jugé à propos que ses intentions à cet égard,
sent connues de toutes les personnes qui con-
urent plus ou moins directement à l'expédition
s ordres. Elle m'a en conséquence autorisé à
re imprimer cette lettre, & à vous envoyer un
rtain nombre d'exemplaires que vous voudrez
en adresser à vos subdélégués, afin qu'ils puissent
saisir l'esprit, & s'y conformer autant que
circonstances le permettront, dans les in-
rmations qu'ils auront à prendre, & à vous
ansmettre sur les demandes formées par les failles.

J'ai l'honneur d'être très-parfaitement, mon-
eur, votre très-humble & très-obéissant ser-
iteur,

Signé, *le baron* DE BRETEUIL.

ADDITIONS.

Année M. DCC. LXXIII.

30 *Novembre* 1773. Quoique *Ismenor* joué
le 17 novembre à Versailles, ait été généralement désapprouvé, il n'est pas hors de propos
de donner une esquisse de ce spectacle d'une
magnificence rare. Les paroles sont de M. De-
fontaines, censeur-royal. Elles ne sont pas aussi
plates qu'on les avoit annoncées, mais l'intrigue
de ce drame héroïque en trois actes, est triviale.
Il est question d'un jeune prince, amoureux
d'une princesse charmante. Il a pour rival ap-
parent un génie, qui traverse sa passion par
tous les obstacles les plus effrayants : rien ne
peut éteindre la tendresse réciproque de l'un &
de l'autre : une fée gouvernante de la princesse
intervient, mais n'oppose qu'une vaine puissance
à celle du dieu mal-faisant & jaloux. Après l'é-
preuve suffisante, *Ismenor*, c'est le nom de l'enchanteur, déclare que leurs tourments sont finis, & qu'ils vont être parfaitement heureux.

Les décorations sont la partie brillante de cet
opéra. Le théâtre, dans le premier acte, représente une avenue qui conduit au palais de la
fée. C'est en ce lieu que le jeune amant a une
explication avec son rival. Celui-ci pour le détourner de sa passion, lui annonce & son amour
& sa puissance. Il persiste, il veut entrer dans
le palais ; des nymphes en sortent, le retien-
nent, & dansent autour de lui : la fée arrive

& donne lieu à de nouvelles fêtes ; il pénetre enfin après avoir reçu les hommages de Chinois & Chinoises, variant les ballets par leurs pantomimes.

Le second acte représente un bocage garni de massifs de roses & de divers arbustes chargés de fleurs. C'est là que se passe l'entrevue des deux amants : à la voix du prince qui chante son bonheur, les massifs qui décorent le fond du bocage, se développent en berceaux, d'où l'on voit sortir des nymphes & des bergers héroïques : le ciel se remplit d'amours qui suspendent des guirlandes de fleurs : on danse. Le ballet est interrompu par l'arrivée de l'enchanteur ; les berceaux qui décoroient le fond de la scene, se changent en cavernes sombres, d'où sortent les vents souterrains ; les vents orageux fondent du ciel & chassent les plaisirs, les amours, & les villageois : un groupe de vents portés par les nuages, enveloppe le prince & la fée, & les soustrait tous deux aux yeux de la jeune beauté. Le bruit du tonnerre redouble, & cette derniere disparoît, enlevée par *Ismenor*.

A l'ouverture du troisieme acte, on voit un désert où est la princesse. Elle veut sortir, des génies effrayants gardent les issues, & s'opposent à son passage. On entend le prélude d'une marche triomphante : des esclaves en différents costumes, & jouant de divers instruments, arrivent sur la marche précédente : ils sont accompagnés d'une troupe de guerriers portant des trophées ; *Ismenor* termine le cortege, il donne un coup de baguette ; le désert disparoît, & l'on voit la galerie de Versailles, où se trouve les deux amants & leur suite. Le théâtre change quelque temps après, & repréfente le parc de Verfailles illuminé, pris en face du canal. Les côtés font ornés de vafes, de pyramides, d'arcades remplies de fpectateurs : le fond eft terminé par le temple de l'Hymen. Les amours qui avoient été difperfés par les vents, reparoiffent en foule, & s'occupent à embellir la fête. Les uns portent des médaillons, les autres des préfents, qrelques-uns jouent de divers inftruments : le tout fe termine par des danfes de nobles qui forment des quadrilles, de Béarnois & Béarnoifes, de matelots, de jardiniers & jardinieres, & de petits fuiffes.

30 *Novembre*. Les gens de la maifon de M. le comte d'*Artois*, fe louent beaucoup de leur nouveau maître ; ce prince, ami de la liberté, leur a déclaré dès les premiers jours, qu'il avoit trop afpiré à ce bien, qu'il fentoit trop le bonheur d'en jouir pour vouloir les en priver. « Je vais fouper, leur dit-il, ce foir-là » chez mon frere le comte de *Provence*; je » n'ai befoin que d'un valet de pied, perfonne » à mon coucher : retirez-vous ; demain à neuf » heures du matin. »

30 *Novembre*. M. de *Guibert* eft de retour depuis quelques jours de fes différentes tournées dans le Nord. Il paroît extrêmement content de l'accueil qu'il y a reçu, & il parle fur-tout avec la reconnoiffance la plus vive du roi de Pruffe & de l'empereur. Le premier a daigné faire manœuvrer fes troupes devant lui & l'initier aux myfteres de fa tactique, qu'on fair n'être nulle part, mais réfider dans la tête de ce monarque, & d'une douzaine d'officiers-généraux qui ont fa confiance. Le fecond lui a parlé avec la mo-

deftie qui convient à un jeune prince, encore
novice dans l'art de la guerre; mais il lui a en
même temps fait des objections favantes &
profondes, qui annoncent un génie déjà mûri
pour les expéditions difficiles & les grands ex-
ploits. On ne doute pas que M. de *Guibert*,
de fon côté, n'ait mis à profit ces utiles leçons
& ne s'en ferve pour perfectionner fon ouvrage,
ou pour en faire un autre.

1 *Décembre* 1773. Cette tragédie (*Bellero-*
phon) n'eft qu'en quatre actes. Le premier repréfente une avant-cour du palais du roi de Lycie,
au fond de laquelle s'élève un grand arc de
triomphe, & au-delà on découvre la ville de Patare, capitale du royaume. La veuve de *Pretus*, roi
d'Argos, toujours amoureufe de *Bellerophon*, qu'elle
a fait envoyer par fon époux à cette cour étrangere, fous prétexte qu'il lui vouloit infpirer une
coupable ardeur, vient l'y chercher depuis que
la mort de fon mari l'a rendue libre. Elle apprend que ce héros, vainqueur de tous les dangers que lui a fait affronter le monarque de Lycie, fon gendre, eft épris de la fille de ce prince,
& va l'époufer. Elle reproche au roi de n'avoir
pas fatisfait les défirs de fon beau-pere, & le
fomme de remplir fa parole, & d'en acquitter
la vengeance : il fe défend; elle le menace de
fon reffentiment & s'en va. Une troupe d'Ama-
zones & de folimes enchaînés, dont ceux qui
les conduifent portent les armes, entre, &
forme une efpece de triomphe pour *Bellerophon*,
leur vainqueur. Il arrive après que ces captifs
ont paffé devant le monarque & pris leur place:
ont ôte leurs fers, & ils deviennent libres.

La décoration du fecond acte, s'ouvre par un

jardin délicieux, au milieu duquel paroît un
berceau en forme de dôme, foutenu à l'entour
de plufieurs termes. Au travers du berceau on
découvre trois allées, dont celle du milieu eft
terminée par un fuperbe palais dans l'éloignement.
La fille du roi de Lycie fe félicite de fon hymen avec *Bellerophon* qu'elle aime; mais la reine
d'Argos n'ayant pu infpirer à ce dernier la même
paffion dont elle brûle pour lui, a recours à un
magicien amoureux d'elle, à qui elle promet fa
main, s'il peut la venger. A l'inftant le jardin
difparoît, & l'on voit à fa place une efpece de
prifon horrible, taillée dans les rochers, & per-
cée à perte de vue, avec plufieurs chaînes, cor-
dages & grilles de fer qui le renferment de
toutes parts. Les enchantements commencent;
la terre s'ouvre, & l'on voit fortir trois monf-
tres qui s'élevent au-deffus de trois buchers ar-
dents, l'un en forme de dragon, l'autre en
forme de lion, & le dernier de bouc. Danfes & chants; la terre s'ouvre, & les magi-
ciens defcendent aux enfers.

Le théâtre, au troifieme acte, repréfente le
veftibule du temple fameux où *Apollon* rendoit
fes oracles dans la ville de Patare. Le temple
s'ouvre. La reine déclare au roi de Lycie, conf-
terné, que les calamités qui vont accabler fon
état, ne font dues qu'à fa négligence à venger
Prétus par la mort de *Bellerophon*. Il vient confulter le dieu. *Bellerophon* demande à aller combattre le monftre: cérémonie des facrifices pour
obtenir un oracle. On immole une victime; on
jette le cœur & les entrailles dans le feu; le
grand-prêtre les examine; l'autel s'enfonce, &
la Pythie fort de fon antre, les cheveux épars;

on entend en même temps de grands éclats de tonnerre, le temple s'ébranle, & on le voit tout brillant d'éclairs : la Pythie s'incline vers la terre, tandis qu'*Apollon* paroît. Il prononce un oracle ambigu, qui déclare qu'un fils de *Neptune* appaisera le courroux céleste, & qu'il faut lui donner la princesse. Inquiétude de *Bellerophon* qui se croit fils de *Glaucus*. La Pythie s'enfonce dans l'antre d'où elle est sortie, & le peuple se retire. Les deux amants redoublent de tendresse & d'ardeur malgré l'oracle.

Des rochers très-hauts & très-escarpés, couverts de sapins & d'autres arbres solitaires, forment d'abord la décoration de la scene, au quatrieme acte. Dans le fond du théâtre, paroît un rocher immense qui en remplit toute la hauteur ; il est entouré des mêmes arbres. Il est percé par trois grottes, au travers desquelles on découvre un paysage à perte de vue. *Bellerophon* se dispose à combattre le monstre. *Pallas* arrive dans un char de nuages, du côté droit du théâtre, & en même temps on voit un char vuide qui descend jusques sur le théâtre, du côté gauche. Elle invite le guerrier à monter dans ce dernier, pendant qu'on entend le peuple qui exprime sa désolation. La chimere se montre au fond du théâtre, & *Bellerophon*, monté sur Pegase, fond du haut des airs. Après plusieurs combats, le monstre est tué. Joie universelle. La décoration change : le théâtre représente une avant-cour d'un palais élevé dans la gloire ; on y monte par deux degrés qui forment les deux côtés de cette décoration en ovale, & qui sont enfermés de deux bâtiments d'architecture d'une hauteur extraordinaire. Les deux degrés, & la galerie qui les environne, font remplis des peuples de Lycie, raffemblés en ce lieu pour y recevoir *Bellerophon* que *Pallas* y ramene après la victoire, & dont elle dévoile la naiffance : ce qui explique la vérité de l'oracle.

On voit par fa defcription que cet opéra offre un magnifique fpectacle, où les danfes variées & pittoresques font amenées naturellement, & tiennent à l'action. Quant au poëme, il eft écrit avec une molleffe, un fentiment & une onction dignes de *Quinault*. Il eft fâcheux que le peu de répétitions de ce fpectacle ait empêché que l'exécution ne fût auffi parfaite qu'elle devoit l'être.

2 *Décembre.* Enfin il paroît décidé que les fermes iront à la bibliotheque du roi. Cette tranflation eft arrêtée pour le commencement du bail, c'eft-à-dire, pour le mois d'octobre 1774. La bibliotheque doit être renvoyée au Louvre, fuivant l'arrêt du confeil rendu à ce fujet, il y a près de dix ans, & refté fans exécution. On affure auffi que M. le contrôleur-général eft décidé à fignaler fon intendance des bâtiments, par la terminaifon du Louvre, fuivant la maniere indiquée.

Il fe préfente déjà une compagnie qui offre dix-fept cents mille francs de l'hôtel des fermes.

Malgré ces projets & ces apparences, la double tranflation dont il s'agit, offre tant de difficultés, & doit entraîner de fi groffes dépenfes, qu'il eft plus vraifemblable encore qu'elle n'aura pas lieu.

2 *Décembre.* Il y a depuis long-temps un dépôt des plans & des cartes de la ma-

ine, à la tête duquel est ordinairement un
officier-général, aujourd'hui sous l'inspection
seulement de M. *Chabert de Cogolin*, capitaine
des vaisseaux du roi & membre de l'académie
des sciences; mais cette partie étoit trop négli-
gée. M. de *Boynes* a fort à cœur de la remon-
ter & d'y ramasser sur-tout beaucop de matériaux anglois, dans l'idée d'y puiser des inftructions & des connoissances très - utiles, propres à perfectionner la théorie de nos marins.

2 *Décembre.* On a repris la tragédie d'*Orphanis*, depuis la fin du voyage de Fontainebleau,
& par un revers commun aux gens célebres dans
tous les genres, Mlle. *Raucourt*, l'idole du
public, a été sifflée, il y a quelques jours, de
la maniere la plus humiliante.

3 *Décembre.* M. le prince de *Conti*, dont le
goût pour le plaisir ne se ralentit point, mais
qui n'a aucun attachement durable, vient de
reprendre pour son usage, madame *Larrivée*,
qu'il avoit honorée autrefois de sa faveur, & dont
il a vraisemblablement tellement oublié la jouissance, qu'elle est devenue un morceau neuf pour
son altesse.

4 *Décembre.* Le sieur *Marin* commence son
mémoire par une citation du poëte *Saadi* contre
l'ingratitude. Il restitue ensuite les faits tels qu'il
les prétend s'être passés, & de son récit il résulte-
roit qu'il ne s'est immiscé dans l'affaire que comme ami du sieur *Caron*, bien loin de l'avoir fait
comme ami du sieur *Goezman*; qu'il ne connoissoit le dernier que pour avoir approuvé quelques-
uns des ouvrages de ce magistrat auteur, lorsque
le sieur *Marin* étoit chargé de la librairie sous

M. de *Sartines*. Il trace enfuite le plan de la machination de fon adverfaire; il y oppofe fes réfutations & nie fur tout le propos atroce qu'on lui impute contre le fieur *le Jay* : il colore le tout du mieux qu'il peut & s'appuie beaucoup du mémoire du fieur *Dairolles* ; il fait en outre une fortie effroyable fur le fieur *Gardanne* médecin, qui doit fon exiflence, fon bien-être, fon état au fieur *Marin*, & le déchire aujourd'hui cruellement, & eft regardé par fon bienfaiteur comme le principal inftigateur des accufations du fieur de *Beaumarchais* contre lui.

Ce *factum*, moins mal fait que les précédents, eft d'une méchanceté qui plaît toujours au public; fans réfuter victorieufement toutes les accufations intentées contre l'orateur, il inculpe fortement le Sr. *Caron*; il l'accufe fur-tout de propos, de plaintes, de déclamations graves, propres à le compromettre par des réticences cruelles qui pourroient engager le miniftere public à s'immifcer dans le procès, & à requérir que le fieur *Marin* fût interrogé fur faits & articles.

4 *Décembre*. Le fieur *Quinquet* eft un clerc de procureur, âgé de dix-neuf ans, beau de figure, grand, bien bâti, annonçant beaucoup de vigueur. Il s'eft rendu en *domino* au bal mafqué donné à Verfailles pour une des fêtes occafionnées pour le mariage du comte d'*Artois* : comme le grand nombre des mafques, il s'eft trouvé dans la bagarre où madame la comteffe *Dubarri* étoit fur le point d'être étouffée; il eft allé à elle, il l'a prife fous le bras, l'a raffurée, l'a garantie de la preffe excitée vraifemblablement par des filoux qui méditoient de lui voler le fuperbe collier de diamants qu'elle avoit, l'a remife faine & fauve en lieu de fureté &

entre

entre les mains du roi. Interrogé quel il étoit, ce qu'il vouloit ; il a déclaré qu'il n'étoit rien & ne vouloit rien : il a long-temps réfifté ainfi aux inftances de la favorite pour le connoître & lui témoigner fa reconnoiffance : enfin il s'eft démafqué, & fon vifage n'a pu qu'exciter un plus grand intérêt en fa faveur. Il paroît que madame *Dubarri* preffe vivement fa majefté de faire la fortune de ce jeune homme, auquel elle doit la vie. Il a eu rendez vous à Verfailles, & l'on affure qu'il jouit déjà d'une penfion fur la caffette ; mais qu'il n'en reftera pas là.

Un nommé *Maton*, autre particulier, eft cité pour un trait d'adulation ingénieux & qui a trèsbien pris C'eft auffi au bal mafqué où s'eft paffée la fcene. Il s'eft habillé en Turc, vêtement qui alloit très-bien à fa haute & droite ftature ; il a fait fenfation dans le bal par la richeffe de fa décoration, au point que tout le monde s'écrioit : *Ah ! le bel Orofmane ! le fuperbe Mufulman !* On l'a fait remarquer au roi, qui d'abord n'y a pas porté une grande attention : le mafque alors, les bras croifés, s'eft mis à fixer le monarque d'une façon très-caractérifée, au point que fa majefté l'a remarqué & à jeté fes regards étonnés fur lui. Alors, au moyen d'un petit reffort qu'il tenoit tout prêt, fon turban s'eft entrouvert, & fa majefté a pu lire diftinctement un *vive le roi* très-brillant. Le mafque, fatisfait d'avoir réuffi dans fa manœuvre, a fait jouer le reffort, & le turban s'eft refermé ; il a affecté de fe mêler dans la foule, fe doutant bien qu'il feroit fuivi. Effectivement le roi a fu quel il étoit & l'on prétend qu'il veut auffi lui faire fa fortune.

Tome XXVII.   F

6 Décembre. On a donné famedi à Verfailles *Sabinus*, tragédie lyrique de M. de *Chabanon*, & mufique du fieur *Goffec*. Il ne paroît
pas que cet ouvrage ait pris beaucoup.

6 Décembre. A Warburton : telle eft l'adreffe
fe d'un petit pamphlet en 4 pages de M. de
Voltaire à cet écrivain, qui, pour l'avoir contredit
à légard des Juifs, pour avoir pris la défenfe
de ce peuple malheureux, effuie de la part du
philofophe une bordée cruelle d'injures, dont on
fait qu'il fait fouvent ufage au lieu de raifons.

Il paroît que ce *Warburton* eft un auteur vivant Anglois, qui a commenté *Shakefpear* &
écrit ce que M. de *Voltaire* appelle une rapfodie
en quatre gros volumes, efpece de commentaire
fur *Moyfe.*

6 Décembre. Vendredi dernier a été un jour
remarquable dans l'univerfité par l'inauguration des nouvelles écoles de droit, dans lefquelles cette faculté s'eft enfin inftallée. Cette
cérémonie publique s'eft faite avec beaucoup de
pompe. C'eft M. de *Larlourcey*, profeffeur &
doyen, qui l'a ouverte par un difcours latin,
dans lequel il a reppellé les bienfaits du roi,
qui non-feulement a fait bâtir ce monument
moderne, mais a voulu le faire meubler de fon
garde-meuble, & doit y mettre le comble à fes
bienfaits par le don de fa ftatue dont eft chargé
le fieur *le Moine*, & qui fera érigée au fein des
écoles.

Afin de rendre la fête plus pleine & plus remarquable, on y a joint la réception d'un
nouveau docteur qui a remporté au concours la
chaire vacante ; il fe nomme *Saboureux de la
Bonnetrie.* Ce qui a fourni matiere au refte du

difcours de l'orateur. Suivant l'ufage des affem-
blées académiques, il a d'abord fait l'éloge du
défunt, M. *Craffoux*, & enfuite celui du fucceffeur, dont la modeftie a, ce femble, eu
moins à rougir, au moyen de la langue étrangere
dans laquelle étoit enveloppé, pour ainfi dire,
l'encens dont on le parfumoit.

Le difcours fini, le récipiendaire eft allé fe revêtir de la robe rouge, & s'eft préfenté au doyen
pour recevoir l'inftallation, qui confifte à fuppofer qu'on le revêt fucceffivement de tous les
ornements de fa dignité & à lui en expliquer le
fens allégorique. La robe eft une efpece de bou-
klier, figne extérieur du courage, de la vigueur
avec laquelle il doit défendre les loix confiées
à fon interprétation. On lui préfente les livres
de ces loix, fermés d'abord, pour qu'il compren-
ne avec quel foin il doit les tenir renfermés dans
fa mémoire & dans fon fein; ouverts enfuite,
emblême de la publication qu'il doit en faire
par fes enfeignements. On lui met le bonnet
carré fur la tête, caractere qui doit le défigner
aux candidats comme autorifé à promulguer la
doctrine de la faculté : le doyen lui met l'anneau d'or au doigt, fymbole de l'alliance éter-
nelle qu'il contracte avec elle ; il l'embraffe enfin en figne de concorde & d'union. Toute cette
explication fe fait en latin.

Après ce préambule, le Docteur de *la Bonnetrie*
eft defcendu de chaire, & eft venu donner l'ac-
colade à M. de *Laverdy*, ancien miniftre agrégé
à l'honneur ; il eft remonté de fuite embraffer
les docteurs affis dans une chaire inférieure,
prolongée à la droite de l'orateur, & de-là il eft
redefcendu pour aller faire la même cérémonie

aux agrégés, figurants de même à la gauche; il est passé enfin dans la tribune à la place du doyen, qui la lui a cédée, & il a prononcé un *discours sur la gloire.*

Quoique, comme on l'a rapporté, tout se dise en latin, il y avoit beaucoup de femmes à la cérémonie, où assistent aussi les gens du roi.

9 Décembre. On assure que M. le maréchal duc de *Brissac* étant chez madame la comtesse *Dubarri* à lui faire sa cour, dans un excès de ravissement s'est trouvé ragaillardi au point de l'embrasser; sur quoi le roi est intervenu: mais ce preux chevalier ne s'est point déferré, &, demandant respectueusement pardon de son audace, qu'il attribuoit à un délire du moment : « De quel heureux augure, SIRE, a-t-il dit, » n'est-ce pas pour votre majesté ! Quelle per- » spective de plaisir ne doit-elle pas entrevoir » dans la jouissance d'une beauté qui réveille » les désirs jusques chez un vieillard de mon » âge ? »

9 Décembre. Le sieur *Monval* de la comédie françoise, a composé une idylle sur la belle action de madame la dauphine à Fontainebleau; il est allé à Versailles hier porter cette piece à la princesse. On y trouve de la délicatesse, du sentiment, de la poésie, & une heureuse facilité. Si tous les comédiens avoient le mérite de celui-là, les auteurs ne répugneroient pas tant à se voir jugés par eux.

10 Décembre. L'évêque du Mans ayant prétendu que le professeur de philosophie chez les peres de l'oratoire de cette ville, dictoit des cahiers peu orthodoxes, en a porté des plaintes en général. Celui-ci, après avoir fait examiner la doctrine de l'accusé, a répondu au prélat qu'il ne pouvoit faire au professeur l'injustice & l'injure de le déplacer pour une accusation aussi mal-fondée : sur quoi monseigneur en a référé à la faculté de théologie, qui s'est assemblée le jour de sainte Barbe, afin d'examiner les propositions prétendues jansénistes. Il est reconnu que ces cahiers sont ceux d'un ancien professeur de Paris au college des Quatre-Nations, qui a enseigné la philosophie pendant dix ans, sans qu'on y ait rien trouvé à redire. M. l'archevêque de Paris prend fait & cause pour son confrere, & cet événement échauffe beaucoup la Sorbonne. On espere que l'autorité arrêtera ces querelles, qui tendent à ramener les troubles causés trop long-temps par les malheureuses disputes du molinisme & du jansénisme. Ce qu'il y a de remarquable, c'est que M. de *Grimaldi*, évêque du Mans, est un jeune prélat fort galant, fort dissipé, connu par beaucoup d'étourderies & de scandales, & passant pour ne pas croire infiniment en Dieu.

10 *Décembre*. Madame la comtesse *Dubarri*, sentant l'impossibilité d'obtenir jamais les bonnes graces de madame la dauphine, qu'elle s'est aliénée irrévocablement par des propos où elle déprisoit la figure de cette princesse, dont on exaltoit la noblesse & les charmes, cherche à s'impatroniser chez madame la comtesse d'*Artois*, à laquelle son beau-frere est attaché comme capitaine des Cent-Suisses de son altesse royale. On ne peut juger encore si ces avances de la favorite prendront à un certain point. On présume toutefois que M. le comte d'*Artois*, fort

attaché à .M. le dauphin son frere, déroutera son auguste épouse d'une liaison si peu sortable.

10 *Décembre*. Dimanche dernier on a fait à l'église de Saint-Sulpice une publication de bans qui a fait ouvrir les oreilles à tous les assistants. *Il y a promesse de mariage entre haut & puissant seigneur, &c. la Tour-du-Pin, &c. & très-haute & très-puissante demoiselle, &c. de Saint-André, fille mineure de cette paroisse.* Ce qui annonce que le mariage dont on avoit parlé depuis long-temps, & retardé pour des raisons qu'on ignore, va se conclure enfin. Le roi a donné en outre des lettres-patentes à la demoiselle, par lesquelles elle est reconnue issue d'une maison ancienne, dont les titres sont détériorés, perdus, &c. Ainsi nul doute aujourd'hui que ce ne soit une bâtarde du roi.

11 *Décembre*. Le sieur *Dauberval*, fameux danseur de l'opéra, & le plus agréable au public par des pantomimes gaies & faciles, n'a point paru du tout aux fêtes de Versailles, & y a produit un grand vuide. Il est parti ou se dispose à partir pour la Russie : on lui offre à la cour de l'impératrice un sort considérable. Il paroît que le dérangement de sa fortune lui fait prendre ce parti violent. D'ailleurs il aspiroit à la place de maître des ballets de la cour : il en avoit traité avec le sieur *Laval* ; mais les sieurs *Vestris* & *Gardel* se sont plaints qu'on leur enlevât une dignité à laquelle ils avoient un droit antérieur par leur ancienneté : le premier d'ailleurs a prétendu que le genre de *Dauberval* ne devoit jamais le faire regarder que comme un baladin, un sauteur, & ne pouvoit s'assimiler

au fien : le fecond , maître à danfer de madame la dauphine , a intéreffé cette princeffe , & le marché du fieur *Dauberval* a été caffé.

13 *Décembre*. On parle de plufieurs autres mariages de femmes diftinguées de la cour, femblables à celui de la ducheffe de Chaulnes, aujourd'hui madame *Giac* , & même plus in-décents que le fien. On ajoute que le roi a dit plaifamment à ce fujet , qu'il y auroit bien des tabourets à envoyer au garde-meuble. Il femble que ces femmes dévergondées n'attendoient qu'un exemple pour donner un libre cours à leurs extravagances. La maréchale d'*Eftrées* eft du nombre. Au refte, tous ces mariages ne font pas auffi fûrs que celui de la premiere. Il pour-roit fe faire que cette tournure ne fût qu'une méchanceté des courtifans pour dévoiler au public les amours illicites & peu glorieux de ces dames.

14 *Décembre*. *Sabinus*, tragédie lyrique, eft la tragédie d'*Eponine*, de M. de *Chabanon*, re-tournée & mife en mufique par le fieur *Goffec*. La fcène eft à Langres.

Dans le premier acte , le théâtre repréfente une place publique. Il roule fur le mariage de *Sabinus* , prince Gaulois, petit-fils de *Jules-Céfar* , avec *Eponine*, princeffe Gauloife auffi. *Mucien* , Romain, gouverneur de la Gaule, fait annoncer qu'il s'oppofe à cet hymen, & que celle qui époufera *Sabinus* , doit périr. Cette menace ne fait qu'enhardir *Eponine* ; elle force fon amant à recevoir fa main. Il eft enrichi de danfes, d'abord gaies, enfuite féveres. La trom-pette fonne : appellés par elle, trois jeunes Gaulois s'échappent des bras de leurs maîtreffes,

F 4

qui arrivent après eux, & cherchent à les retenir. Les trois jeunes guerriers cedent un moment aux féductions de l'amour ; mais l'inftrument belliqueux les rappelle à leur devoir, & ils brifent les guirlandes de fleurs dont ils font couverts. Leurs maîtreffes partagent elles-mêmes cet enthoufiafme militaire, & ce font elles qui arment leurs amants : *Eponine* arme fon époux, & l'embraffe ; l'acte finit par une marche guerriere.

Au fecond acte, on voit la forêt facrée des druides : un autel eft au milieu, & fur l'un des côtés un antre fermé par des portes d'airain. *Eponine* vient s'y informer de fon deftin : des bergers, des bergeres, des pâtres, des paftourelles, des vieux & vieilles, & des enfants s'y réfugient contre les horreurs de la guerre, & y forment des danfes diverfes. Le grand druide remplit toutes les formalités des myfteres redoutables de fa religion ; les portes d'airain s'ouvrent, touchées du guy de chêne, & il s'enfonce pour confulter la divinité ; il fort échevelé. *Mucien* vient enlever *Eponine*, la forêt eft abattue, l'autel renverfé, les Gaulois s'enfuient en défordre.

Solitude affreufe, rochers, précipices, à l'ouverture du troifieme acte. Monologue de *Sabinus* incertain de ce qu'il doit faire ; il apprend qu'*Eponine* vit encore, il veut aller la fecourir ; le tonnerre gronde, la foudre tombe à fes pieds, il recule ; le génie de la Gaule paroît devant lui, & lui ordonne de defcendre dans le tombeau de fes aïeux : pour affermir fon courage, il lui préfente l'image des fiecles futurs, de la grandeur de la France. Le fond du théâtre s'ouvre ; on voit *Charlemagne* fur fon trône, entouré des peuples de l'empire, ce qui amene un changement de décorations : fuccede une falle richement ornée & préparée pour des fêtes ; de-là des quadrilles de différentes nations de l'Europe attirées à ces fpectacles.

La vue extérieure du palais de *Sabinus*, où eft la fépulture de fes ancêtres, ramene un ton lugubre au commencement du quatrieme acte. Toute cette enceinte eft fermée par des murailles. *Mucien* ne pouvant difpofer *Eponine* à rompre fon hymen avec *Sabinus*, ordonne à fes foldats de mettre le feu au palais, croyant y faire périr ce héros : on exécute ce cruel ordre : une pluie de feu tombe des airs : le génie de la Gaule les traverfe fur un nuage enflammé : il tient un flambeau dans la main ; il le fecoue au-deffus des murailles, & elles s'écroulent. Les efprits de feu qui ont allumé l'incendie, achevent la deftruction du palais, & difparoiffent enfuite. L'incendie ceffe : on voit parmi les ruines & les débris un autel de pierre, fur lequel eft une urne, & au-deffus duquel font écrits des mots qui apprennent à *Eponine* que c'eft fon mari qui les a tracés : elle croit que ce vafe funéraire contient les cendres de *Sabinus*, elle s'en faifit, & l'embraffe en pleurant. *Mucien* arrive, auquel elle montre l'urne : le tyran eft auffi perfuadé de la mort de fon rival. Cette trifte fituation n'excite à aucune danfe.

Le coup d'œil lugubre continue au cinquieme acte. Le théâtre repréfente les fouterrains obfcurs où les princes Gaulois font inhumés ; *Sabinus* y eft, il fe renferme dans un tombeau qui eft au milieu du théâtre, & qui a de tout temps été

E 5

deftiné pour fa fépulture. *Eponine* y vient pleurer
la mort de fon époux ; *Mucien* accourt pour
prévenir le deffein qu'elle a de fe tuer fur le
tombeau de fon mari. Elle fe fouftrait à fon
empreffement, le poignard à la main, prête à fe
frapper : *Mucien* la fuit ; le héros, fortant de
fa retraite, fe faifit du bras d'*Eponine*, lui arrache le fer, provoque le tyran, & commence un
combat : il tue fon adverfaire ; cependant *Eponine* eft allée avertir fes concitoyens de l'heureufe
nouvelle. On fe retrouve fur la place publique,
on entend un bruit de guerre, pendant lequel
on voit les Romains défaits par les Gaulois ; le
génie de la Gaule defcend dans toute fa gloire,
& ramene les jeux & la danfe.

14 *Décembre*. Madame la comteffe *Dubarri* a
acheté la maifon du fieur *Binet* dans l'avenue de
Verfailles, & y fait travailler. M. le dauphin,
en allant chaffer & paffant devant, a demandé
ce que c'étoit. Sur le compte qui lui en a été
rendu, ce prince a hauffé les épaules, & a paru
s'indigner du fafte & de la dépenfe de cette
dame.

15 *Décembre*. Pour l'intelligence de la piece
fuivante, il faut favoir que Mlle. *Laudunier*,
dite *la Caille*, ancienne figurante de l'opéra, eft
une éleve de madame *Gourdan*, fameufe prêtreffe de Vénus, qui, à tant de titres, a le droit
de prêcher cette nymphe. Déjà Me. *Linguet*
l'avoit fait connoître par une lettre aigre-douce,
où, l'an paffé, il lui reprochoit les fruits amers
qu'elle lui avoit fait cueillir au fein du plaifir.
L'auteur de cette épître, frappé plus vivement,
a cru devoir en avertir auffi le public pour fon
falut, & prefcrire à la courtifane des leçons

utiles qu'il a mifes, afin de leur donner plus de poids, dans la bouche de fa premiere inftitutrice.

Epître de madame Gourdan à Mlle. la Caille.

Bel enfant de l'amour, vous que ce Dieu propice
Auroit dû préferver de chancre ou chaudepiffe,
Dites-moi quel eft donc le monftre, le cruel,
Qui, d'un encens impur fouillant le facrifice,
N'a pas craint d'infecter la prêtreffe & l'autel !
Si vous le connoiffez, nommez, nommez le traître,
Pour le falut commun, faites-nous-le connoître.
Pouvoit-il ignorer, le dangereux mortel,
Qu'à mille honnêtes gens il préparoit des larmes,
Que le premier venu peut prétendre à vos charmes,
Et que par moi formée aux combats de Vénus,
Vous ne fûtes jamais ce que c'eft qu'un refus ?
Du *Condon* cependant vous connoiffez l'ufage,
La Caille, & l'on peut lire aux faftes de Paphos
Que, dans les temps heureux de votre apprentiffage,
A chaque compagnon de vos galants travaux
Vous faviez le chauffer avec beaucoup d'adreffe.
Je conviens avec vous que la délicateffe
D'une fille d'honneur en doit beaucoup fouffrir.
Mais, ma chere, n'importe, il s'y faut affervir ;
Il n'eft eau de *Preval* (*), ni vinaigre qui tienne ;
La vérole s'en f..., vous connoiffez la mienne :
Ces vains palliatifs n'ont pu me prémunir,
On ne nous donne, hélas ! qu'infidelles recettes ;
Le *Condon*, c'eft la loi, ma fille, & les prophetes !

_____

(*) Médecin qui prétend avoir une eau préferva-
tive, avec laquelle on peut affronter tous les dangers.

16 *Décembre*. Des deux évêques désignés par
le roi pour les isles du vent & sous le vent, est
un certain abbé de *la Roque*, ci-devant barnabite, & frere d'un premier commis ; dès qu'il a
été nommé, il a quitté son froc, il s'est jeté
dans le monde, & vit dans Paris & à la cour
en prélat petit - maître, affichant le luxe & la
galanterie. Ce scandale offusque M. l'archevêque
de Paris, & le prélat de mœurs austeres ne veut
pas laisser subsister plus long-temps dans le monde
ce moine dépaysé. Comme cet évêché prétendu
souffre beaucoup de difficultés à Rome, & même
de l'impossibilité, M. de *Beaumont* va travailler
à faire rentrer dans son cloître l'abbé de *la Roque*,
ainsi qu'il y a repoussé, il n'y a pas long-temps,
des bénédictins abbés se plongeant trop dans les
vanités du siecle.

16 *Décembre*. *Orphanis*, dont on a repris
depuis long-temps les représentations, continue
à aller, parce que tout va : cette tragédie peu
améliorée, en est à sa dixieme représentation.

18 *Décembre*. Un duel arrivé lundi dernier
excite aujourd'hui l'attention de Paris, tant par
ses circonstances, que par la difficulté d'en ap-
profondir l'origine & les détails. On sait en
général que le comte de *Rouault Gamache* a été
blessé à mort sur le champ de bataille, transporté chez un chirurgien voisin qui n'a voulu
lui rien faire, & qu'il y a expiré, sans vouloir
nommer son adversaire. Quant au combat, les
deux rivaux arrivés, chacun d'un bout de la rue
des Prouvaires, ont fait mettre en travers leur
voiture, & se sont ainsi formé une lice inabor-
dable. On a trouvé au cadavre une blessure à
gauche, ce qui annonce que le vainqueur étoit

gaucher, ou avoit changé fon fer de main. Quoi qu'il en foit, on a beaucoup varié fur lui, & l'on prétend conftaté aujourd'hui que c'eft un M. *le Prêtre*, officier, chevalier de Saint-Louis, fils du *le Prêtre*, tréforier de l'ordinaire des guerres. On veut que celui-ci fit avec trop de foin la cour à la femme de M. de *Gamache*, fon ami, mais dont la jaloufie s'eft manifeftée d'une façon fi vive, que l'autre a été forcé de fe défendre. Au refte, le roi lui-même a femblé défirer que l'affaire n'eût point de fuite, s'il a déclaré que *Gamache* étoit mort d'un coup de fang.

19 *Décembre*. le Wauxhall d'hiver de la foire St. Germin, a eu permiffion d'ouvrir de bonne heure & de donner fon fpectacle deux fois par femaine, à caufe de la briéveté du carnaval. Pour varier, on a permis au directeur de four-nir cette falle à un concours d'armes. Tous les éleves qui y ont tiré, étoient mafqués.

19 *Décembre*. On croit que les directeurs de l'opéra, quand ils feront débaraffés des fpec-tacles de la cour, & que les acteurs auront pris du repos, donneront à Paris, *Sabinus*, du moins c'eft leur projet; ce qui alarme les ama-teurs regardant, cet opéra comme très mauvais. Il eft certain qu'il eft on ne peut plus trifte, mais on y trouve de grands morceaux de mu-fique & des airs de danfe délicieux.

20 *Décembre*. Le troifieme mémoire du fieur de *Beaumarchais*, paroît enfin aujourd'hui pour les juges, & ne fera rendu public que demain. Il a pour titre: *Addition au Supplément du Mé-moire à confulter pour* Pierre - Auguftin Ca-ron, *&c. fervant de Réponfe à madame* Goezman *accufée; au fieur* Bertrand d'Airolles, *accufé; aux*

fieurs Marin , *gazetiers de France*, & d'Arnaud Béculard , *confeiller d'ambaffade* , *affignés comme témoins.*

Il eft foufcrit d'une confultation en date du 18 décembre, fignée *Bidault*, *Ader* : il eft plus volumineux que les précédents, & la porte de l'auteur eft déjà inveftie de curieux qui le follicitent pour en avoir des exemplaires.

22 *Décembre.* La princeffe de *Talmont* vient de mourir d'une fluxion de poitrine. C'étoit une femme d'efprit, fort extraordinaire. Elle étoit proche parente de la feue reine, & a inftitué fa légataire univerfelle, madame *Adélaïde.*

32 *Décembre.* Au premier acte (d'*Ernelinde*) le théâtre repréfente l'intérieur de la cour d'un palais, dans la partie la plus proche de la demeure du fouverain : des façades fur les ailes. Cette cour paroît féparée par des baluftrades : fur les côtés, des avant - cours; des morceaux de fortification font la partie éloignée dans la perfpective. On voit d'un côté fur le devant, un autel confacré au dieu *Oden* , ou *Mars.* La fcene commence par les efforts d'*Ernelinde* pour empêcher fon pere d'aller à la défenfe de fon palais affiégé. Elle n'y peut rien; il la quitte, elle tombe évanouie au pied de l'autel. *Sandamir*, amant de la princeffe, mais au rang de fes ennemis, fe montre au milieu de la breche, fuivi de fes foldats; il vient à elle, la raffure. *Riccimer*, le vainqueur, arrive porté fur un pavois : les autres guerriers viennent fucceffivement fur le théâtre par la breche, à travers laquelle on découvre le camp des affiégeants, & plufieurs de leurs machines de guerre.

Le monarque donne une couronne de laurier à *Sandomir*; celui-ci ne demande qu'*Ernelinde* pour partage. Cependant on dreſſe un trône à *Riccimer*, décoré d'ornements militaires & de richeſſes enlevées dans le palais de *Rodoald*, pere d'*Ernelinde*. Les ſoldats en dreſſe un autre au général, qui eſt aſſis à la droite de *Riccimer*: celui-ci a devant ſes yeux les récompenſes militaires qu'il fait diſtribuer par des Suédoiſes armées. Les danſes de cet acte ſont toutes guerrieres, & conſiſtent ſimplement en marches.

On voit, au ſecond acte, l'intérieur du palais des rois de Norwege. Le vainqueur apprend à *Sandomir* ſa paſſion pour *Ernelinde*; rage de celui-ci : le roi ordonne qu'il s'éloigne avec ſes vaiſſeaux Danois : il ſe pique de généroſité envers les vaincus, les fait déchaîner; ce qui amene un ballet pantomime. Des bergers & des bergeres jouiſſent des plaiſirs de la vie champêtre, des guerriers & des guerrieres viennent les troubler; la paix & ſes compagnes paroiſſent, s'avancent & uniſſent les guerriers aux bergeres, & les bergers aux guerrieres.

Un port de mer fixe les yeux au troiſieme acte : on voit des vaiſſeaux à la rade, des barques mobiles ſur le devant, de longues jetées, un phare en partie démoli : ſur l'un des côtés eſt un palais d'une architecture détruite à moitié, des baſes, des chapiteaux, des tambours de colonnes renverſées ſur les perrons. *Ernelinde* implore la clémence de *Riccimer* pour ſon pere : le vainqueur veut lui rendre ſa couronne s'il lui donne ſa fille : refus de l'un & de l'autre; *Sandomir* dont les ſoldats & les matelots ſe diſpoſoient à partir, leur ordonne de reſter, &

veut venger fon amante & *Rodoald*. Le roi de Suede menace de faire périr le pere & l'amant *d'Ernelinde*, fi elle ne l'époufe ; elle tombe dans une efpece de délire : on l'entraîne.

Au quatrieme acte, le théâtre repréfente une prifon ; vers le fond on apperçoit divers fouterrains ; fur les côtés, plufieurs cachots fermés par des grilles de fer. *Ernelinde* vient trouver *Sandomir* aux fers ; le pere de la princeffe, fous prétexte d'engager fon amant à la céder à *Riccimer*, profite de fa liberté pour ranimer fes foldats & fes peuples : point de danfe.

Le cinquieme acte s'ouvre par la vue d'un temple magnifique, où tout eft préparé pour le couronnement & l'hymen *d'Erlinde*, que *Riccimer* croit avoir été déterminée à l'époufer. A l'inftant on lui annonce que tout eft révolté. Il court au combat. *Rodoald* arrive vainqueur, fe rejoint à fa fille & à *Sandomir* : *Riccimer* furvient ; fon rival engage *Rodoald* à lui pardonner, à lui rendre fon épée ; le captif s'en fert pour fe tuer ; on l'entraîne, & l'on célebre l'hyménée dn prince Danois avec la fille du roi de Norwege.

23 *Décembre*. C'eft de madame *le Prêtre* dont le comte de *Gamache* étoit amoureux ; & c'eft à la comédie italienne où le mari a trouvé fa femme dans la loge de fon amant, qu'a été donné le défi ; ce qui eft la leçon la plus vraifemblable de cette malheureufe hiftoire.

24 *Décembre*. C'eft effectivement *Sabinus* que l'académie royale de mufique fe propofe de donner, mais réduit en quatre actes, à caufe de l'un des cinq où il n'y a point de danfe, & que l'on refond dans le cinquieme.

24 *Décembre.* Le troisieme mémoire du sieur de *Beaumarchais*, est couru avec plus d'avidité encore que les premiers, par le scandale que cause son affaire qui acquiert de plus en plus une publicité générale. Celui-ci ne paroît cependant pas aussi bien fait que les autres ; il est plus décousu ; il y a moins de gaieté franche ; les injures n'y sont pas aussi finement déguisées, & l'humeur perce fréquemment. Les gens de qualité sont sur-tout furieux d'y voir inculper un officier-général de la façon la plus injurieuse ; c'est le comte de *la Blache*, qui y est indiqué en toutes lettres, & assez maltraité en plusieurs endroits ; il est question des cinq cents louis que l'on a prétendu qu'il avoit fournis au sieur *Goezman*, & qui avoit fait pancher la balance de son côté. Le président de *Nicolaï*, les sieurs *Nau de Saint-Marc* & *Gin*, autres membres du nouveau tribunal, n'y sont pas plus ménagés ; mais le plus maltraité est le sieur *Marin*, le gazetier de France. On ne croit pas qu'il puisse se dispenser de répondre aux reproches graves & diffamants, articulés contre lui, d'autant que ce mémoire aussi répandu & plus fêté que la gazette, doit percer dans les deux mondes. On espere que l'anecdote du palais arrivée le jour de la séance, fournira matiere au sieur de *Beaumarchais*, pour s'égayer sur le compte du président de *Nicolaï*, & nous faire rire aux dépens de ce magistrat qui prête infiniment aux sarcasmes.

26 *Décembre.* On a dit que la princesse de *Talmont* étoit très-singuliere, même un peu folle, & son testament en a fourni la preuve. Elle étoit Polonoise, & avoit demandé par ce der-

nier acte à être inhumée suivant la méthode de
sa nation, c'est-à-dire, toute habillée: elle avoit
désigné la robe superbe avec laquelle elle devoit être portée à sa paroisse dans un fauteuil,
le visage découvert ; en un mot, elle exigeoit
qu'on suivît en tout le rite polonois ; mais l'archevêque de Paris s'est opposé à cette nouveauté,
& la princesse a été inhumée à Saint - Sulpice,
à la françoise.

27 *Décembre.* Dans le premier acte de la pas-
torale héroïque d'*Issé*, le théâtre représente un
hameau. *Apollon* déguisé en berger, sous le
nom de *Philemon*, est amoureux d'*Issé*, nymphe,
fille de *Macarée*: *Pan*, aussi déguisé en berger,
confident d'*Apollon*, en conte à *Doris*, sœur d'*Issé*,
mais il fait l'amour à la françoise en petit-
maître : le dieu du jour, au contraire, est sé-
rieusement épris, & met beaucoup de délicatesse & de défiance dans son intrigue. *Hylas*,
berger véritable, autre amant d'*Issé*, est encore
dans un genre différent : c'est l'héroïsme de
l'amour pour la fidélité, le dévouement, la
constance. Quoiqu'il ait lieu de présumer
n'être pas écouté, il vient donner une fête à la
nymphe. Ce divertissement, & par le chant &
par la danse, tend à fléchir le cœur d'*Issé*.

On voit à l'ouverture du second acte, le palais d'*Issé* & ses jardins. *Apollon* survient, il fait
sa déclaration, & elle se défend de façon à faire
juger de son retour. *Pan* traite la chose plus
cavaliérement avec *Doris*; il se donne tout
uniment pour un volage, il exhorte sa suite à
célébrer l'inconstance : ce qui donne lieu à des
danses & à des chants caractérisés & très-op-
posés à ceux du premier acte.

La forêt de Dodone offre une nouvelle scene au troisieme acte : *Issé* vient y consulter l'oracle sur son amour ; elle trouve *Hylas* qu'elle défespère par sa froideur. *Pan* y forme une épisode avec *Doris*, qui consent enfin à la passion de cet amoureux, & veut essayer s'il lui apprendra à changer, ou si elle le rendra fidele. Enfin le grand-prêtre fait parler l'oracle pour *Issé* ; il prédit à la nymphe qu'*Apollon* doit être aimé d'elle : les prêtres & les prêtresses, les dryades, les sylvains viennent en conséquence rendre hommage à cette nouvelle souveraine. De-là, un divertissement d'un troisieme genre, amené naturellement encore.

Issé paroît dans une grotte, au quatrieme acte : elle s'y plaint amérement de l'amour qu'*Apollon* ressent pour elle ; elle déclare qu'elle ne changera pas pour ce dieu le fidele berger qu'elle aime. Elle entend une symphonie douce ; danses agréables, formées par les songes flatteurs. *Issé* s'endort : *Hylas* la cherche de nouveau, la trouve endormie, apprend à son réveil qu'elle a cru être aimée d'*Apollon*, mais qu'elle ne changera point de passion ; qu'elle préfere *Philemon*. *Hylas*, voyant qu'il a contre lui & l'amour & la gloire, s'en va sans retour.

Au cinquieme acte, *Issé* ayant appris les inquiétudes de *Philemon* sur la passion d'*Apollon*, vient rassurer le berger : ce qui donne lieu à une scene de tendresse entre eux deux dans une solitude. Le théâtre change tout-à-coup, & représente un palais magnifique : on voit les Heures sur des nuages, tout annonce l'arrivée d'*Apollon* : l'inquiétude de la nymphe redouble ; elle tremble pour *Philemon*, qui se découvre enfin ; ce qui amene un superbe divertissement composé des peuples des différentes parties du monde.

28 *Décembre.* Extrait d'une lettre de Sens, du 25 décembre.... On a célébré ici, le 20, le service annuel pour feu monseigneur le dauphin. M. le comte *du Muy*, menin de ce prince & son favori, qui a fait creuser sa tombe auprès de son ancien maître, y étoit avec l'édification qu'il donne toujours; mais il a offert un spectacle plus chrétien encore, il a voulu descendre dans son caveau, & y repaître ses regards de toute l'horreur que doit inspirer un lieu pareil. Cette action a fait frémir les autres courtisans assistants à la cérémonie.

29 *Décembre.* On a lu dans le *Mercure*, des vers d'un seigneur Russe, prétendu en l'honneur de M. de *la Harpe*, que cet adjoint au journal en question y avoit insérés modestement; ce qui a donné lieu à l'épigramme suivante, qu'on attribue à un M. *Guinguené*, débutant dans la carriere :

N'a pas long-temps, un seigneur Moscovite,
Grand connoisseur, d'un pauvre auteur sifflé
En vers françois a prôné le mérite,
Dont le rimeur, d'orgueil tout boursoufflé,
Dans son *Mercure* a colloqué l'épître.
Or, mes amis, savez-vous à quel titre ?
Telle patente il a pu mériter !
Ses vers qu'ici nul ne veut écouter,
Ont à Moscou charmé plus d'une oreille :
Chacun y dit : ma foi, sans le flatter,
Ce François-là parle Russe à merveille !

29 *Décembre*. Extrait d'une lettre d'Amſter-
dam, du 24 décembre..... On devoit imprimer ici un journal intitulé *l'Obſervateur Hol-*
landois à Paris; il étoit annoncé par un proſpectus
très-répandu : M. le comte de *Noailles* ambaſſa-
deur de S. M T. chrétienne auprès des Etats-Géné-
raux, s'eſt alarmé de cet ouvrage ſans le connoître ; il a remué ciel & terre pour en empêcher la publication : enfin il y a eu prière à
l'imprimeur de la ſuſpendre, & une prière dans
une état républicain équivaut à une défenſe dans
un état deſpotique.

30 *Décembre*. Ce matin M. de *Saint - Auban*,
officier-général d'artillerie & cordon rouge, ſe
promenoit ſur les boulevards à cheval, ainſi
qu'il fait tous les jours. Un autre cavalier l'a
ſuivi long-temps, enfin l'a abordé, lui a demandé
s'il n'étoit pas M. de *ſaint-Auban* ? Celui-ci ayant
répondu, « oui, je le ſuis. Et moi, je me nom-
» me le baron de *Chargey*, neveu de M. de
» *Bellegarde*, a dit alors l'inconnu : vous êtes
» l'inſtigateur de la perſécution de mon oncle
» & du jugement infame qu'il a ſubi ; rendez-
» m'en raiſon. » L'officier-général a déclaré y
être diſpoſé ; mais ne le pouvoir dans ce moment, où ſes piſtolets n'étoient point chargés....
L'aſſaillant n'en a pas moins tiré le ſien, &
ſans bleſſer ſon adverſaire, n'a percé que l'o-
reille du cheval ; il a mis ſoudain le ſabre à la
main, & a voulu tomber ſur M. de *Saint-Auban*,
qui par des caracoles adroites, a éludé tous les
coups ; il s'eſt bientôt attroupé du monde, & le
jeune homme ayant perdu la tête, s'eſt mis à
fuir. M. de *ſaint - Auban* l'a pourſuivi quelque
temps, mais à la faveur d'embarras, ſon adver-

faire lui a échappé. L'officier-général est allé
faire sa déposition à M. de *Sartines* qui, au si-
gnalement, a reconnu le personage: il en a écrit
en cour, & cette querelle contée ainsi par M. de
Saint-Auban, si les circonstances sont vraies,
doit avoir les suites les plus funestes pour le
baron de *Chargey*.

31 *Décembre*. Depuis quelque temps on parle
de disparates de M. de *Boynes*; on prétend qu'il
lui en est échappé dans le conseil; les partisans
de ce ministre disent que c'est un bruit faux,
accrédité méchamment par le chancelier qui,
après s'être servi de l'excellente tête de M. de
Boynes pour ses opérations, le redoute aujour-
d'hui qu'il n'en a plus besoin & voudroit le perdre. Quoi qu'il en soit, on raconte que madame
de *Boynes*, à ce propos, s'est écriée plaisamment:
*si mon mari manque par la tête, il ne manque
pas par tous les bouts.* En effet, cette dame est
d'une fécondité merveilleuse.

1 *Janvier* 1774. Le suicide des deux dragons
a fait un bruit considérable, &, malgré la vigilance de la police pour empêcher que leur testament de mort ne perce dans le public, il est
répandu, & chacun en prend copie. Le marquis de
Monteynard, en rendant compte au roi de ce
fait, a voulu faire entendre à sa majesté que
c'étoit un délire: le monarque par un signe de
tête très-négatif, lui a donné à comprendre qu'il
n'étoit point dupe de cette tournure, qu'il n'en
croyoit rien, & lui a tourné le dos.

3 *Janvier*. « Le sieur *Beaumarchais*, dit-il,
» (le sieur *Marin*) mettant le comble à son
» audace, vient de le diffamer de nouveau dans
» un troisieme libelle encore plus atroce que les

premiers. Cet homme , après avoir insulté
à la majesté des loix , injurié la magistrature entiere , bravé le tribunal qui doit le
condamner , outragé des citoyens honnêtes
qui ne l'ont point offensé , notamment le
suppliant , vendant publiquement contre les
arrets de la cour , les réglements de la
librairie , les devoirs de l'honnèteté, ce que
sa noire méchanceté lui fait imprimer ; portant la frénésie jusqu'à accuser l'administration
dans ses premier & second libelles , enhardi
par l'impunité , vient encore par la diffamation
la plus atroce acuser un citoyen de crimes dignes
de la plus grande punition. On lit entr'autres
abominations dans ce libelle : *j'appelle un*
chat un chat , & Marin un fripier de mémoires , de
littérature , de censure , de nouvelles , d'affai-
res , de courtage, d'usure , d'intrigues , &c. Imputations inouies , qui rendroient la personne du
suppliant infame Une si affreuse licence , de
telles calomnies , si elles n'étoient réprimées
promptement , seroient portées par cet homme
audacieux au point de produire enfin des écrits
qui semeroient la haine & la division parmi
tous les ordres de la societé, finiroient par ar-
mer les citoyens les uns contre les autres : on
ne pardonneroit ces attentats qu'à des peuples
sauvages chez lesquels la nature, en laissant à
l'homme la liberté indéfinie , lui donne le
droit de venger ses propres injures : la religion
sainte & les loix ayant sagement mis des bornes à cette liberté naturelle , ont établi des
juges pour réparer des offenses publiques &
particulieres : leur ministere est nécessaire &
ne peut se refuser à l'innocence opprimée par

» la vexation & la calomnie. Les outrages abo-
» minables faits au suppliant exigent une répara-
» tion prompte & éclatante : il réclame cette répa-
» ration. Ce citoyen, blessé dans son honneur
» qu'il préfere à la vie, iroit se jeter aux pieds
» du roi, pere & premier juge de tous ses su-
» jets, pour lui demander justice, s'il ne l'atten-
» doit de la cour, &c. »

3 *Janvier*. Madame la princesse de *Talmont*
avoit un mobilier considérable, qu'elle a distribué en grande partie par des dispositions particulieres envers ses amis & amies. Il paroît que
celle en faveur de madame *Adelaïde* a été peu
agréable à la cour & qu'on la regarde comme
une jactance qu'on y a tournée en ridicule. Elle
laisse cent mille francs aux Enfants-trouvés, à la
charge de cinq mille livres de rentes viageres à
plusieurs de ses domestiques.

3 *Janvier*. Sur le compte qui a été rendu au
roi de l'assassinat de M. de *Saint-Auban*, sa majesté a ordonné qu'on fît les perquisitions les plus
séveres du meurtrier, & qu'il fût puni suivant la
rigueur des loix En conséquence on lui doit faire
son procès criminellement. Des lettres anonymes qu'a reçu fréquemment ce officier-général,
depuis le jugement de M. de *Bellegarde*, serviront de base à la procédure. Jusqu'à présent le
baron de *Chargey* est réputé très-coupable, parce
qu'on n'a que la narration de M. de *Saint-Auban*;
mais les gens sages suspendent leur jugement, &
ne peuvent se persuader qu'un gentilhomme
connu jusques-là par des mœurs très-honnêtes,
ait médité une pareille atrocité; qu'il ait eu la
folie de vouloir l'exécuter en plein jour, sur les
boulevards, & qu'il ait eu la mal-adresse de s'y
prendre aussi gauchement.   4

4 *Janvier*. C'est du septieme livre des métamorphoses d'*Ovide* (fables 17 & 18) qu'est pris le sujet de *Céphale & Procris*. *Céphale* étoit un chasseur que l'*Aurore*, devenue amoureuse de lui, avoit enlevé; il avoit épousé *Procris*, nymphe de *Diane*, & la déesse ne pouvant lui faire oublier cette épouse chérie, le renvoya en lui annonçant dans sa colere qu'un jour il souhaiteroit ne l'avoir jamais revue. En effet , *Procris* jalouse d'une certaine *Aura*, que *Céphale* appelloit tendrement, en se reposant des fatigues de la chasse, voulut épier son mari : cette *Aura* n'étoit autre chose qu'un vent rafraîchissant, l'haleine légere des zéphyrs : au moment où sa tendre épouse, écoutant les exclamations vives de *Céphale*, sans en voir le sujet, dans un accès de sa douleur exhaloit ses plaintes ; celui-ci ayant entendu quelque bruit, crut que c'étoit une bête féroce : il lance son javelot & perce son épouse.

Au premier acte, on voit un bois d'un ombrage agréable. L'*Aurore* ouvre la scene , déguisée en nymphe des forêts : à sa présence les buissons fleurissent & les oiseaux chantent : elle annonce son amour pour *Céphale*; il arrive, elle se cache ; celui-ci fait la description de son bonheur : l'*Aurore* paroît dans son déguisement & , sous prétexte de se plaindre d'un amour malheureux qui la tourmente , par la crainte que *Diane* ne le découvre, elle lui apprend que cette déesse, dans sa vengeance, a condamné *Procris* , une de ses compagnes, à périr de la main de son époux. Douleur du chasseur. La nymphe lui conseille d'aller trouver l'*Aurore*, fille du dieu du jour , le frere de *Diane*, & de l'engager à fléchir la déesse courroucée. Elle le quitte. Survient *Procris*,

à qui fon époux annonce l'arrêt fatal de *Diane* ;
douleur de tous deux : cependant ils fe retirent
aux approches des nymphes de la divinité des
forêts, qui viennent célébrer la réception d'une
jeune nymphe armée chafferefle ; elles enfeignent
à leur nouvelle compagne à fuir les pieges de
l'Amour : l'une d'elles, ayant fur le front le ban-
deau de ce dieu, en imite toutes les rufes ; la
jeune nymphe s'en défend & l'on applaudit à fon
triomphe ; ce qui donne lieu à des danfes, à
des chants & à une pantomime pleine d'expref-
fion.

Le théâtre change au fecond acte & repréfente
des nuées légeres qui environnent le palais de
l'*Aurore* ; fur le prélude de la premiere fcene,
une partie de ces nuées commencent à fe diffiper.
Dans la premiere fcene, fur le devant du théâtre,
l'*Aurore*, *Flore* & *Palès* font affifes, formant des
guirlandes de fleurs : les Heures du matin reçoi-
vent ces guirlandes des mains des trois déefles,
& les font pafser aux Zéphyrs, qui vont en déco-
rer le char & le palais de l'*Aurore*. Celle-ci, après
avoir quelque temps déguifé fa pafsion, eft obligée
de l'avouer aux déefles : elle leur dit qu'elle attend
Céphale & les invite à embellir fa cour pour le
féduire : la cour de *Flore* & celle de *Palès* s'affemblent en danfant, les Heures fe mêlent avec
elles : à l'arrivée de *Céphale*, l'*Aurore* fe retire
avec fa fuite dans l'intérieur de fon palais. *Flore*
feule refte fur le veftibule pour émouvoir *Céphale*
en faveur de l'*Aurore*, qu'elle lui apprend être
amoureufe d'un mortel, fans lui dire quel il eft ;
elle lui montre les préparatifs de la fête difpofée
pour lui : il veut attendre cet amant fortuné,
afin de l'engager à folliciter la déefle en fa fa-

veur. Divertissement occasionné par la cour de l'*Aurore*, qui environne *Céphale*, & s'empresse à lui plaire. Les nuages qui déroboient le palais de l'*Aurore* se dissipent : elle se montre sur son trône, au milieu de sa cour. Celle-ci se retire & la laisse seule avec *Céphale*. Il la reconnoît pour la nymphe qu'il a déjà vue. Elle lui découvre son amour, & veut le déterminer par la crainte de l'accomplissement des menaces de *Diane* ; il résiste. Cependant le char de l'*Aurore*, & les Heures viennent avertir leur souveraine qu'il est temps d'annoncer le jour. Dernier effort de celle-ci pour un *quatuor* entre elle, *Flore*, *Palès* & *Céphale* qui est toujours rebelle: l'*Aurore* monte sur son char, & accompagnée des Heures du matin que portent de légers nuages, elle s'éleve dans les airs.

Au commencement du troisieme acte, on revoit la même décoration de l'ouverture. La jalousie annonce à sa suite son projet atroce. Pantomime du ballet, au milieu duquel la divinité cruelle paroît tout-à-coup transformée en nymphe, sous le même déguisement que l'Aurore dans le premier acte ; ce qui promet les plus funestes effets ; dont la troupe infernale se réjouit. Elle se retire à l'arrivée de *Procris* ; la jalousie reste, & porte au cœur de cette malheureuse épouse son souffle empesté ; elle lui fait accroire que *Céphale* soupire pour *Aura*. Elle veut qu'elle en ait la preuve : toutes deux se cachent pour entendre *Céphale* exhaler sa passion, & celui-ci, entendant du bruit, lance son javelot, & perce sa femme. Il s'apperçoit de son crime ; la jalousie, pour comble d'horreur, se découvre, & certifie à *Procris* qu'elle est la cause de son désastre. L'époux maudit l'Amour, puis l'invoque pour réparer son forfait. Le dieu vient avec toute sa cour, il ressuscite *Procris*. Dans ce moment paroît *Diane*, irritée contre l'amour qui lui dérobe sa vengeance, & le javelot à la main, elle veut elle-même s'élancer sur *Procris*. L'amour, portant la main à son carquois, la menace & la fait reculer de frayeur. Survient l'*Aurore*, à qui elle veut inspirer le ressentiment qui l'anime. L'Aurore plus douce l'invite à pardonner comme elle, & lui montre dans le jeune *Hesper* le vainqueur que l'Amour lui donne. *Hesper* est le dieu qui préside à l'étoile du matin. Il se joint à l'*Aurore* pour appaiser *Diane* ; mais *Diane* plus indignée, se précipite à travers la foule des Plaisirs qui veulent en vain l'arrêter : comme elle va frapper *Céphale* qui défend *Procris*, & qui se présente à ses coups, l'Amour la désarme & la blesse. *Diane* tombe dans les bras de l'*Aurore*, & à l'instant même elle voit *Endimion* à ses genoux. Elle résiste & se défend ; mais elle est réduite à se rendre ; & ces deux couples, l'*Aurore* & *Hesper*, *Diane* & *Endimion*, enchaînés par les Plaisirs, viennent tomber aux pieds de l'Amour. Ariette & ballet général.

5 *Janvier*. L'aventure de M. de *Saint - Auban* continue à faire beaucoup de bruit ; mais elle ne prend pas une tournure assez favorable pour lui, à cause de la diversité de ses dépositions, de celles de son laquais qui le suivoit à cheval. Cependant comme il est question de maintenir le respect & la confiance dûs à un conseil de guerre ; que celui de Lille occasionna aussi beaucoup de fermentation & de lettres anonymes, le roi veut que le procès soit fait pa

contumace au *quidam*, & l'on affure que la plainte est rendue au Châtelet.

7 Janvier. M. de *Saint-Auban* a été fort mal accueilli à Verfailles. On defapprouve qu'il ait pourfuivi le baron de Chargey, & furtout qu'il ait été faire fa dépofition chez M. de *Sartines.* Quoiqu'il ait la réputation d'un homme de courage, on ne trouve pas qu'il fe foit conduit en loyal chevalier dans cette rixe.

7 Janvier. M. le duc d'*Aumont*, qui entre de fervice cette année, en qualité de gentil-homme de la chambre, a congédié tous les gens de l'opéra, & arrêté qu'il n'y auroit plus de pareils fpectacles à Verfailles, comme trop difpendieux, & peu amufants pour les princes & princefses.

8 Janvier. Dès long-temps menacé d'une dif-grace, le marquis de *Monteynard* refte toujours *in ftatu quo.* Il n'a point ouvert le porte-feuille depuis le voyage de Fontainebleau. Les courti-fans font dans l'attente, les miniftres tourmen-tent fa majefté qui a peine à fe décider, & vou-droit que M. de *Monteynard* offrît de lui-même fa démiffion. Celui-ci s'obftine à attendre les ordres du maître : ce qui donne de l'humeur au monarque. Depuis quinze jours il fiffle fréquem-ment, & c'eft à ce figne infaillible que ceux qui ont l'honneur d'approcher de fa majefté, reconnoifsent qu'il n'eft pas dans fon affiette.

8 Janvier. Il eft affez d'ufage qu'au renou-vellement de chaque année il paroiffe des cou-plets fur les filles d'opéra, où l'on conftate leurs talents, leur galanterie, leurs aventures, les noms de leurs amants, en un mot, tout ce qui peut intéreffer les paillards fectateurs de ce

G 3

fpectacle. On n'a pas manqué de chanfonner celles de la génération actuelle dans deux vaudevilles, dont l'un eft un *noël à l'ufage de l'académie royale de mufique*, fur l'air : *Tous les bourgeois de Châtres*, &c. en trente-cinq couplets : l'autre eft fur l'air *des mirlitons*. On n'y trouve pas malheureufement cette gaieté piquante de plufieurs autres plaifanteries du même genre ; & celle-ci n'eft curieufe que pour conftater la chronologie & le tableau très-mouvant de ces demoifelles.

9 Janvier. Depuis le délire des deux jeunes gens de Saint-Denis, & la publicité de léur finguliere cataftrophe, ainfi que de leur teftament encore plus fingulier, quantité de particuliers ont quitté la vie, fans dire pourquoi ; & l'on préfume que l'exemple funefte des premiers n'a pas peu inflllé fur ceux-ci.

9 Janvier. Depuis quatre mois on joue à l'opéra l'*Union de l'amour & des arts*, & ce ballet eft conftamment fuivi. On répete cependant *Sabinus.*

10 *Janvier.* On parle d'une brochure très-méchante contre les artiftes, en forme de *dialogues.* Elle eft extrêmement rare, & défole ceux qui y font maltraités de la façon la plus cruelle ; entre autres le fieur *Pierre.*

11 *Janvier.* M. l'abbé de *Bulté*, jeune chanoine de l'églife de Paris, qui n'étoit encore que diacre, a entendu la meffe le jour de l'an, a fait fes aumônes à l'églife, eft rentré chez lui, a donné les étrennes à fa cuifiniere & à fes autres domeftiques, eft refforti & n'a point reparu depuis. Comme il eft de Blois, on a écrit à fes parents qui n'en avoient point eu de nouvelles.

& sont arrivés ici en diligence : on est à la recherche du personnage, sur lequel on ne trouve encore aucun renseignement. On soupçonne qu'il se sera noyé, sans qu'on sache cependant qu'il ait eu aucune raison de prendre cet étrange parti.

12 *Janvier*. Dimanche dernier on a joué aux François *Eugénie*, drame du sieur *Caron de Beaumarchais*, le héros du jour : on peut juger de l'affluence qu'il y a eu. A un certain endroit où il est question de juge & de procès, on a applaudi à tout rompre. A la fin de la piece, on a demandé quand on joueroit son *Barbier de Séville*. Les histrions n'ont tenu aucun compte de ces apostrophes du parterre, auxquelles ils n'ont pas répondu, suivant leur impertinence habituelle. Mais l'auteur ayant paru aux foyers après la piece, a été entouré & conduit en triomphe à son carrosse, à peu près comme *Wilkes* l'étoit autrefois en Angleterre.

Mardi dernier la même foule s'étoit portée aux Italiens à la piece des *trois Freres jumeaux Vénitiens*, pour entendre les *lazzis* d'arlequin relatifs au sieur *Marin* : on a été surpris qu'il les ait supprimés, on a voulu en savoir la raison, on a appris que cet acteur avoit été mandé à la police, où il avoit reçu une sévere réprimande, & injonction de ne pas récidiver.

Enfin, par un calembour bien digne des Parisiens, & qu'on répete comme une chose très-ingénieuse, on dit que *Louis quinze* a détruit le parlement ancien, & que quinze louis détruiront le nouveau.

13 *Janvier*. On attribue au sieur *Renou*, peintre & poëte, la brochure contre les artistes, on l'en

foupçonne d'autant plus volontiers l'auteur, qu'il a lieu d'être fort mécontent de ses confreres, & sur-tout du sieur *Pierre*, le plus maltraité. Il faut pour cela se rappeller l'anecdote de son tableau de Mlle. *Cofté*, qu'on a fait enlever ignominieusement du salon dernier, comme indécent & comme très-mauvais ; en outre, la diatribe en question seroit une vengeance sanglante, dont le sieur *Pierre* a été très-affecté, au point d'en tomber malade. L'auteur ne fait grace à personne, & maltraite ceux même dont le talent est le plus reconnu ; tels que MM. *Vernet*, *Greuse*, &c. On juge aisément d'ailleurs, à la fabrique de l'ouvrage, à son style lourd & technique, qu'il est d'un artiste.

13 *Janvier* M. *le Prêtre de la Martiere* ayant tué M. *de Gamaches*, est rentré chez lui, &, montrant à sa femme son épée encore teinte du sang de l'amant de cette dame, « *Vous l'avez* » *voulu, madame*, lui a-t-il dit, *reconnoissez ce* » *sang.* » Elle est tombée sur le champ dans un état affreux, où elle est restée depuis lors, & où elle est encore ; elle n'a recouvré la connoissance que depuis peu de jours ; elle a demandé son confesseur & son mari. Celui-ci s'étoit soustrait aux regards du public, & même avoit quitté Paris pour éviter le premier éclat d'un duel. Mais sa majesté ayant elle-même déclaré que M. *de Gamaches* étoit mort d'un coup de sang, il n'a pas craint de reparoître, & il est auprès de sa femme. On désespere qu'elle en revienne, & l'on trouve que la mort est ce qui peut lui arriver de mieux en circonstance pareille.

15 *Janvier*. Le nouveau tribunal fait publier un arrêt du 31 décembre, par lequel il supprime

les deux brochures dont on a parlé, l'une intitulée : *Lettre du marquis de... brigadier des armées
du roi, à M.... avocat au conseil* ; & l'autre : *le
Vœu de la noblesse, lettre à* M... *avocat au conseil.*
Elles font, comme on a obfervé, une critique
raifonnée de l'arrêt de la grand'chambre. On les
qualifie comme contenant des expreffions atten-
tatoires au refpect dû à l'autorité de la cour.

Il paroît un autre arrêt du 10 janvier. Il eft
précédé d'un réquifitoire de l'avocat-général
Jacques de Vergès, où il s'éleve en termes em-
phatiques contre le livre du *Bons fens*, & contre
celui intitulé de l'*Homme*, qu'il fuppofe être
fauffement attribué à feu M. *Helvétius*, pour
éviter de févir contre fa mémoire.

En conféquence la cour, la grand'chambre
affemblée, a ordonné que lefdits livres feroient
lacérés & brûlés par l'exécuteur de la haute-juf-
tice, comme impies, facrileges, & tendant à
troubler la tranquillité des peuples, & à ébranler
les fondements de la religion, &c.

L'exécution n'a eu lieu que le mercredi 12
janvier.

15 *Janvier.* Si les mémoires dans l'affaire du
fieur de *Beaumarchais* font fufpendus, il court
des requêtes qui ne font qu'une forme plus ju-
diciaire de les répandre. On diftribue imprimée
celle du fieur *Dairolles*, principalement dirigée
contre le docteur *Gardanne*. Il y paroît que le
négociant s'étant détaché du parti du héros
principal, avoit rendu plainte contre le médecin
le 3 feptembre, & que celui-ci a récriminé par
une requête fignifiée le 14 feptembre, dont le
fieur *Dairolles* demande que fon adverfaire foit
débouté. On y peint au furplus le fieur *Gardanne*

comme un homme d'un caractere inquiet, zélé
fans prudence, mettant dans fes procédés une
chaleur, un enthoufiafme capables d'entraîner
les ames honnêtes dans la féduction, comme
ayant apporté dans cette affaire, pour capter le
témoignage du fuppliant en faveur du fieur de
Beaumarchais, des foins empreffés, dont fes
amis effentiels font fouvent capables, & que
les amis infideles fe donnent fans efforts, comme
d'accufé étant devenu agreffeur, & par une
délation odieufe ayant obligé le fieur *Dairolles*
à fe défendre, enfin comme ayant coopéré au
premier mémoire du fieur *Caron*, & réglé la
dofe du poifon pour en étendre & répandre les
ravages... Tel eft le caractere du docteur, efquiffé
en bref, & dont on eft d'autant plus porté à
croire la vérité, que, malgré les injonctions
de la faculté, il n'ofe entrer en lice, & refte
dans un filence qui ne peut lui faire honneur
dans le public.

16 *Janvier*. L'affaire du fecretaire de M. de
Guignes, qui a perdu une fomme énorme en
Angleterre au *jeu des actions*, commence à faire
bruit ici. Quoique cet ambaffadeur renie abfolument cet homme, prétende ne l'avoir pris
que comme un joueur de violon, propre à faire
de la mufique avec lui ; fon évafion, fa détention à la Baftille, & l'œil vigilant qu'il porte
fur lui, quoique de loin, tout fait préfumer
qu'il y avoit de l'intelligence entre eux. On affure
que les joueurs adverfes font ici, & veulent
intenter contre le prifonnier une action, qui
ne peut faire honneur au miniftre de France en
Angleterre, & néceffitera fon rappel. En général,
on parle mal à la cour & à la ville d'une incul-
pation auffi fâcheufe.

16 *Janvier*. Quoique les mariages ridicules de quelques femmes de la cour projetés à l'inftar de celui de madame la duchesse de *Chaulnes*, ne soient pas publics, bien des gens s'obstinent à les croire vrais, entr'autres celui de madame la duchesse de *Brancas* avec l'abbé *Cerrati* ; celui de madame la maréchale d'*Estrées* avec M. le *Fevre d'Amecourt*, conseiller du parlement ancien ; celui de madame la comtesse de *Gisors* avec M. *la Tour-du-Roch*, militaire escroc & intrigant, &c.

17 *Janvier*. Il paroît qu'aujourd'hui le grand adversaire du marquis de *Monteynard*, c'est le le prince de *Condé*. Celui-ci ne l'avoit proposé que dans l'espoir de trouver en lui un ministre favorable, qui le seconderoit dans son projet de faire recréer en sa faveur la charge de grand-maître de l'artillerie. Le nouveau secretaire de la guerre, dans l'enthousiasme de son exaltation, avoit promis à son altesse tout ce qu'elle avoit voulu. La disgrace des princes, qui suivit peu après, le mit à son aise pour ne point tenir parole à son altesse. Mais depuis leur retour à la cour, le prince de *Condé* étant revenu à la charge, aidé de madame la comtesse *Dubarri*, M. de *Monteynard* a travaillé sous main à ne point se laisser enlever le plus beau fleuron de sa couronne. Il a représenté au roi que cet objet de 400,000 livres de rente étoit une charge de plus pour l'état, dans un temps où l'on retranchoit dans les départements, bien loin d'augmenter ; il a d'ailleurs prouvé la nécessité de tenir sous sa main celui de l'artillerie, pour remédier aux déprédations dont il a fait voir un échantillon par le procès de M. de *Belie-*

garde. Au fond, on ne blâme point ce miniſtre d'avoir parlé dans la ſincérité de ſon cœur, & conformément à l'obligation de ſon état, mais bien ſa manœuvre ſournoiſe, & ſes ſoupleſſes vis à-vis le prince de *Condé* ſon protecteur, tandis qu'il agiſſoit d'une maniere différente auprès de ſa majeſté. Madame *Dubarri*, de ſon côté, eſt intéreſſée à tourmenter ſur cet objet le roi qui lui avoit donné ſa parole que la choſe s'effectueroit au premier travail. Il y a apparence que c'eſt cette anxiété de ſa majeſté qui l'empêche de travailler avec M. de *Monteynard*, ſans que d'un autre côté elle puiſſe ſe déterminer à renvoyer un miniſtre auquel elle n'a rien à reprocher. On ne ſait quand ſe terminera cette déciſion, par laquelle tout reſte en ſuſpens.

17 *Janvier*. Le ſieur *Renou*, auteur de la tragédie de *Terée*, tombée à la premiere repréſentation, a fait imprimer cette piece avec une préface, où il rend compte de ſes tracaſſeries avec les comédiens, & rapporte les lettres de ces hiſtrions. Elles ſont d'une inſolence incroyable. Le ſieur *Montvel*, l'un d eux, ſemblant préférer à la qualité d'auteur celle d'hiſtrion, prend parti pour ſes confreres contre les gens de lettres, & répand des *obſervations ſur la préface de Terée & de Phiiomele*. Cette diatribe dirigée d'abord contre le ſieur *Renou*, implique bientôt tous les auteurs, mériteroit un châtiment ſévere à l'écrivain, s'il eſt véritablement le pere d'un pamphlet*auſſi indécent: le ton de la plaiſanterie, en général très-déplacé, eſt pouſſé ici juſqu'a l'ironie la plus inſolente.

20 *Janvier*. On parloit, il y a quelque temps,

chez M. le chancelier de son parlement, & le chef de la magistrature se félicitoit de son érection ; il avouoit qu'il n'auroit pas cru en être sitôt quitte, & trouver autant de sujets qui s'enrôlassent dans la nouvelle milice ; un jeune seigneur lui répondit : Mais, monseigneur le chancelier, quand on veut empoisonner un « étang, on ne manque jamais de fretin. » Plaisanterie qui décontenança un peu M. de *Maupeou*.

22 *Janvier*. Comme tout ce qui sort de la plume de M. de *Voltaire* est précieux, il est essentiel de restituer dans la piece intitulée *la Tactique*, quatre vers supprimés dans la plupart des copies qu'on a eues, & même dans les imprimés faits en France. Ils contribuent merveilleusement à prouver l'acharnement de ce grand homme contre ses petits ennemis, qu'il injurie tant qu'il peut & par-tout où il peut. Ils sont après le cent vingt-huitieme vers : *Siffler Semiramis, Mérope & l'Orphelin* :

Ainsi que le dieu Mars, Apollon prend ses armes ;
L'eglise, le barreau, la cour ont leurs alarmes ;
Au fond d'un galetas, *Clément* & *Savatier*
Font la guerre au bon sens sur des tas de papier.

On sent que cette faute d'orthographe *Savatier*, au lieu de *Sabatier*, est faite exprès.

23 *Janvier*. Il paroît que messieurs les chanoines de l'eglise de Paris, savent à quoi s'en tenir sur l'évasion de l'abbé de *Bulté*, leur confrere, qu'il n'est pas absolument perdu ; mais que le dérangement de sa fortune occasionné

par de grosses pertes au jeu chez le sieur *le Clerc*, premier commis des finances, lui a fait tourner la tête, & l'a déterminé à prendre un parti aussi violent, qui le met hors d'état de reparoître à Notre-Dame, & l'on ne doute pas qu'on ne lui fasse donner sa démission.

24 *Janvier.* L'aventure de M. de *Saint-Auban*, loin de s'éclaircir avec le temps, devient de plus en plus embrouillée, ou du moins, ne se débrouille pas à son avantage. Cet officier en ayant voulu entretenir M. le duc de *Chartres*, ce prince lui a ri au nez, & lui a tourné le dos.

25 *Janvier.* M. *Portier*, jeune procureur au Châtelet, s'est brûlé la cervelle, il y a quelques jours ; on attribue cette catastrophe sinistre à différentes causes qui lui ont tourné la tête ; il paroît aussi par quelques propos qu'il avoit tenus précédemment, que l'histoire des deux dragons, leur testament & sur-tout la lettre de *Bordeaux*, l'avoient échauffé d'une belle émulation. Il n'y a point de semaine où il ne se passe quelque suicide. Celui d'un homme qui du Pont-rouge s'est jeté dans la Seine, est singulier ; il s'est trouvé que c'étoit un mal-faiteur qui bourrelé de remords, & se croyant poursuivi, quoiqu'il ne le fût pas, a voulu se soustraire ainsi au supplice ; mais ayant lui-même donné des signes de son envie de revenir à la vie, il a été sécouru à temps. Ce ne sera malheureusement que pour éprouver le supplice, cet accident ayant conduit à le découvrir & à le reconnoître.

26 *Janvier.* On a donné hier, à l'opéra, les trois actes annoncés : on les connoît depuis long-temps, & il ne s'y est rien passé de nouveau ; mais il y a eu un grand tumulte

dans le parterre, à l'occasion de trois artisans très-mal accoutrés, qui sont venus se mettre en premieres loges avec une femme de la même espece. Ce spectacle a occasionné tant de huées de la part du parterre, qu'un sergent est venu arranger ces personnages, & les prier de se mettre en lieu d'où ils causassent moins de tumulte; on les a transféré aux secondes loges.

27 Janvier. Extrait d'une lettre de Marseille, du 17 janvier.... Il est encore arrivé ici à la comédie, une catastrophe sanglante. Voici à quelle occasion. Un officier du régiment d'Angoumois, étoit dans une premiere loge, il s'étoit retourné pour parler à quelqu'un : le parterre piqué de cette indécence, a crié : *à bas, cul blanc.* (le blanc est le fond de l'uniforme de l'infanterie). Cet officier s'est retourné & s'est remis en posture convenable. Le soir, des jeunes gens du même régiment, ont fait des reproches à leur camarade de s'être laissé insulter; ils ont prétendu qu'il falloit en tirer vengeance. En conséquence ils ont été au nombre de quinze dans des loges, & ont montré leur cul au parterre; ils y avoient préalablement envoyé quarante soldats déguisés en bourgeois avec leurs sabres sous des redingotes. Le public instruit du complot, ne dit mot : alors les officiers entagés sont descendus dans le parterre, y ont pressé beaucoup, ont en un mot fait tout ce qu'il a dépendu d'eux pour chercher noise à leurs voisins, & provoquer une querelle : à la fin on n'a pu tenir à tant d'insultes, on s'est échauffé, il y a eu des épées tirées, & l'on prétend qu'il y a eu quarante blessés plus ou moins gravement. Toute la ville est en tumeur à cette occasion,

on s'eſt muni d'armes à feu & l'on tire ſur,u
chacun des officiers de ce régiment, qui paſſe
dans les rues ; en ſorte qu'ils ſont obligés de
ſe tenir cachés. On attend les ordres de la
cour.

27 *Janvier.* L'hiſtoire de nos modes , toutes
frivoles qu'elles paroiſſent & qu'elles ſoient ,
pourroit être entre les mains des critiques à venir,
d'une très-grande utilité pour l'éclairciſſement
de quantité de faits & d'anecdotes : il en eſt
beaucoup qui ont rapport à l'aventure du jour.
On vient par exemple d'inventer des *Ecrans à*
la Monteynard. Ils ſont établis ſur un pied, en
forme de boule, baſe mobile, qui ſert à les
faire rouler aiſément par-tout & comme l'on
veut ; mais elle eſt en même temps plombée ;
de façon que, de quelque maniere qu'on les
renverſe , les écrans ſe relevent toujours d'eux-
mêmes : image aſſez naturelle de la poſition où
ſe trouve aujourd'hui le miniſtre très - ballotté ,
& cependant exiſtant.

29 *Janvier.* Hier matin , à onze heures, M. le
duc de *la Vrilliere*, eſt venu trouver à Paris
M le marquis de *Monteynard* , pour lui annoncer de la part du roi, que ſa majeſté le
remercioit de ſes ſervices, & lui demandoit ſa
démiſſion de ſa charge de ſecretaire d'état. Il
n'eſt point exilé, mais il lui eſt ſimplement
défendu de paroître devant le roi. On s'attendoit tellement depuis long-temps à cette cataſ-
trophe, que le ſuiſſe du miniſtre diſgracié, dès
qu'il a vu le petit Saint , n'a pu s'empêcher de
lui dire: *Monſieur, je crains bien que vous ne*
nous apportiez une mauvaiſe nouvelle A quoi le
duc a répondu ſans myſtere : *tu as raiſon.* Il

A espéré que dans cette partie extrêmement affligée, il y a plus de trois mois, on va réparer le travail arriéré ; que les bureaux qui ne faisoient rien depuis ce temps, & plaisantoient indécemment sur le renvoi futur du chef, du suprême, vont enfin reprendre leur activité.

C'est M. le duc d'*Aiguillon* qui a *l'intérim*, dit-on : on assure aussi que l'abbé *Terrai* demande présider aux fonds de cette partie pendant quelque temps, pour connoître la réforme dont elle seroit susceptible.

30 Janvier. On a su dans le temps qu'il y avoit une lettre de cachet décernée contre le duc de Sully, à la réquisition de sa famille. On a rendu compte de la maniere dont ce seigneur s'y étoit soustrait & avoit échappé à sa captivité. Le sieur de *la Borde*, le premier valet de chambre du roi, profitant sans doute de l'intimité dans laquelle il vivoit avec ce seigneur, & de la confiance que ce dernier avoit en lui, a eu assez d'ascendant sur son esprit pour l'engager à se reproduire & à se rendre au château de Dourlens, auquel il étoit envoyé : il lui a donné sa parole d'honneur que, lui duc de *Sully*, au moyen de cette soumission aux ordres du roi, seroit élargi au bout de quinze jours, & que s'il ne l'étoit pas, il s'offroit à venir se constituer prisonnier à sa place. Le duc persuadé par ces assurances, a subi le châtiment qui lui étoit infligé ; le sieur de *la Borde* s'est mis en quatre pour engager la famille de ce seigneur à tenir une parole qu'il n'avoit donné qu'au nom des parents ; & ses sollicitations n'ayant pu rien obtenir, au bout du délai fatal, il s'est rendu à Dourlens, & témoignant tous ses regrets au

prifonnier, lui a déclaré qu'il venoit lui tenir
compagnie, & ne partiroit point que la lettre de
cachet qne fût levée. On efpere que ce trait l'a-
mitié généreux & héroïque, de la part d'un
homme agréable au roi, ne manquera pas de
produire fon effet, & de valoir fon élargiffement
au duc de *Sully*.

31 *Janvier*. La police ayant obligé l'arlequin
de la comédie italienne d'aller faire des excufes
au fieur *Marin*, relativement aux mauvais lazzis
qu'il avoit lâchés fur fon compte dans la piece
des trois Freres jumeaux vénitiens, l'a défolé de
nouveau par fon compliment. « Monfieur, je
» viens vous témoigner combien je fuis fâché
» des interprétations malignes que le public
» peut avoir données à mes plaifanteries in-
» nocentes. J'abjure tous fens étrangers, &
» vous protefte que je n'ai jamais voulu don-
» ner que le fens naturel de la phrafe, en di-
» fant, *ce marin n'eft pas mal bête*; oui, mon-
» fieur vous n'êtes pas *Malbête*, je le foutien-
» drai envers & contre tous. »

3 *Février* 1774. Dans la gazette de France,
du lundi 24 janvier, N°. 8, le fieur *Marin*
fait mention d'un fupplice qu'il prétend ufité
à la Chine, auffi atroce que dégoûtant : il eft
queftion d'une culotte de cuir extrêmement forte,
dont on revêt les feffes du criminel; elle eft
fabriquée de façon qu'il ne peut plus la défaire,
& qu'obligé de prendre des aliments à l'ordinaire, il expire lentement dans un tourment
dont on ne peut calculer la longueur & les an-
goiffes. Ce détail a révolté les femmes & les
lecteurs délicats de cette capitale. C'eft fans doute
un de ces derniers qui, dans fa mauvaife hu-

..meur, a exhalé ses plaintes contre le gazetier de
la maniere suivante :

La Culotte chinoise.

Que ne chausse-t-on à *Marin*
Cette culotte vengeresse,
Dont en Chine le mandarin
Punit les gens de son espece !
Du coupable que l'on nourrit,
L'avant-train lentement pourrit
Corrodé par sa propre ordure ;
Puis infecté de ces parfums
Qu'il faut que sa narine endure,
Il descend parmi les défunts.
Mais que j'abrégerois bien vîte
Ce sale tourment qu'il mérite,
A ses trousses si je lâchois
Le redoutable *Beaumarchais* :
A l'aspect de son écritoire,
Du gazetier en désarroi,
Tremblant & pâlissant d'effroi,
Tout le sang tourneroit en foire.

6 Février. On prétend que les ordres ont été
envoyés à Marseille pour y renfermer à la citadelle les officiers du régiment d'*Angoumois*,
dont on a rapporté les excès ; ils avoient été
mis sur le champ aux arrêts , & la justice particuliere les avoit décrétés de prise de corps.

6 Février. On espere que la famille royale
viendra au bal de l'opéra sur cette fin de car-

naval. M. le dauphin ; Mad. la dauphine ;
leurs freres & sœurs y sont venus le dimanche
30 janvier, & y sont restés jusqu'à quatre heures : ils ont semblé y prendre beaucoup de goût,
même M. le dauphin, qu'on n'auroit pas cru
partisan d'un tel divertissement.

6 Février. Un mariage assez singulier amuse
les courtisans. M. le marquis de *Pontchar-
train*, frere cadet du comte de *Maurepas*, mais
âgé de 71 ans, infirme & gouteux, vient d'é-
pouser une jeune chanoinesse, fille de Mad. la
comtesse de *Béarn*, la marraine de Mad. la
comtesse *Dubarri*, à la cour. On prétend que
c'est M. le duc d'*Aiguillon* qui a fait cet hymen,
tant pour prouver une sorte de reconnoissance à
Mad. de *Béarn*, d'une démarche que toute sa famille lui reproche & qu'elle pleure tous les jours,
que pour perpétuer un nom à la veille de s'éteindre, puisque M. le comte de *Maurepas* & M. le
duc de *la Vrilliere*, n'ont point d'enfants. Reste
à savoir si le podagre en question qu'il a fallu
porter à l'église, sera bien état de se donner
de la postérité.

7 Février. On a parlé des tracasseries suscitées
par M. l'évêque du Mans au pere *le Roi* de l'Oratoire, professeur de philosophie dans cette ville,
relativement à des cahiers où le prélat trouvoit
des propositions erronées, ou au moins repré-
hensibles : on a dit que sur le refus de la congré-
gation de retirer ce religieux, monseigneur
avoit dénoncé la doctrine en question à la faculté de théologie, qui devoit s'assembler le 24
janvier pour prononcer. Depuis, par l'entremise
de quelque médiateur, le pere *le Roi* avoit été
changé de destination, & M. du Mans étoit

convenu d'affoupir cette querelle , toujours rifible
dans ces temps d'irréligion & de fcandale : le
mezzo termine fimaginé pour cela, avoit été de
faire donner à la faculté une lettre de cachet qui
lui défendoit de fe mêler de la querelle ; mais
ce corps a trouvé cela très - mauvais , il s'eft
affemblé au *primâ menfis* de ce mois, & a pris
des conclufions, par lefquelles il fe plaint de la
conduite trop pufilanimé du prélat. Il déclare à
tout l'univers que l'accommodement s'eft fait
fans fa participation, qu'il n'approuve point les
palliatifs admis par l'évêque, & ne peut fouf-
crire à une doctrine équivoque & fufceptible
d'induire les fideles en erreur. Arrêté que les
conclufions feront imprimées , & cependant
envoyées auparavant à M. le duc de *la Vrillière*
pour être mifes fous les yeux du roi.

7 Février. Il paroît qu'un des motifs qui
fait défirer au gouvernement d'envoyer M. e
marquis de *Noailles* à l'ambaffade de la Grande-
Bretagne, c'eft l'afcendant qu'il a pris fur les
Etats - Généraux relativement au commerce de
l'imprimerie & de la librairie. Il s'eft fi bien
conduit par fes infinuations fecretes & par fes
réquifitions vigoureufes, que cette république
eft aujourd'hui prefque auffi fage que Paris,
& fe contient, fur-tout en politique, au point
de ne laiffer paroître rien qui puiffe déplaire au
miniftere de France. L'Angleterre eft le feul état
d'où il fe répande encore des pamphlets défa-
gréables & mortifians pour notre adminiftration ;
mais la difpofition où l'on y femble être de travailler à reftreindre la liberté de la preffe, feroit
un moment favorable pour y faire arriver le
marquis : il échaufferoit le miniftere anglois fur

cet objet, lui propoferoit fes idées, & lui feroit fentir combien il feroit avantageux au repos
de l'Europe que les têtes chaudes, les génies voulant toujours fe méler d'infpecter les fouverains,
& de critiquer leur régime, fuffent obligés de
s'alimenter autrement, faute de pouvoir donner
l'effor à leur philofophie cynique, à leurs criail-
leries continuelles contre le defpotifme, qui
empêchent les peuples d'être tranquilles, con-
fiants & heureux.

7 *Février*. Madame *Savalette*, la veuve d'un
garde du tréfor royal, vient de mourir. C'étoit
encore une des *cruches* de M. le curé de *Saint-
Roch*. C'eft le roi qui qualifie ainfi les vieilles
dévotes, riches financieres dont abonde cette paroiffe, & dans la bourfe defquelles le pafteur
puife à fon gré, fous prétexte de charités &
d'œuvres pies.

8 *Février*. Les comédiens italiens fe propofent
de donner le jeudi-gras une parade nouvelle en
un acte & en vers, intitulée *le Rendez-vous bien
employé*.

10 *Février*. Il y a eu différentes affemblées
d'avocats, formées à l'ocafion de Me. *Linguet*; le
réfultat a été de le tenir pendant un an dans
une forte d'interdiction de la plaidoirie. Cet
orateur a trouvé la pénitence trop dure, & il
vient de compofer une efpece de manifefte intitulé : *Réflexions pour Me. Linguet, avocat de la
comteffe de Bethune*, où, après avoir rendu
compte de fa conduite depuis qu'il eft au barreau jufques en 1770, & depuis cette époque jufqu'au moment actuel, il difcute la délibération
de fes confreres du 1 février, il la trouve illé-
gale, un vrai délit dans l'ordre politique, un

attentat à l'autorité de la cour ; il la qualifie d'ab-
surde, d'injuste, &c. Il y repréfente Me. *Gerbier*
comme l'inftigateur des perfécutions qu'il effuie ;
il y déclare qu'il a rendu plainte contre cet avocat,
& il l'inculpe de faits fi graves, qu'il le met né-
ceffairement dans le cas de répondre. Ce combat
eft un nouveau fpectacle qui fe prépare pour
les oififs de la capitale, & qui devient extrêmement intéreffant à raifon de la célébrité des
rivaux.

10 *Février*. Tout Paris eft dans l'attente du
quatrieme mémoire de M. de *Beaumarchais*. Il l'a
déjà lu chez fes amis qui en font enchantés, & le
regardent comme fupérieur encore aux autres ;
c'eft ce qu'il faudra voir.

11 *Février*. La parade des Italiens, quoiqu'affez
bien faite, n'a pas eu de fuccès, à raifon fur-tout
de la mufique très-médiocre.

14 *Février*. On prétend que M. de *Voltaire* fait
intriguer beaucoup par des magiftrats adroits
auprès de la famille du Sr. de *la Beaumelle*, pour
faire fouftraire le commentaire que ce cruel ennemi préparoit fur tous les ouvrages du grand
poëte en queftion, & principalement fur la *Hen-
riade*. Quant à la derniere, ce feroit affurément
bien mal entendre fes intérêts, d'autant que le
fieur de *la Beaumelle*, croyant mieux appuyer fon
commentaire, s'étoit avifé de refaire le poëme.
Ce n'eft point par-là qu'il eft regretté, mais à
raifon de fes *Mémoires de madame de Maintenon*,
de quelques écrits polémiques, & fur-tout d'une
lettre qu'il écrivit à l'occafion de fes démêlés
avec le patriarche de la littérature. On difoit
auffi du bien d'une traduction de *Tacite* qu'il di-
géroit. Il s'étoit marié peu avant fa mort, &

avoit épousé la sœur de ce jeune *la Vaysse* d
Toulouse, dont il a été si souvent question lor
de l'affaire des *Calas*: ce qui auroit dû ralenti
l'animosité du philosophe, défenseur de cett
famille infortunée.

14 *Février*. On commence à se louer beaucou
du nouveau prévôt des marchauds. Les affaires
de la ville de Paris étoient en fort mauvai
ordre, lorsqu'il est entré à la tête du corps mu
nicipal: par l'économie qu'il y a mise, il a déjà
payé beaucoup de dettes. Il a sur-tout retranché le
dépenses énormes des repas; leur profusion foll
faisoit depuis long-temps regarder les échevins
comme des gloutons qui ne s'occupoient qu'à
boire & à manger: sans supprimer ceux absolu
ment nécessaires par une meilleure administra
tion, il les a réduits à un prix très-modique.

15 *Février*. On parle d'une petite rixe, au sein
de la famille royale, entre M. le dauphin &
M. le comte d'*Artois*. C'est une affaire d'amour-
propre. Il est question d'une contre-danse que
désiroit répéter le premier à un de ses bals, à
laquelle il ne vouloit point de témoin, excluant
même son frere. Celui-ci piqué, d'une tribune
a sifflé son aîné; ce qu'il a trouvé très-mauvais : on prétend même qu'usant de son droit
d'aînesse, il s'est permis des mouvements de
colere; ce qui est assez dans le caractère de ce
prince, très-entier & très-violent; mais l'excellence de son cœur l'a bientôt fait revenir aux
sentiments de la nature.

16 *Février*. La parade des Italiens, sans avoir
eu beaucoup de succès, se soutient. Les paroles
sont du sieur *Anseaulme*, & la musique très-
médiocre est du sieur *Martini*.

19 *Février*. Le sacrifice généreux que M. de
la Borde a fait de sa liberté pour tenir sa parole
à M. le duc de *Sully*, a produit enfin son effet ;
ce prisonnier est sorti du château de Dourlens
il y a trois semaines environ, & se loue beaucoup de son libérateur.

20 *Février*. L'académie royale de musique
donne décidément mardi la premiere représentation de *Sabinus*. Il en a été fait hier une répétition générale qui a eu peu de succès.

21 *Février*. M. *Clieu d'Erchigny* est un ancien
gouverneur de nos colonies, qui, par un exemple
de désintéressement bien rare, est revenu de sa
mission avec une fortune si médiocre, qu'il a
été obligé de se retirer à la campagne pour y
vivre dans la plus grande simplicité. Un Américain se ressouvenant de lui, s'est empressé à son
arrivée dans ce pays de s'en informer. Il l'est
allé voir, &, frappé de surprise de trouver cet
homme qui avoit fait le destin de son pays,
dans une sorte d'indigence, il en a témoigné
sa douleur à ses compatriotes : ceux ci, enflam-
més d'un beau zele, se sont cotisés, & ont
formé une somme de cinquante mille écus qu'ils
ont prié M. d'*Erchigny* d'accepter, en lui mar-
quant qu'il ne s'en fît faute, & qu'on réité-
reroit aussi long-temps que cela seroit nécessaire
pour le maintenir dans l'état de décence convenable à son ancienne dignité.

21 *Février*. La faculté de théologie a reçu
défenses de donner aucune suite, ni publicité
aux conclusions dont on a parlé. On croit qu'elle
va s'occuper à censurer le livre *de l'Homme* de
M. *Helvétius* ; livre déjà recommandable par la
brûlure dont l'a honoré le nouveau tribunal.

23 *Février.* On a été fort surpris que M. le comte de *Viry*, ambassadeur du roi de Sardaigne, n'ait annoncé aucune fête à l'occasion du mariage de M. le comte d'*Artois*, d'autant qu'il en avoit été donné une au sujet de celui de M. le comte de *Provence.* Cette excellence s'en défend, & prétend que c'est le roi son maître qui n'a pas voulu. Les femmes de Paris qui n'aiment qu'à danser, trouvent cela très-mauvais, & critiquent la trop grande économie de sa majesté Sarde. Les gens de bon sens applaudissent à cette suppression ; ils estiment que ce monarque fait infiniment mieux de soulager les pauvres de son royaume, ou de ne point charger son peuple de quelque nouvel impôt.

26 *Février.* Le sieur *Dayrolles*, outre son *mémoire à consulter*, &c. répand une *addition* qui fait plus de bruit : il y établit qu'il n'a jamais été l'ami du Sr. de *Beaumarchais*, qu'il n'a jamais désiré l'être ; qu'il a été injustement décrété d'ajournement personnel, puisqu'il n'avoit aucun intérêt dans l'affaire ; qu'il n'y est impliqué qu'à raison de services généraux & gratuits ; qu'en un mot, il y est étranger absolument. Il se défend ensuite sur des billets que répétoit son adversaire, ainsi que sur le prétendu cartel. Il finit par des réflexions dolentes sur les invectives dont il a été couvert. Tout cela est appuyé pour la forme de la consultation d'un avocat de *grenier.*

Si les faits établis dans cette *addition* sont vrais, le sieur *Bertrand* n'est en effet coupable que d'indiscrétion, de bonhomie trop grande, & d'une bêtise extraordinaire. Du reste, on n'y trouve de curieux que le portrait suivant qu'il

trace de son ennemi. Il le peint comme un homme qui, « satisfait de lui-même, & mé-
» content des autres, se réserve une estime
» exclusive ; qui, n'ayant que l'abus de l'esprit,
» croit s'embellir en défigurant ceux qui lui
» refusent leur admiration ; orateur cynique &
» bouffon, qui, par la licence & l'amertume de
» ses sarcasmes, fournit des aliments à la mali-
» gnité ; sophiste effronté qui, par l'audace de
» ses assertions, éblouit sans jamais éclairer ;
» peintre infidele, qui puise dans son ame la
» fange dont il ternit la robe de l'innocence ;
» méchant par besoin & par goût, son cœur
» dur, vindicatif, implacable, repousse les sen-
» timents doux & paisibles de ses proches,
» s'étourdit de son triomphe passager, étouffe
» sans remords la sensible humanité... » On
conviendra que ce morceau est d'un ridicule
rare, & que l'auteur auroit dû s'en tenir aux
faits, sans prétendre à l'éloquence. Il est difficile
de composer rien de plus barbare, de plus amphigourique & de plus plat.

26 *Février*. Le sieur *Marin* qui vouloit rester
maître du champ de bataille, & ôter la réplique
à son redoutable adversaire, ne fait paroître
qu'aujourd'hui, au moment du jugement, son
nouveau *factum*. Il contient d'abord une réponse à ce qui le concerne dans le troisieme
mémoire du sieur de *Beaumarchais*. Elle est
courte, & roule principalement sur des faits
d'usure & autres infamies, dont il se défend
par un déni formel.

Suit une *addition*, où, répondant en gros au
quatrieme mémoire dudit sieur de *Beaumarchais*,
il se disculpe de la double imputation d'avoir

H 2

été odieux aux auteurs dans ses censures, &
d'avoir désolé, pour s'enrichir, les malheureux
libraires ; & il nie de nouveau tous les faits
avancés en accusation contre lui. Il déclare n'être
point l'auteur des articles insérés dans la gazette
d'Utrech & dans les nouvelles à la main. Il re-
nouvelle à cette occasion les injures dont il a
déjà chargé les rédacteurs des gazettes étrangeres, en les représentant comme des écrivains
forcenés qui ne respectent souvent ni les particuliers, ni les magistrats, ni les ministres, ni
même les têtes couronnées. Quant aux nouvelles
à la main, il certifie aussi effrontément n'y
avoir aucune part, quoiqu'on aille chez lui pour
y prendre des souscriptions. Enfin, il répond aux
insinuations du sieur de *Beaumarchais*, qui
prétend que le sieur *Marin* voudroit le faire
soupçonner d'être l'auteur de la correspondance.
Il lui déclare au contraire qu'il le croit incapa-
ble de l'avoir faite, aussi bien qu'*Eugénie*, quoiqu'une très-mauvaise piece. Il lui conteste même
ses mémoires dont il veut qu'il ne fournisse que
les méchancetés. Il revient sur le sieur *Gardanne*,
ce docteur auquel il reproche les épigrammes &
autres pieces satiriques faites contre lui, & qui,
malgré tant d'atrocités dont il le charge, s'obstine à ne rien dire.

26 *Février*. Le sieur *Gardanne* entre enfin en
lice. Il publie une *réponse* pour lui docteur-régent
de la faculté de médecine de Montpellier, censeur
royal, correspondant de plusieurs académies,
aux libelles imprimés & publiés par les sieurs
Marin & *Bertrand Dayrolles*.

Cet écrit est sage, assez satisfaisant pour la
ustification du docteur, & ne peut que produire

un bon effet ; il ne contient du reste aucun détail qui vaille la peine d'être développé.

27 *Février*. M. l'archevêque de Lyon est en litige sous le nom du syndic du clergé de son diocese contre les comtes de Lyon, attachés à leurs rits, à leurs usages & à leurs cérémonies. Ils prétendent que les procédés du prélat dont ils se plaignent, doivent être attribués à ce qu'ils n'ont pas voulu se prêter à ses vues étranges concernant la rédaction des nouveaux livres liturgiques ; & ils viennent de les exposer dans un mémoire relatif à l'appel comme d'abus, qu'ils ont fait des délibérations prises, malgré leurs oppositions, par le bureau diocésain, qu'ils regardent comme incompétent, & ayant mal-à-propos ordonné, aux dépens de la caisse du clergé, des frais d'impression d'un nouveau bréviaire, dont la publication est suspendue. On insinue dans ce mémoire que le bureau diocésain n'a été que l'instrument qu'on a fait mouvoir pour consommer, par voie de fait, une entreprise à laquelle résistent tous les principes de la discipline ecclésiastique. Cette contestation fait bruit relativement au siege de Lyon, auquel on attache la dignité de primat des Gaules ; à celui qui l'occupe, M. de *Montazet*, archevêque très-fameux dans son ordre par ses querelles & par ses galanteries ; & enfin au chapitre le plus distingué de France.

1 *Mars* 1774. M. le comte de *Guines*, notre ambassadeur auprès de sa majesté Britannique, est absolument décidé à ne plus retourner à Londres ; il a même loué ici un petit hôtel très-médiocre : ce qui annonce un projet de se retirer des affaires, de vivre modestement, &

de réparer les breches que ses deux miffions lui
ont fait faire à fa fortune. On juge aifément
qu'un détachement auffi fubit n'eft pas volontaire. On convient que ce miniftre avoit perdu
tout fon crédit auprès des Anglois, & toute la
confiance de notre cour par l'aventure de fon
fecretaire, qui lui fait un tort irréparable. Il
reftera avec le fobriquet de *Guines* le *magnifique* : c'eft ainfi que l'appelloit le peuple de Londres à raifon de fon fafte étonnant. M. du
Chatelet avoit été nommé le *chicaneur* ; M. de
Guerchy, le *contrebandier* ; & M. *Durand*, le
négociateur.

2 *Mars*. M. de *la Harpe*, dans fon Mercure
de février, a rendu un compte tout-à-fait défa-
vantageux d'*Orphanis*, la nouvelle tragédie de
M. *Blin de Saint-Maure*. Indépendamment de
cette critique très-amere, il eft tombé fur la
perfonne, & s'eft permis des écarts indécents
au poffible, infultants même envers fon confrere. Dans les détails qu'il a fournis fur cette
matiere, il a été aifé de concevoir que la rivalité de cet auteur, qui autrefois avoit concouru
pour le prix de l'académie françoife, qui s'étoit
plaint du jugement des quarante, & avoit fait
imprimer une certaine *épître à Racine*, pour
rendre le public arbitre de la querelle, a laiffé
un venin qui a fermenté dans le cœur du journalifte, & que celui-ci a épanché dès qu'il en
a trouvé le moment favorable. Le fieur *Blin*,
piqué au vif, ayant rencontré dans la rue le
fieur de *la Harpe*, l'a accofté, & après l'avoir
mal mené de propos & de geftes, l'a colleté &
traîné dans la boue : c'eft à-peu-près le pendant
de l'aventure de M. de *Sauvigny* avec ce même

petit homme. On ne fait fi le baffoué a réclamé les protections, mais la rixe n'a point eu de fuites, & perfonne ne plaint cet auteur hargneux.

3 *Mars*. Extrait d'une lettre de Pétersbourg, du 22 janvier 1774. Nous avons ici un colonel François qui fait beaucoup de bruit & de figure. C'eft M. le vicomte d'*Adhemar*. Il donne le ton pour les fêtes, & les Ruffes, jaloux à l'excès de finger en tout les François, le prennent pour modele. Quoique ce feigneur ne paroiffe voyager que pour fon plaifir, qu'il n'ait aucun caractere, qu'on ne lui connoiffe aucune miffion, les politiques s'imaginent qu'il a eu ordre de tâter le terrain, & que, comme il prend à merveille, on pourroit bien le charger de quelque négociation fecrete.

M. le vicomte d'*Adhemar* eft en effet colonel du régiment de *Chartres*, infanterie; c'eft un homme d'efprit, ambitieux, qui a toujours eu du goût pour la politique, & l'on préfume que, dans l'efpoir de faire fon chemin plus vîte par les négociations, il aura cherché à fe faire jour quelque part, & pourroit bien avoir des vues directes ou indirectes.

3 *Mars*. Extrait d'une lettre de Nantes, du 26 février 1774.

La nuit du 26 au 27 octobre 1771, M. le vicomte de *Menou*, commandant pour le roi des ville & château de Nantes, fut volé d'une fomme de quarante mille livres. Tout concourut à faire croire que le vol étoit extérieur, & des indices affez forts donnant lieu de foupçonner M. le chevalier de *Foucault*, major des ville & château de Nantes, cet officier fut décrété d'ajournement per-

fonnel par le préfidial de cette ville. Cependant
il a été renvoyé hors d'accufation le 23 mars
1773. Depuis ce dernier, en pique il y avoit
long-temps avec le premier, a pourfuivi en demande de dommages & intérêts le comte de
Menou, & a répandu avec profufion deux mémoires, où il accufe fon adverfaire d'avoir fup-
pofé un vol imaginaire pour en faire retomber
le foupçon fur l'ennemi qu'il vouloit perdre. En
forte que ce commandant, après avoir perdu
quarante mille francs par un vol dont la juftice
n'a pu connoître les auteurs, fe trouve obligé
de fe défendre d'un raffinement de fcélérateffe,
d'une combinaifon d'horreurs incroyable. M. de
Foucault prétend que le comte l'avoit défigné
en fecret au miniftere public, & avoit dirigé la
procédure de maniere à le compliquer dans
l'accufation, fans fe rendre ouvertement fon
dénonciateur; enfin, peu d'accord avec lui-même
& changeant bientôt de fyftême, il fuppofe
enfuite la réalité du vol, pour en accufer la
comteffe de Menou & fes enfants.

C'eft pour répondre à ces griefs, que M. le
comte de Menou eft obligé de faire paroître un
mémoire très - bien fait & rempli de détails
curieux, fuivi d'une confultation d'avocats de
Rennes, en date du 5 janvier dernier, qui établit qu'il ne peut être condamné à aucuns dommages-intérêts envers le chevalier de Foucault,
puifqu'il n'a que dénoncé le crime, fans en dénoncer l'auteur, qu'il ne connoiffoit, qu'il ne
foupçonnoit même pas; mais qu'il a droit de
demander & d'attendre la radiation de ce que
les mémoires de fon adverfaire contiennent d'injurieux, tant contre lui, que contre fa femme

& ſes enfants , & que c'eſt une ſatisfaction très-
modérée qui ne lui peut être refuſée.

4 *Mars.* M. *Dumourier* eſt un homme plein
d'eſprit, qui ſait toutes les langues étrangeres
de l'Europe , qui s'eſt diſtingué dans la guerre
derniere, au point d'avoir obtenu la croix de
St. Louis à vingt & un ans. M. le duc de *Choiſeul*
l'avoit goûté, & avec ces talents , joints à celui
de l'intrigue, il l'avoit jugé propre à être envoyé en Pologne pour y fomenter les troubles,
& favoriſer le parti de la France : mais cet officier
manquant du nerf de la politique autant que de
la guerre, & n'étant pas aidé des fonds qu'on
étoit convenu de lui faire paſſer , étoit revenu à
la diſgrace du duc de *Choiſeul*. Il n'avoit point
voulu retourner en Pologne, lorſqu'on y envoya
M. de *Viomeſnil*. Cependant preſſé par le marquis de *Monteynard*, le ſucceſſeur du duc de
Choiſeul au département de la guerre, & qui
connoiſſoit auſſi les talents de M. *Dumourier*, il
s'étoit rendu à Hambourg, également autoriſé
par le duc d'*Aiguillon*, devenu miniſtre des
affaires étrangeres. Il n'avoit aucun caractere,
ſa miſſion étoit, comme ci-devant, de négocier
ſuivant les vues de la cour & les circonſtances.
C'eſt dans ces entrefaites qu'il fut arrêté au mois
de ſeptembre dernier ; un M. *Favier*, autrefois
attaché aux affaires étrangeres , homme de lettres, coopérateur dans le temps du *journal étranger*, le fut auſſi à Paris ; ainſi qu'un M. de *Segur*,
capitaine de cavalerie, & pluſieurs autres perſonnes : on n'a jamais ſu trop au juſte le fond
de cette aventure. On a ſoupçonné ſeulement
qu'il y avoit entre ces meſſieurs un foyer d'intrigues pour allumer le feu de la guerre dans le

nord, & de-là incendier l'Europe, malgré le vœu de *Louis XV* pour la paix, & les efforts du duc d'*Aiguillon*, secondant les intentions de sa majesté. On a cru que le comte de *Broglio* en étoit le centre, parce que c'est un génie factieux & turbulent, & qu'il fut exilé à la même époque. On parloit alors de lettres interceptées, écrites en chiffres, qui dévoiloient leur projet, & où les ministres étoient fort plaisantés, entre-autres M. de *Boynes*, qualifié de *tête de bois*. Quoi qu'il en soit, l'affaire fut d'abord traitée très-gravement ; on nomma une commission secrete, dont l'objet étoit d'instruire le procès des prisonniers. Soit la difficulté de les convaincre, soit leur innocence, soit le bénéfice du temps, les choses se sont civilisées. La famille de M. *Dumourier* espere qu'il sortira bientôt de la Bastille. On veut de plus que M. le duc d'*Aiguillon*, par une générosité digne d'une grande ame, oubliant les mécontentements personnels qu'il a contre ce jeune étourdi, se dispose à l'employer. Il espere que six mois de captivité lui auront mûri la tête, & l'auront rendu propre à déployer utilement son mérite. On croit que les autres prisonniers seront aussi élargis.

4 Mars. On est fort aise que M. le baron de *Pirch*, dont la tactique nouvelle avoit beaucoup plu à M. de *Monteynard*, ait reçu un accueil aussi favorable de M. le duc d'*Aiguillon*. Ce nouveau ministre de la guerre prend grande confiance en cet étranger, & l'on parle de changements considérables & utiles qu'il se propose de faire d'après le systéme & les instructions du baron.

5 Mars. Dans la quantité de mauvais vers qui sont éclos sur l'arrêt de *Beaumarchais*, on diftingue l'épigramme fuivante, comme plus courte, plus vive, & frappant également fur l'un & l'autre parti :

Contre un tribunal qui te blâme
Tu lancerois en vain tes farcafmes amers,
Beaumarchais, te voilà bien & duement infâme ?
N'es-tu pas jugé par tes pairs !

Celle-ci mérite encore d'être diftinguée, quoique incorrecte :

Beaumarchais que Thémis flétrit,
Comme certain fiacre s'en rit.
Qu'importe à cette ame de boue,
Ou qu'on le blâme, ou qu'on le loue.
Que *Charlot* (*) allume fon feu,
De fes libelles qu'on s'arrache !
Sur un habit couvert de taches
Une de plus paroît bien peu.

6 Mars. Par les arrangements pris au fujet de M. *Dumourier*, il ne doit point être libre tout de fuite ; il doit paffer avant dans une autre prifon : en fortant de la Baftille, il fera transféré au château de Caen ; mais on a fait entendre que ce ne feroit que pour la forme, & pour peu de temps. La famille fe flatte touiours que s'il fe conduit bien dans ce nouveau féjour, M. le duc d'*Aiguillon* ne laiffera pas enfouir les talents

―――――――――――――――――

(*) Nom du bourreau.

de ce militaire diftingué, & les mettra inceffam-
ment en œuvre.

8 *Mars*. Tous les infpecteurs - généraux de
l'infanterie s'affemblent deux fois par femaine
chez M. le maréchal duc de *Biron*, pour examiner
les nouveaux principes de tactique de M. le
baron de *Pirch*, fuivant lefquels la garnifon de
Landau a été exercée : un bataillon des gardes-
françoifes a exécuté le 4 de ce mois, dans la
plaine de Grenelle, quelques-unes de fes manœuvres propofées ; il paroît qu'il n'y a qu'une
voix fur leur excellence & fur le mérite perfonnel de cet étranger.

9 *Mars*. M. *Dumourier*, colonel au fervice
de France, fuivant l'efpoir qu'on en avoit donné
à fa famille, vient d'être transféré au château
de Caen. M. de *Segur* a été conduit au château
de Loches, & M. *Favier* eft refté malade à la
Baftille. Comme on n'a eu aucune communication avec ces prifonniers, on n'eft pas mieux
inftruit fur la caufe de leur détention. La famille
du premier compte toujours fur un élargiffement
abfolu & prochain.

10 *Mars*. Le fieur *Durofoy*, après avoir fait
de petits & de grands vers, des recueils, des
poéfies, des tragédies, des opéra, des romans, des
hiftoires, des journaux, & avoir ainfi échafaudé
l'édifice de fa gloire très-fragile, commence à
fonger au folide. Il propofe un *Gazetin du Pa-
triote*, ou *Annonces des naiffances, des mariages,
des morts*. Il répand un *profpectus* très-emphati-
que, où il prouve comment cet ouvrage doit
réunir l'utile à l'agréable ; comment il eft néceffaire, indifpenfable ; comment fes feuilles
volantes feront infiniment plus effentielles que

les regiſtres publics , où de tout temps ſont conſignées ces époques importantes de la vie de chaque citoyen : afin de procurer à ſon Gazetin toute l'utilité dont il eſt ſuſceptible, ce grand politique veut que chaque province ait le ſien.

Le premier numéro paroîtra le mardi 15 mars, & ainſi ſucceſſivement tous les mardi & ſamedi de chaque ſemaine.

11 *Mars*. Le ſieur *Daugé* , caiſſier de M. *le Maître*, tréſorier de l'artillerie & des fortifications, homme grave & d'un âge mûr, marié depuis long-temps, mais ſéparé de ſa femme, quoiqu'exiſtante à Paris , a eu l'imprudence d'y contracter un ſecond mariage aſſez publiquement pour que quelques perſonnes le ſuſſent. Cela a duré deux ans , & c'eſt par la jalouſie d'une autre maîtreſſe, qu'une lettre anonyme a inſtruit M. *le Maître* de cette polygamie. Ce financier ayant bien vérifié la choſe, a fait compter ſon caiſſier, qui s'eſt trouvé en *déficit* de quarante mille livres : il s'en eſt trouvé quitte à bon compte & a été renvoyé. Ce malheureux va s'expatrier pour ſe ſouſtraire à la rigueur des loix.

12 *Mars*. Outre les aſſemblées qui ſe tiennent chez M. le maréchal duc de *Biron* , pour les changements à faire dans les évolutions de l'infanterie , M. le duc d'*Aiguillon* a nommé quatre maréchaux de France qui, par ordre du roi, s'aſſemblent entre eux ſur le fait des armes & de l'artillerie.

13 *Mars*. Les quatre maréchaux de France qui forment l'eſpece de conſeil établi par le nouveau miniſtre de la guerre, ſur le fait des armes & de l'artillerie, ſont MM. le maréchal duc de *Richelieu*, le maréchal de *Contades*, le

maréchal prince de *Soubise* & le maréchal duc
de *Broglio*. Ils ont dû choisir chacun un lieutenant-général pour l'associer à leurs délibérations.
L'objet est de statuer quel est le meilleur systême,
de celui de M. de *Valiere*, ou de celui de M. de
Gribeauval, pour fixer invariablement le cali-
bre, la forme des canons, des fusils, &c.

L'on continue à faire les manœuvtes de la
nouvelle tactique proposée par M. le baron
de *Pirch*. Vendredi, les gardes-françoises avoient
eu ordre de s'assembler au champ de Mars. Mais
le mauvais temps a obligé de remettre cet exercice.

13 *Mars*. C'est au château de Dourlens que
doit être transféré M. *Favier*, lorsque son état
le lui permettra. Il passe pour être l'auteur du
manuscrit intitulé *le Tableau esquissé de la fermentation qui agite actuellement l'empire Otto-
man, la Russie & la Pologne*. Il est fâcheux que
cet ouvrage très-bien fait, n'aille que jusqu'au
commencement de la guerre entre ces diverses
puissances.

14 *Mars*. On s'occupe lentement, mais constamment, de tout ce qui peut tendre à la salubrité
de l'air dans cette capitale, à sa propreté, à son
embellissement. Il est question aujourd'hui d'une
nouvelle place aux veaux à établir au lieu qu'on
appelloit *les marais des Bernardins*. L'architecte
y préposé se dispose à en faire un monument
public, comme le marché aux bleds, en évitant
les inconvéniens de ce dernier, qu'on accuse
d'être mesquin. Il doit y avoir à cette place,
vaste une principale rue pour entrée, & d'autres latérales. Le projet étoit de ne donner à
celles-ci que vingt-quatre pieds de largeur avec

in trottoir ; meſſieurs les tréſoriers de France, faits pour préſider aux chemins & édifices publics, réclament l'exécution des réglements qui preſcrivent trente pieds. C'eſt la matiere d'une conteſtation qui dérange les plans ; & arrête l'activité de la beſogne.

15 *Mars.* L'affaire de M. le chevalier de *Foucault*, ſe pourſuit à Rennes contre M. de *Menou*. Mais, indépendamment de celle-là, il y en a une autre dont les ſuites devroient être très-graves, relativement à la loge du roi, qu'il a voulu occuper à la comédie, & qui eſt en commun avec le commandant & le premier préſident de la chambre des comptes. En l'abſence du premier, il prétendit y entrer : la famille de ce dernier qui en avoit pris poſſeſſion, s'y oppoſa, quoiqu'il y eût une place vacante. Le major remplaçant en ce moment M. de *Menou*, fit mine d'uſer de ſon autorité pour faire enfoncer la porte par la garde : toutefois, par égard pour les dames qui l'occupoient, il s'en abſtint. Mais il en réſulta une plainte de part & d'autre pardevant le lieutenant des maréchaux de France. Elle eſt venue au tribunal, & le chevalier de *Foucault* y a été condamné à trois mois de priſon dans une citadelle. La maiſon de la *Rochefoucault*, dont il a l'honneur d'être, s'eſt mêlée du procès : elle a trouvé le jugement inique & ſurpris, au point qu'elle a fait obtenir un ſurſis au condamné. D'un autre côté, des familles illuſtres, auxquelles appartient M. de *Menou*, ſe remuent : ce qui occaſionne une diviſion dans laquelle la plus grande partie de la cour ſe mêle pour ou contre.

15 *Mars.* Samedi dernier on donnoit à la

comédie, *Crispin rival de son maître* : il y a dans
cette piece quelques traits que le public a jugé
à propos d'appliquer à l'affaire du sieur de *Beaumarchais*, & qui ont occasionné une rumeur
extraordinaire. C'est pour prévenir cette fermentation & la laisser se calmer, que les comé-
médiens ont reçu ordre de ne point représenter l'*Eugénie* de cet auteur, qui devoit avoir
lieu le lendemain dimanche. On assure même
qu'on leur a enjoint de la rayer du répertoire
jusqu'à ce qu'on leur permît de l'y rétablir.

16 *Mars.* Les trois *Freres jumeaux vénitiens*,
comédie en quatre actes & en prose du sieur *Colalto*, le pantalon de la comédie italienne, continuent à avoir le plus grand succès, & ont été
donnés hier, pour la quinzieme représentation.
C'est en effet une des plus jolies pieces qu'on
puisse voir par la multitude d'incidents tous naturels & variés, qui soutiennent & excitent sans
relâche la curiosité. Le comique de situation en
fait le mérite principal, & annonce dans son
auteur une imagination facile, féconde & extrêmement gaie. Après un *imbroglio* des plus com-
pliqués, le dénouement s'amene comme de lui-
même, & se termine à la plus grande satisfaction du spectateur. L'art prodigieux avec lequel
le sieur *Colalto* fait successivement le rôle de
chacun des trois freres, d'un caractere tout-à-
fait opposé, laisse douter quel est le talent qu'il
possede plus supérieurement, ou comme poëte,
ou comme acteur.

20 *Mars.* Il court une *Epître à Ninon*, encore
très-rare, mais dont on parle comme d'une
piece charmante. On n'en nomme point l'auteur.

20 *Mars.*. Le fieur *Dauberval* a enfin obtenu
la permiffion d'aller en Ruffie, où l'on promet
un fort confidérable ; ce qui le mettra en fituation de payer fes dettes. Mais, tant qu'il ne
fera pas parti, on efpere toujours que quelque
bonne ame de la cour viendra à fon fecours,
& nous empêchera d'être privé de cet excellent
mime pour la danfe.

20 *Mars.* On vend à force les matériaux de
l'hôtel de *Condé*, & l'on femble fe difpofer
à conftruire effectivement la nouvelle falle de
comédie en ce lieu, malgré les inconvénients
qu'on ne peut s'empêcher d'y reconnoître.

20 *Mars.* Comme tout eft fujet à critique,
des militaires fe font permis de dire leur avis
fur la nouvelle tactique, ce qui a déplu au maréchal de *Biron* & autres ; en conféquence
on n'entre plus au champ de Mars que par
billets.

On n'eft point indécis fur les objets qui occupent les quatre maréchaux de France, pour
fe déterminer entre les principes de M. de *Valiere*, & ceux de M. de *Gribeauval*, concernant
l'artillerie : chacun, outre les raifonnements dont
il s'appuie, s'étaie de démonftrations phyfiques,
bien propres à augmenter la difficulté de chofir.

21 *Mars.* Les nouveaux principes de tactique
acquierent de plus en plus faveur, & deux bataillons du régiment des gardes-françoifes, manœu-
vrent à préfent tous les jours d'après eux dans
le champ de Mars. Il eft queftion aujourd'hui
de les faire exécuter plus en grand. On propofe
de faire camper près Paris deux régiments de
cavalerie & autant de dragons pour d'autres
exercices propres à ces corps, fournis auffi par

M. le baron de *Pirch* ; & s'ils réusssisent, on
prétend qu'on pourroit bien former un camp
près de Compiegne, composé de la maison du
roi.

22 *Mars.* On assure que la continuation du
Louvre a été décidée & arrêtée la semaine derniere au conseil des dépêches.

22 *Mars.* Extrait d'une lettre d'Amsterdam,
du 17 mars.... Il court depuis quatre jours
une défense au sujet des livres prohibés, sur l'é-
veil de M. l'ambassadeur de France. En voici la
traduction :

« En vertu des ordres donnés par messei-
» gneurs les Bourguemestres de cette ville, les
» chefs de la communauté des libraires font
» savoir à leurs confreres, qu'ils aient à s'abstenir
» de la contrefaction & du débit des deux
» livres suivants.

» 1. Mémoires secrets d'une femme publi-
» que, ou Essais sur les aventures de madame
» la comtesse Dub ****, depuis son berceau
» jusqu'au lit d'honneur : in 8º. Londres, quatre
» volumes.

» 2. L'histoire de la Bastille, composée en
» quatre volumes, chaque volume renfermant
» six à sept planches.

» Amsterdam, le 11 mars 1774.

(Signé) *les Jurés de la confrairie des Libraires.*

» Le libraire *Changuion* a été cité à la réqui-
» sition de l'envoyé Danois, devant messei-
» gneurs les Bourguemestres, au sujet du pas-
» sage inséré dans *les Annales belgiques,* en

» l'honneur de la clémentiſſime reine Douai-
» riere. »

Vous pouvez juger par-là que notre république eſt très-complaiſante pour toutes les cours
étrangeres, & pour la France principalement.

22 *Mars.* M. *Clément*, dans une note de
ſes lettres ſur M. de *Voltaire*, annonçoit que
ce grand poëte étoit petit - neveu du fameux
Mignot, pâtiſſier - traiteur, contemporain de *Boi-
leau.* L'abbé *Mignot*, vrai neveu de M. de *Voltaire*, s'eſt trouvé compromis par cette note. Comme il eſt conſeiller de grand'chambre, il s'en
eſt plaint au premier préſident. Ce magiſtrat a
envoyé chercher M. *Clément*, & lui a appris que
MM. de *Voltaire* & M. l'abbé *Mignot*, ne deſcen-
doient nullement du traiteur, mais d'une famille
ancienne de Paris, qui a paſſé du commerce en
gros dans la magiſtrature au commencement du
ſiecle. En conſéquence l'ariſtarque a écrit à l'abbé
une lettre qui ſe trouve dans le mercure de
mars, où il lui fait des excuſes, & réforme une
erreur auſſi importante, ſur-tout entre gens de
lettres.

22 *Mars.* Les régiments de cavalerie qui devoient camper aux environs de Paris, au commencement du mois prochain, pour manœuvrer d'après les principes de la nouvelle tactique, ſont *Royal-Rouſſillon*, *Royal-Piémont*, *Royal-
Navarre*, *Royal-Normandie*.

24 *Mars.* Tout ſe diſpoſe pour les travaux
qu'on ſe prépare à faire au Louvre, & l'on amaſſe
les matériaux néceſſaires. M. le contrôleur-général a retiré différents fonds qu'il fourniſſoit à
l'égliſe de la Magdelaine, & à celle de Sainte-
Genevieve, afin de procéder à cet établiſſe-

ment plus profane , mais plus patrotique ; d'ailleurs plus urgent par la nécessité d'y transporter la bibliotheque du roi, & de débarrasser cet
emplacement , où l'on se propose toujours de
mettre les fermes.

26 *Mars*. Mercredi dernier, on a exécuté aux
Feuillants la messe des morts du sieur *Floquet*.
C'est une imagination de quelques partisans de
cet auteur pour lui faire gagner de l'argent.
En effet, les amateurs se sont empressés de prendre des billets qui étoient de six francs, & il
y avoit plus de cinq cents personnes, nombre
compétent pour ce petit vaisseau. On est d'autant plus aise de faire recruter aujourd'hui
ce musicien françois, qu'un étranger, le sieur
Gluck, va s'emparer de la scene, & doit éclip-
ser tous ses rivaux, si l'on croit ses enthou-
siastes.

27 *Mars*. M, le duc de *Chartres*, M. le prince
de *Condé*, M. le duc de *Bourbon*, ont été, ces
jours derniers, aux champs de Mars, pour y
voir les nouvelles manœuvres exécutées d'après
les principes du baron de *Pirch*. Leurs altesses
ont semblé extrêmement satisfaites, & de la méthode de cet étranger, & de la précision avec
laquelle les gardes-françoises, déjà rompues
à toutes sortes de mouvements , forment
ceux-ci.

27 *Mars*. Sous le nom de *Réflexions d'un
Citoyen polonois*, on vient d'imprimer un Précis
des réclamations que font journellement les fideles Polonois sur l'envahissement des provinces de ce malheureux royaume, où les puissances copartageantes substituent aux regles de la
justice & de la bonne foi, la force, la vio-

lence , l'usurpation. Cette espece de protestation récapitulée contre tout ce qui s'est passé, a 12 pages in-quarto ; & est suivie d'un manifeste du comte de *Pulawski*, maréchal de la confédération de Lomza, dans laquelle il se justifie du crime qu'on lui a imputé d'avoir ordonné l'enlèvement du roi, se plaint des calomnies qu'on s'est permises sur son compte dans cette affaire, proteste de son zele pour la patrie, à laquelle il est prêt de sacrifier tout ce qu'il a de plus cher & lui-même.

28 *Mars.* On écrit de Rennes que le procès entre M. le comte de *Menou* & M. le chevalier de *Foucault*, s'y plaide en grand appareil, & qu'il divise la ville partagée entre ces deux illustres contendants , dont le procès est d'ailleurs fort intéressant au fond, ainsi qu'on en a pu juger.

28 *Mars.* L'artillerie nouvelle, ou *Examen des changements dans l'artillerie françoise, depuis* 1765, *par* M. ***, *ci-devant lieutenant au corps-royal d'artillerie.* Tel est le titre d'un ouvrage nouveau, qui contient fort au long l'état de la question actuelle, agitée dans le comité des maréchaux de France dont on a parlé.

La question est de savoir si les changements qui ont eu lieu depuis la paix , dans tout ce qui appartient à notre artillerie, sont avantageux ; si le roi , comme quelques-uns le disent, est sans artillerie, ou s'il en a une incomparablement meilleure.

On examine le pour & le contre dans le long Mémoire en question, & l'auteur se décide en faveur du nouveau systême : il mérite qu'on y revienne.

30 *Mars.* On ne tarit point sur le sieur de *Beau-marchais.* Ce sont tous les jours de nouvelles facéties plus plates les unes que les autres. Il faut cependant distinguer dans le nombre un Noël, comme pièce historique relatant assez bien toute l'affaire, & comme faisant épigramme dans quelques couplets ; & une chanson sur l'air *mon cousin l'allure,* extrêmement gaie, & se sentant de la malignité des anciens vaudevilles. Mais la police proscrit avec raison toutes ses plaisanteries comme injurieuses à une cour établie par le roi, & dont le public doit respecter les arrêts.

On assure même que le roi, à qui l'on a rendu compte de la fermentation qui subsistoit toujours dans Paris, à l'occasion de ce *Wilkes* françois, avoit dit qu'il n'y avoit qu'à l'envoyer aux isles. Heureusement les défenseurs du sieur *Caron* ont paré le coup en calmant le courroux de sa majesté, & en l'assurant que ce malheureux ne trempoit pour rien dans tout cela.

31 *Mars.* On dispose tous les matériaux pour mettre en train tous les travaux du Louvre, & l'on assure que demain, 1 avril, il y aura trois cents ouvriers qui commenceront. On espère tout de la ferme résolution de M. l'abbé *Terrai,* & des dispositions sages qu'il a combinées pour pousser l'entreprise avec vigueur.

1 *Avril* 1774. La chanson dont on a parlé, est intitulé *Jugement d'un chacun de M. de Beaumarchais ;*

Sur l'air : *Mon Cousin l'allure, &c.*

Chacun dit à *Berthier,* gros vilain,
Tu es toujours le même,

Intendant fans entendement ,
Et juge fans le moindre jugement ,
Voilà , gros vilain , l'allure , gros vilain ,
Voilà , gros vilain , l'allure

Chacun ayant vu tous les vilains
Déjà couverts de blâme ,
Quand fur les fleurs de lys des vilains
Il voit la bande infame , des vilains ,
Chacun la met fur l'épaule des vilains ,
Chacun la met fur l'épaule.

Chacun condamne au frais du procès
Baculard & *Dayrolles* ,
Et *Marin* & *Goezman Valentin* ,
Et la modefte femme du vilain ,
Tant que mort s'enfuive à fe voir baffoués .
Baffoués tant que mort s'enfuive.

Pour avoir tenté dame *Goezman* ,
Malgré fon temps critique ,
Puifque mieux que n'a fait *Cicéron* ,
Beaumarchais , tu dois faire une oraifon .
Chacun te juge à faire du parlement
La belle oraifon funebre.

1 Avril. La beauté du temps a rendu la promenade de Long-champs, cette année , encore
plus brillante que de coutume. Le bruit qui
avoit couru que madame la dauphine honoreroit
ce fpectacle de fa préfence , avoit augmenté la

foule. On imagine que la crainte de l'embarra
des voitures, a empêché qu'on ne fît voir à cett
jeune princesse une promenade aussi digne de
la curiosité. M. le comte d'*Aranda*, ambassa
deur extraordinaire d'Espagne, a sur-tout attiré
les regards par la magnificence de son train. I
étoit précédé d'un carrosse de suite. Mlle. *du Th*
n'a pas moins frappé par l'insolence de son luxe
elle étoit à six chevaux.

1. *Avril*. Les changements considérables faits
dans l'artillerie depuis 1765, ont été combattus
dans un ouvrage intitulé : *Traité de la défense*
des places par les contre-mines, avec des réflexions
sur les principes de l'artillerie, attribué à feu
M. de *Valiere*. M. le duc de *Choiseul*, dont
l'auteur attaquoit les opérations, ne s'opposa
point à son livre ; M. de *Gribeauval* qui avoit
principalement dirigé la besogne du ministre,
regarda cet écrit comme sans conséquence ; & n'y
répondit pas.

Depuis, on a imprimé *Observations sur un*
ouvrage attribué à feu M. *de Valiere*, dont le
principal objet étoit de faire voir l'absurdité
d'attribuer cette manœuvre posthume à l'officier
général en question.

Enfin le dernier ouvrage en ce genre, est
l'artillerie nouvelle, ou *Examen des changements*
faits dans l'artillerie françoise depuis 1765, par
M***, *ci-devant lieutenant au corps-royal d'ar-*
tillerie.

Ce traité diffus & sans méthode, comme tout
ce qui sort des mains des gens peu accoutumés
à écrire & à rédiger leurs idées, contient fort
au long l'état de la question qu'on agitoit
alors. L'auteur examine si les changements
qui

qui ont eu lieu depuis la paix dans tout ce qui appartient à l'artillerie françoise, font avantageux; fi le roi de France, comme quelques-uns le difent, eft fans artillerie; ou fi, comme d'autres le prétendent, il en a une infiniment meilleure.

On y traite d'abord des changements faits à ce qui appartient à l'artillerie de campagne; enfuite de ceux qui concernent l'artillerie de fiege & de place : on pafle de-là à ceux qui font communs à ces différentes efpeces d'artillerie; on termine par confidérer les mutations non moins confidérables, opérées dans le perfonnel de l'artillerie, c'eft-à-dire, dans le corps deftiné à fon fervice.

Avant 1732, rien de réglé, rien de conftant pour le nombre, l'efpece des différents calibres & leurs proportions. Cela dépendoit du caprice des fondeurs. On n'avoit fait attention principalement qu'à l'ufage de l'artillerie dans les fieges, & c'eft en conféquence de ce fervice & du peu d'ufage dont elle étoit dans les batailles, au moins relativement au rôle qu'elle y remplit aujourd'hui, qu'on déterminera les proportions des pieces de canon en 1732. On doit cette ordonnance à M. de *Valiere*.

Mais il n'en réfulta d'autre fruit que l'uniformité & la fixation d'un certain nombre de calibres.

Lorfque dans la guerre de 1741, le roi de Pruffe eut adopté l'ufage déjà établi par les Suédois, de mêler dans la ligne du canon léger, qu'il multiplia bien plus qu'eux, il fallut que fes ennemis en fiffent autant, fous peine d'être battus. Ce prince même regardant, lors de la

paix qui fuivit, les François comme fes alliés
naturels, les engagea à fe conformer à la nouvelle méthode, qu'il adoptoit & perfectionnoit
de plus en plus, & fur laquelle les Autrichiens
avoient enchéri.

Ce fut aux confeils de ce prince que les
François furent redevables de cette piece fuédoife
qu'on attacha à chacun des bataillons pendant
la paix qui fuivit la guerre de 1741.

Mais l'artillerie de parc étoit reftée dans le
même état de pefanteur, quoique le roi de Pruffe
& les Autrichiens euffent combiné la mobilité
de celle-ci avec celle des pieces des régiments,
& diminué prefque moitié fur les calibres de
longueur, ainfi que fur la matiere. Ces deux
puiffances, dans la guerre de 1756, firent fept
campagnes avec cette artillerie moderne, & fe
font confirmées dans l'excellence de leur méthode.

M. le marchal de *Broglio* fut le premier qui
entreprit en France d'ôter à l'artillerie de parc
fa pefanteur; ce qu'il ne put faire que très-im-
parfaitement.

L'artillerie de bataille étoit dans cet état à la
fin de la guerre, lorfque le roi de France rap-
pella d'Autriche M. de *Gribeauval*, qui joignoit
à une connoiffance parfaite de l'ancien état de
l'artillerie, l'expérience la plus complete des
changements que les Autrichiens & les Pruffiens
avoient jugé à propos de faire dans la leur, puifqu'il venoit de commander celle des premiers
pendant plufieurs campagnes, & qu'il avoit
toujours eu en tête celle des autres.

Sur les différents changements qu'il propofa,
l'on ordonna des épreuves : elles commencerent

Strasbourg en 1764 ; elles fe firent avec la plus grande publicité. Tous les officiers d'artillerie en garnifon dans cette place , au nombre de plus de cent , ainfi que tous les autres , furent accueillis. Elles durerent pendant quatre mois ; il en réfulta :

1. Qu'on détermina à quel point il étoit poffible d'alléger les pieces qui font à la fuite des armées , pour fe compofer une artillerie auffi mobile qu'étoit devenu celle des puiffances avec lefquelles on venoit de faire la guerre , en laiffant d'ailleurs à cette artillerie la folidité néceffaire pour le fervice & pour l'effet général qu'on devoit en attendre.

2. Que les pieces anciennes dans tous les calibres n'ont aucun avantage fur les pieces nouvelles , quant à la régularité des portées , ni quant à la juftesse du tir , qui font les objets effentiels , lorfqu'elles font tirées les unes & les autres avec leur charge de poudre , avec les mêmes boulets , & lorfqu'elles font pointées à même élévation.

3. Qu'aucune des pieces nouvelles de douze , de huit & de quatre même , n'avoit une portée moindre de cinq cents toifes , quoique réduites à dix-huit calibres , & quoique tirées fous trois degrés ; portée de beaucoup excédante à celle où l'on peut tirer fur des troupes avec quelque juftesse.

M. de *Gribeauval* propofa enfuite de réduire le vent du boulet à une ligne ; ce qui devoit produire : 1. plus de juftesse dans le tir : 2. moins de fatigue pour les pieces : 3. une augmentation des portées.

Il fut démontré enfuite qu'en réduifant de

moitié environ de leur poids les pieces de douze
de huit & de quatre, elles auroient la mobilité
demandée par les généraux, & indifpenfable
par les changements furvenus dans la tactique
& dans l'artillerie des autres puiffances ; que
cet allégement leur laifferoit encore une portée
excédente, celle qu'on devoit chercher, & la
folidité au moins fuffifante pour le fervice
qu'elles devoient remplir.

Enfuite on raccourcit, on diminua les affûts
de poids, ainfi que leurs rouages & leurs avant-
trains, & l'on parvint à ne faire pefer que treize
quintaux la piece de quatre & fon affût, tandis
que, fur fon affût, l'ancienne en pefoit vingt
& un. On corrigera l'inconvénient que fa légéreté lui occafionnoit par trop de recul, & l'on
répara, par la précifion du travail, la vigueur
qu'on lui ôtoit par la diminution de matiere.

De-là la légéreté de la manœuvre des pieces
de bataille ; en forte qu'une piece de quatre roule
très facilement en tout chemin avec quatre &
même avec trois chevaux, & qu'avec huit hommes, au moyen de bretelles & de léviers placés
au cintre & à la croffe, elle avance ou recule
en tout terrain, auffi vîte qu'une troupe d'infanterie peut marcher.

M. de *Gribeauval* avoit auffi changé les
caiffons deftinés à porter leurs munitions. Il
porta encore l'attention fur d'autres objets qui,
réunis, ont bien plus facilité le charroi, que
l'allégement des pieces & des affûts.

Les changements à l'égard des pieces de fiege
& de défenfe, n'ont pas été fort confidérables.
Les pieces de vingt-quatre, aidées d'un nombre
proportionné de pieces de feize, en forment le
fond principal.

Ceux à l'égard des mortiers ont été plus grands, parce que c'étoit la partie la plus informe. L'auteur entre là-dessus dans des détails longs & savants, où l'on ne peut le suivre.

A l'égards des changements communs à l'artillerie de campagne & à celle de siege & de place, ils consistent, 1. dans la nouvelle maniere de pointer les canons : 2. dans les améliorations relatives aux gargousses, boulets, &c. : 3. à l'égard des cartouches : 4. relativement aux fontes : 5. à la réception des fers coulés : 6. l'auteur parle des nouvelles constructions, de leur uniformité, leur précision, leur prix, de la facilité des rechanges.

Les changements faits dans le personnel de l'artillerie, ont été établis sur le principe très-simple de fixer combien d'hommes il falloit pour servir une piece de canon en temps de paix ; combien en temps de guerre ; &, ce nombre se trouvant le même pour toutes les bouches à feu, il en a résulté la composition des escouades de canonniers & de bombardiers, la réunion des escouades pour former une division, & celle des divisions pour former les compagnies. Le nombre des bas-officiers, celui des officiers par compagnie a été déduit du même principe, & la composition des régiments & de leur état-major s'en est ensuivie.

Le nombre des soldats existants lors de cette formation nouvelle, s'est trouvé en conséquence diminué de cinq cents soixante en temps de paix, & de quatre cents en temps de guerre ; quoique, par ce même arrangement, le nombre des bouches à feu fût environ doublé

Le nombre des officiers a été au contraire un peu augmenté.

Malgré la diminution considérable faite dans le nombre des soldats, on a cependant trouvé, par la constitution nouvelle du corps de l'artillerie, le moyen de fournir au service de tout le canon de régiment, quoiqu'on ait doublé ce canon, en nombre, pour se trouver au moins de pair avec les puissances contre lesquelles on pourroit avoir la guerre.

Ce service, devenu très-considérable par le doublement de canons, se trouve rempli au moyen de quatorze cents hommes d'artillerie de plus qu'il ne seroit nécessaire en temps de guerre, pour le service des bouches à feu de parc & de siege.

Le roi a été, par cette augmentation, dispensé d'entretenir dans l'infanterie deux mille hommes en temps de paix, & en temps de guerre, trois mille deux cents, avec au moins deux cents sergents & cent officiers de plus.

Enfin, les exercices de pratique & de théorie se sont ressentis des principes nouveaux de l'artillerie ; les écoles sont devenues des écoles réelles de guerre.

L'auteur réfute ensuite les objections contre la nouvelle artillerie, & sur-tout l'ouvrage récent intitulé : *Essai sur l'usage de l'artillerie dans la guerre de campagne & dans celle de siege, par un officier du corps*, qu'il semble vouloir faire entendre être M. de *Saint-Auban*. Mais il profite de l'*incognito* que veut garder cet officier-général, pour le bourrer d'importance, & lui faire voir l'absurdité de ses maximes, ou leur inutilité.

1 *Avril.* Depuis quelques jours le bruit court que le marquis de *Monteynard* eſt inculpé dans l'affaire de la Baſtille, dont les priſonniers ſont diſperſés dans différents châteaux-forts. On veut parler de MM. *Dumourier*, *Favier* & *Segur.* On prétend que l'ex-ſecretaire d'état a eu ordre de ſe tenir éloigné de la cour, au moins de dix lieues ; ce qui l'oblige de quitter Paris. On ajoute que le comte de *Broglio* s'y trouvant auſſi compliqué, eſt confirmé dans ſon exil.

2 *Avril.* On continue à s'entretenir du déſa-grément qu'a eſſuyé le marquis de *Monteynard.* On l'attribue à ſa facilité trop grande de ſe laiſſer aller aux inſinuations du comte de *Broglio*, qui l'avoit engagé à penſionner M. *Dumourier* à *Hambourg*, comme envoyé par le Roi pour apprendre les manœuvres étrangeres des trou-pes, tandis que lui, comte de *Broglio*, animoit particuliérement cet émiſſaire ; & le faiſoit tra-vailler ſous main à exciter une fermentation parmi les princes de l'Empire & les villes an-ſéatiques, afin de parvenir à une guerre géné-rale.

2 *Avril.* L'orage commence à s'élever contre le baron de *Pirch*, & l'on croit que le miniſtre de la guerre, paroiſſant affecter la neutralité la plus grande à cet égard, eſt intérieurement diſpoſé à ne point adopter le ſyſtême moderne. Il en a fait renvoyer l'examen aux quatre ma-réchaux de France déjà raſſemblés pour la diſ-cuſſion de ceux d'artillerie. On ſait qu'il n'aime point le maréchal de *Biron*, & il ſuffit que celui-ci ſoit engoué des évolutions propoſées, pour qu'elles déplaiſent au miniſtre-duc. A moins donc qu'il ne ſoit démontré qu'il ne faille abſo-

lument changer notre tactique, pour se mettre
en état de faire face aux ennemis, en cas de
guerre, sans désavantage, on ne croit pas que
les manœuvres d'aujourd'hui prévalent.

4 *Avril*. On ne peut nier que depuis que les
sieurs *Gariniés*, *Gossec* & *le Duc* président au
concert spirituel, il ne soit dirigé avec plus d'intelligence & de goût : il y regne sur tout une
grande variété dans le choix des ouvrages & des
gens à talents qu'on y emploie. Cependant la
froideur de ce spectacle en éloigne toujours
beaucoup de gens qui veulent du mouvement &
de la scene pour y suppléer un peu. On a imaginé
de donner quelques *oratorio* dans cette quinzaine. C'est ce qui a eu lieu lundi 18, où l'on
a exécuté *Samson*, qu'on a ridiculement appellé
sur l'affiche *oratoire françois*. Quoi qu'il en soit,
cet *oratorio* est pris, quant aux paroles, de l'opéra
de M. de *Voltaire*, intitulé de ce nom. Ainsi
voilà encore une scene où n'avoit jamais paru
ce poëte universel, qui lui a procuré un nouveau triomphe ; graces, il est vrai, à la musique
du sieur *Moreau*, organiste de *St. Sauveur*. Ce
compositeur, qui avoit déjà donné aux Italiens
la Ressource comique, où l'on avoit remarqué
beaucoup de talent, en développe encore plus
dans cet ouvrage. La musique en est grande,
noble, majestueuse, pittoresque : elle a produit
un merveilleux effet, & l'on exécute demain,
pour la troisieme fois dans la même semaine,
ce morceau qui a attiré beaucoup d'amateurs.
La demoiselle *Larrivée*, les sieurs *le Gros &*
Beauvalet, s'y distinguent pour l'exécution. Ce
nouveau genre de spectacle ayant pris, on annonce *le sacrifice d'Abraham*.

5 *Avril.* Quoi qu'il y ait déjà dans ce pays-ci de très-grandes entraves pour l'impreſſion des ouvrages, on vient d'en mettre une nouvelle qui gêne beaucoup les auteurs, & dont ils gémiſſent. Autrefois, quand le manuſcrit étoit ſigné d'un cenſeur, il ne ſouffroit plus aucun retard pour l'impreſſion, & dès qu'il étoit imprimé, il étoit mis en vente ſans autre cérémonial. Cette premiere approbation ne ſuffit pas aujourd'hui ; il faut que l'ouvrage imprimé ſoit encore revu, & ſubiſſe un ſecond examen. La raiſon eſt que pluſieurs auteurs éludoient la cenſure, en reſtituant ſouvent des endroits rayés ou proſcrits par l'approbateur ; que d'ailleurs on diſtingue bien plus nettement un livre imprimé ; que l'attention n'étant plus fatiguée à débrouiller une minute informe & mal écrite, ſe porte toute entiere ſur le ſens des choſes. On compte éviter ainſi la contradiction qui arriveroit quelquefois de voir un ouvrage ſe vendre publiquement pendant quelque temps avec toutes les formalités requiſes, & proſcrit enſuite par un arrêt du conſeil. Mais cela effraie les auteurs, & plus encore les imprimeurs, qui courent riſque d'être arrêtés dans le débit d'un ouvrage dont l'édition entiere peut ainſi reſter à leurs frais. Cela tend ſourdement à la deſtruction de la littérature, & à introduire l'ignorance par degrés, ſuivant les principes du deſpotiſme.

5 *Avril.* Le ſuccès de l'oratorio de *Samſon* a excité les compoſiteurs. Le Sr. *Cambini* a donné lundi *le ſacrifice d'Abraham*, dont la muſique a fait auſſi ſenſation parmi les connoiſſeurs ; malheureuſement il a voulu compoſer les paroles qui ne répondent pas au reſte.

I 5

5 *Avril.* MM. les tréforiers de France ont forcé les entrepreneurs de la nouvelle place aux veaux dont on a parlé, de donner à toutes les rues qui y correfpondeut trente pieds de largeur, au lieu de vingt-quatre.

6 *Avril.* M. le baron de *Bon*, miniftre plénipotentiaire du roi à Bruxelles, eft rappellé, & M. le vicomte d'*Adhemar* le remplace. C'eft celui qui voyageoit en Ruffie, & dont on a déjà parlé, qui donnoit dans ce pay-là le ton pour les modes & les fêtes, & qui étoit admiré de tout le monde, excepté de l'impératrice. On préfume que la cour aura été contente de ce petit effai, & va donner lieu à ce feigneur, en le revêtant d'un caractere, de développer fes talents en politique.

7 *Avril.* Le mercredi-faint le Châtelet a jugé par contumace le procès inftruit contre le *quidam*, agreffeur de M. de *Saint-Auban* fur le boulevard. Par la fentence imprimée, mais non affichée, ni même vendue, il confte que ce *quidam* étoit le baron de *Chargey*, neveu de M. de *Bellegarde*, condamné à être rompu vif, comme atteint & convaincu d'avoir tiré un coup de piftolet à fon adverfaire; d'être enfuite venu fur lui avec un couteau de chaffe affilé, pour le percer par derriere, & d'avoir tiré un fecond coup de piftolet qui a manqué. Cette fentence doit s'exécuter en effigie, après la quinzaine, à la barriere du Temple, lieu où le délit s'eft commis.

7 *Avril.* Le régiment des gardes-françoifes a interrompu fes nouvelles manœuvres pour reprendre les anciennes, & fe mettre en état de

paſſer la revue devant le roi, dans le temps & de la maniere d'uſage.

7 Avril. Les amateurs des ſpectacles forains, tels que ceux de *Nicolet* & d'*Audinot*, ſont dans de grandes tranſes ; ils en craignent la ſuppreſſion. Il eſt queſtion d'impoſer ſur eux le quart des pauvres. Ces hiſtrions ont fait des difficultés, & l'on s'en eſt prévalu pour les menacer d'une extinction totale. Les autres ſpectacles ne ſeroient point fâchés de cette deſtruction, & leurs partiſans & protecteurs appuient la querelle. On croit cependant qu'avec la rétribution demandée, ils en ſeront quittes.

8 Avril. Le ſieur *Torré* a rouvert ſon Wauxhall ſur le boulevard le lundi 4 de ce mois. La beauté du temps l'avoit déterminé à prématurer cette cérémonie. Malheureuſement il a changé depuis, & ſon ſpectacle n'a pu être brillant. Le coliſée menace auſſi par des affiches de rouvrir encore cette année : on ne peut concevoir l'obſtination des entrepreneurs à ſe ruiner, pour fatiguer le public d'un monument qui lui déplaît.

8 Avril. On veut que le réſultat des conférences des maréchaux de France, & autres officier-généraux aſſemblés pour l'examen des différents ſyſtêmes d'artillerie, ait été, comme on l'avoit annoncé, de prendre un parti mixte, c'eſt-à-dire, de fabriquer les canons pour les ſieges, ſuivant les principes de M. de *Valiere*, & ceux de campagne, ſuivant les principes de M. de *Gribeauval*.

8 Avril. Suivant les dernieres lettres de Péterſbourg, le ſieur *Diderot* prend de plus en plus auprès de l'impératrice des Ruſſies : cette auguſte ſouveraine ne peut ſe paſſer de lui, & l'on

I 6

doute qu'elle se détermine à le laisser revenir, comme il l'avoit annoncé. Il est vrai que le surplus de sa cour goûte peu ce philosophe, & qu'en général il n'a d'agrément que dans la société de la czarine, qui dépose pour lui toute la majesté du trône.

9 Avril. Considérations politiques & philosophiques sur les affaires présentes du nord, & particuliérement sur celles de Pologne. Tel est le titre d'une nouvelle brochure, après laquelle courent les politiques de ce pays-ci. Quoique les malheureux de cette république infortunée, y soient décrits avec autant de force que d'étendue, auteur s'y exprime avec beaucoup de modération contre les puissances copartageantes, auxquelles il prodigue même des éloges. Il ne peut dissimuler sur-tout les vexations inouïes, dont les Russes ont opprimé les Polonois; mais il rejette tout sur le compte de l'abus du pouvoir des chefs, & prétend que la czarine a ignoré les horreurs dont ils se sont rendus coupables.

L'objet principal de cet ouvrage, est de disculper le roi des reproches qu'on lui fait sur son indolence & son inertie. L'écrivain certifie que ce monarque a fait tout ce qu'il pouvoit faire; ce qui est lui supposer une grande impuissance. Du reste, on y trouve des détails instructifs sur le gouvernement de Pologne, sur les abus qui en étoient inséparables, & la conclusion naturelle est la nécessité d'une réforme, ou même d'une refonte de la constitution vicieuse de la république.

10 Avril. On dit que M. le contrôleur-général a fortement à cœur de consommer la construction du Louvre; qu'il visitera par lui-même les travaux ; qu'il piquera de temps en temps les ouvriers, & qu'au moment où l'on s'y attendra le moins, *on espere le voir sur l'echafaud.*

11 *Avril.* Comme on persiste toujours à vouloir transférer les fermes à la bibliotheque du roi, qui doit aller au Louvre dans quatre ans, si le projet de M. l'abbé *Terrai* s'effectue, & que la compagnie des Indes qui sert de bourse aujourd'hui, seroit englobée dans les nouveaux arrangements ; on parle de construire une bourse à l'ancien hôtel de la monnoie, ce qui la mettroit au centre du commerce & de la capitale.

11 *Avril.* On ne saura guere le résultat des différentes conférences qui se tiennent chez les maréchaux de France qui y présicent, que par les ordonnances du ministre lorsqu'elles paroîtront ; savoir, celles concernant l'infanterie, rendue d'après le résultat des sessions tenues chez le maréchal duc de *Biron* : celles concernant la cavalerie & les dragons, d'après les assemblées tenues chez M. le maréchal prince de *Soubise*, & celle concernant les milices & garde-côtes, d'après les résolutions prises chez le maréchal duc de *Richelieu.*

13 *Avril.* Les répétitions de l'opéra du chevalier *Gluck*, ont été si tumultueuses, même des particuliers, que les directeurs avoient pris le parti de demander au duc de la *Vrilliere* un ordre pour n'y recevoir personne : quant aux générales, celle du lundi a été plus nombreuse encore, s'il est possible, que celle du samedi ; & cela n'a point empêché ni troublé l'exécution, qui s'est faite avec la plus grande pré-

cifion. Dans la répétition du famedi, on avoit difposé une loge grillée, où tout le monde veut que foit venu Mad. la comteffe *Dubarri*.

13 *Avril*. Le confeil des maréchaux de France & des officiers-généraux dont on a parlé concernant l'artillerie, a auffi fini & arrêté fes délibérations, & le miniftre de la guerre fe difpofe en conféquence à faire paroître une nouvelle ordonnance qui réformera celle de 1772, & par laquelle on reviendra à ce qui avoit été réglé en partie en 1765, fous le miniftere de M. le duc de *Choifeul*.

13 *Avril*. Tout le monde étoit dans l'attente de la premiere repréfentation de l'opéra d'*Iphigénie*, qui devoit avoir lieu hier: une extinction de voix furvenue dans la nuit au fieur *Larrivée*, acteur effentiel faifant le rôle d'*Agamemnon*, l'a empêché de pouvoir jouer, & à une heure & demie, on a affiché à la porte de l'académie royale de mufique un avis par lequel on annonçoit qu'il *n'y auroit point d'opéra aujourd'hui mardi 12, conformément aux ordres du roi*; ce qui a fort fcandalifé le public attroupé. On prétend: 1. que les directeurs devoient être préparés à un pareil accident qui arrive fouvent, & avoir un acteur prêt à doubler le fieur *Larrivée*: 2. qu'au cas où l'acteur ne voudroit pas fouffrir ce changement, en quelques heures de temps, il devoit leur être poffible de fubftituer la repréfentation de quelques fragments, &c.

On a tout de fuite dépêché un courier à Mad. la dauphine, qui devoit honorer le fpectacle de fa préfence, pour la prévenir du contretemps; mais cette princeffe s'étant deftinée à venir à Paris, s'y eft rendue, & s'eft promenée fur les boulevards avec M. le dauphin, M. le comte & Mad. la comtesse de *Provence*.

14 *Avril*. La cupidité des acteurs de la comédie françoise, les a excités à multiplier encore leurs petites loges. Ils en ont ajouté cinq de chaque côté fur le théâtre, & deux dans le parterre ; ce qui le rétrécit beaucoup & gênera infiniment la forte de public qui le compose, & dont les histrions font peu de cas, sans le sieur *le Kain*, qui regrette toujours le fauxbourg St. Germain, à raison du parterre d'alors, dont il prisoit fort les critiques & les éloges.

14 *Avril*. On a exécuté hier, fur le boulevard, à la porte du Temple, la fentence du Châtelet rendue le 29 mars, contre le *quidam*, reconnu pour être le baron de *Chargey* : on y relate les détails du crime d'assassinat à main armée, qu'on lui impute envers M. de *Saint-Auban*, & par une publicité affectée qu'on donne à ce châtiment, en vendant la fentence qu'on avoit assuré ne devoir pas l'être, on ôte à sa famille la consolation de voir ensevelie dans le silence cette funeste aventure.

14 *Avril*. Les fieurs *Nicolet* & *Audinot* fentant l'impossibilité de se refuser à la rétribution qu'on leur demande pour le quart des pauvres, & craignant le malheur plus grand d'une cessation absolue, ont pris le parti de passer par tout ce qu'on a voulu, & leur spectacle vient de se rouvrir.

16 *Avril*. Ce livre clandestin qui a si fort scandalisé les artistes, & que l'auteur a été obligé de supprimer dès fa naissance, au point qu'il y en a très-peu d'exemplaires dans le public, est intitulé *Dialogues fur la Peinture*, avec des notes.

Il est divisé en neuf dialogues. Les interlocuteurs sont milord *Lytleton*, monseigneur *Fabretti*, prélat romain, & le sieur *Remi*, marchand de tableaux. On voit d'abord que ce cadre, nulle-ment neuf, est le même que celui dont s'est servi l'auteur d'une petite brochure sur le salon dernier, dont on a rendu compte. Celle-ci traite aussi en grande & très-grande partie le même objet.

Le premier dialogue roule sur les tableaux saints, présentés au public dans la derniere exposition. Le second, sur les autres grands ta-bleaux d'histoire. Le troisieme, sur les tableaux de genre. Le quatrieme, sur les peintres de por-traits. Le cinquieme, sur les sculpteurs. Le sixieme, sur les graveurs & les dessins. Le septieme, sur les manœuvres entre les peintres, les brocanteurs & marchands d'estampes. Le huitieme contient des vues pour remédier aux abus, & pour réunir l'académie d'architecture à celle de peinture & sculpture. Le neuvieme renferme une critique des monuments de nos architectes modernes.

L'éditeur dans un avis annonce que ces dialo-gues sont détachés d'une nombreuse collection qui contient un cours complet des séances de ces étrangers dans nos académies, théâtres, biblio-theques, cercles &c. & qu'on est en état de four-nir la suite, toujours enrichie de notes, supposé que cet ouvrage plaise.

16 *Avril*. Il ne paroît pas que le livre des dia-logues sur la peinture soit d'aucun des artistes aux-quels on l'a successivement attribué, ni même d'aucun artiste ; mais d'un homme très-versé dans les arts, très-répandu parmi ceux qui les profes-sent, très au fait de tous les procédés, & en outre homme de lettres plein de goût & de jugement.

Une grande connoissance de l'antique l'a rendu
très-sévere sur les productions modernes : cependant, quoiqu'il critique nos peintres, nos graveurs, nos architectes les plus estimés, il leur
rend justice quand il le faut. Son acharnement
contre M. *Pierre*, le premiere peintre du roi, sur
lequel il revient particuliérement, est motivé ; il
en rend raison. Outre qu'il le regarde comme un
des principaux corrupteurs du bel art de la peinture parmi nous, il lui reproche son empire despotique envers ses confreres ; la maniere insolente
& barbare dont il traite les jeunes gens & étouffe
ainsi les talents dès leur naissance.

Quoique l'écrivain ne s'étende pas autant sur
l'architecture, & que les coryphées de cet art prétendent qu'il ne connoisse pas cette partie aussi
bien que les autres ; ce qu'il en dit est d'un goût
juste, sûr, précis & lumineux, & fait voir qu'il
en diroit beaucoup plus s'il vouloit.

Quant au style, s'il n'est pas toujours correct,
s'il y a quelques expressions impropres, quelques
pensées recherchées, entortillées : il est en général
simple, naturel, & dans le genre du dialogue : les
interlocuteurs sont bien choisis, parlent convena-
blement à leur qualité, & ce livre est sans contredit le meilleur aujourd'hui pour avoir une
idée vraie de l'état actuel des arts en France.

17 *Avril*. L'opéra d'*Iphigénie*, suspendu pendant huit jours, doit enfin avoir lieu le mardi
19. On compte toujours que madame la dauphine honorera le spectacle de sa présence.

18 *Avril*. L'académie des sciences a été
agitée d'une grande fermentation il y a peu
de temps. Elle avoit élu pour adjoint M. *Vicq*
l'Azyr, médecin consultant de monseigneur

comte d'*Artois* , & suivant son usage avoit fait part de l'élection au ministre ayant le département de Paris, pour obtenir la confirmation de sa majesté. La lettre étoit venue; mais avec la clause que le sieur *Boerhave* fût nommé adjoint surnuméraire. Cet acte de despotisme a révolté l'académie; elle a nommé une députation vers le duc de la *Vrilliere* pour lui représenter combien ce coup d'autorité blessoit les privileges de la compagnie. C'est le chevalier d'*Arcy* qui a porté la parole & l'a fait avec beaucoup de force & d'énergie : le ministre s'est rendu , mais n'a point voulu avoir le démenti. On est convenu qu'il retireroit la premiere lettre, qu'il en écriroit deux autres, l'une portant la confirmation de l'élection du sieur *Vicq* d'*Azyr* purement & simplement par sa majesté; l'autre , où le roi marqueroit son intention que le sieur *Boerhave* fût nommé à une place de surnuméraire adjoint : ce qui a été fait, & l'on s'est contenté en cela, comme en beaucoup de choses, de sauver la forme de part & d'autre, puisqu'au fond les choses sont restées les mêmes

18 *Avril*. Tout se dispose pour la prochaine entrée à Paris de M. le comte & Mad. la comtesse d'*Artois*; elle doit avoir lieu à la fin de ce mois-ci , ou au commencement de l'autre.

18 *Avril*. Le baptême d'un juif fait à la paroisse de Saint-Eustache la semaine derniere , a produit un spectacle édifiant pour la religion, & cette cérémonie a attiré beaucoup de monde. On exalte le zele du curé , auteur de la conversion.

18 *Avril*. La cabale qui se fomentoit sourdement contre le chavalier *Gluck* commence à

se développer davantage : elle a profité de la suspension de son opéra pour se fortifier, se combiner, & l'on s'attend à de grands événements dans cette partie, à des critiques vives, à des escarmouches, à des combats littéraires, qui feront rire les gens dénués de tout esprit de parti.

20 *Avril.* M. de *Voltaire*, dans une lettre particuliere à un de ses amis qui lui avoit fait l'éloge de l'épître de M. de *Shuvaloff*, & lui en parloit comme d'un ouvrage auquel il le soupçonnoit avoir eu part, s'échauffe à cette occasion, & prétend qu'il n'est pas assez impertinent pour se louer ainsi lui-même ; qu'elle est toute entiere du chambellan de l'impératrice ; qu'il est un prodige pour l'esprit, les graces, la philosophie. Il ajoute que l'impératrice des Russies écrit en prose aussi bien que ce seigneur en vers, que le roi de Prusse cause l'admiration de tous les François qui le lisent. Il finit par demander à qui l'on doit attribuer ces progrès étonnants de notre langue chez les étrangers ; *est-ce aux énigmes de Mercure ?* ajoute-t-il. On voit que s'il se défend d'un côté de se louer lui-même, il le fait d'un autre d'une façon adroite, il est vrai, & par insinuation seulement. Au reste, tous ces dits & contredits du philosophe de Ferney sont si communs, qu'on peut facilement ajouter foi aux uns & aux autres. Il est constant que le Russe lui avoit adressé une épître ; mais que M. de *Voltaire* lui a tellement corrigé son thême, qu'il n'est pas resté un vers du premier.

24 *Avril.* Le château que se fait élever Mad. la comtesse *Dubarri* dans l'avenue de

Versailles, à côté de la maison de *Binet* qu'elle a achetée, s'avance & sera construite pour le retour de Fontainebleau de cette année. Elle doit y établir un aumônier en titre : beaucoup de prêtres, de curés de campagne, d'abbés de cour briguent cet honneur.

24 *Avril*. Extrait d'une lettre de Toulon, du 16 avril 1774. On avoit le projet d'établir ici une forme, c'est-à-dire un bassin-pierre, communiquant à la mer par des portes qu'on ouvre & qu'on referme, pour y faire entrer les vaisseaux qu'on veut radouber & les faire ressortir ; on n'avoit pu réussir. Feu M. *Laurent* envoyé dans ce port par le duc de *Praslin*, avoit échoué à cause des sources qu'on avoit rencontrées dans l'endroit choisi, & des frais énormes qu'il en eût coûté pour les dessécher ou les détourner. M. de *Boynes* qui s'occupe de toutes sortes de projets d'amélioration, a donné ordre au sieur *Groignard*, constructeur de la marine, rempli de talents, même pour le génie civil, d'examiner de nouveau la possibilité de l'entreprise. Celui-ci a imaginé de construire une forme en bois, de la lancer à la mer comme un vaisseau, de l'arrêter en un endroit convenable, de la revêtir ensuite de maçonnerie, d'y faire des portes, &c. On a représenté que cette invention seroit très-dispendieuse, qu'il y faudroit du bois de quoi construire deux gros vaisseaux. Le ministre curieux de signaler son administration par des innovations brillantes & utiles, a voulu qu'on passât outre, & l'on va travailler à l'exécution.

25 *Avril*. M. l'abbé de *Lille* est prêt depuis long-temps, c'est-à-dire, a composé son discours de

réception , & follicite la compagnie de prendre jour pour fa réception. Mais ces meffieurs retardent, & l'on craint que la mort de M. l'abbé *la ville* ne foit un nouvel obftacle. Comme par cette mort M. *Suard* occupe de droit la place du défunt, puifqu'il avoit été élu de la même maniere que le premier, on propofe pour la fingularité du fait, de reculer encore la réception de l'abbé de *Lille*, jufqu'au délai de quatante jours, établi à l'académie françoife pour la nomination du fuccefleur à la vacance d'un fauteuil ; & quand le fecond fera élu, de les recevoir tous deux enfemble.

26 Avril. Il eft décidé que l'entrée de M. le comte d'*Artois* & de fon augufte compagne, aura lieu le mercredi 4 mai. Quoique les carroffes de cérémonie ne foient pas prêts, l'impatience du prince ne lui a pas permis d'attendre ce temps; ce qui auroit retardé la fête jufqu'à la fin du mois.

27 Avril. La fureur du public ne fe ralentit point, malgré les partifans de la vieille mufique qui fe déchaînent contre l'opéra d'*Iphigénie.* On doit y faire des améliorations dans les parties foibles, telles que les décorations & les ballets. Vendredi prochain on change le dénouement, qui fera exécuté avec tout le merveilleux que comporte ce fpectacle. *Diane* interviendra & terminera fuivant le récit confacré par la fable. La demoifelle *Heynel* & le fieur *Dauberval* qui n'avoient point encore paru, devoient danfer, & l'on répand le bruit que madame la dauphine doit venir revoir cet opéra embelli de tous les accefloires en queftion.

28 Avril. M. le dauphin & Mad. la dau-

phine, M. le comte & Mad. la comteſſe de *Pro-*
vence ſont venus mardi dernier ſe promener ſu
les boulevards ; ce qui avoit d'abord fait croir
qu'ils étoient attirés par l'opéra. On obſerve en
général que ces jeunes princes & princeſſes s'a-
muſent peu à la cour. On a vu dimanche dernier, avec étonnement, au grand couvert,
M. le dauphin dormir à table à côté du roi ſon
grand-papa, qui s'en eſt apperçu & l'en a plai-
ſanté avec bonté.

29 *Avril.* Le ſieur *Dauberval* n'a pas manqué de témoigner ſa reconnoiſſance envers madame la comteſſe *Dubarri* dans une lettre encore
fort rare, mais dont il tranſpire des copies :
on y remarque la même aiſance, la même fa-
miliarité qu'on a déjà trouvée dans celle qu'il
lui a écrite à l'occaſion du mariage que cette
dame vouloit contracter du danſeur avec made-
moiſelle *Dubois.* Cette nouvelle épître ſur la
quête que l'illuſtre protectrice a bien voulu faire
en faveur de cet homme à talent, eſt conçue
ainſi :

MADAME,

« Quelles obligations ne vous ai-je pas, &
comment les reconnoître ! Inveſti, couvert, accablé de vos bienfaits, je viens d'éprouver de votre part une faveur unique & dont il n'eſt aucun exemple en France, à l'égard d'un ſimple
homme à talent. J'étois abymé de dettes : l'inconduite trop ordinaire dans notre état, la diſ-
ſipation dans laquelle nous vivons, le luxe où
nous entraîne la ſociété brillante qui nous recherche, le gros jeu devenu un beſoin général,

étoient les caufes naturelles de mon dérangement.
Cela me donnoit peu de droit à l'indulgence
publique. Auffi tourmenté par mes créanciers,
ne fachant comment les fatisfaire, j'avois pris
le parti de m'expatrier, d'aller en Ruffie où
on m'appelloit & dont le ciel, tout rigoureux
qu'il foit, auroit eu pour moi moins d'inclé-
mence. Vous n'avez point voulu, Madame,
qu'une terre étrangere s'enrichît d'une perte bien
fenfible fans doute & que vous avez daigné exa-
gérer : vous avez prétendu qu'il feroit honteux
que pour cinquante mille francs on laiffât partir
un danfeur auffi précieux (ce font vos termes,
& je rougirois de les rapporter fi l'on pouvoit
être modefte, honoré d'un fuffrage comme le
vôtre) ; mais ce qui feroit tourner une tête plus
forte que la mienne, c'eft votre empreffement
à faire participer la cour entiere au rétabliffe-
ment de ma fortune : affurément vous pouviez
feule me fauver du naufrage ; c'eût été un filet
d'eau échappé d'un grand fleuve : il eût été plus
doux pour mon cœur de n'avoir qu'une protectrice.... Que dis-je ! je n'en ai qu'une en
effet, & c'eft à vous, Madame, que je dois
rapporter les bontés de tant d'illuftres perfonnages. Vous avez prétendu que tous, étant
mes admirateurs, devoient concourir à me garder ; vous avez établi une foufcription , & vous
fembliez n'ouvrir votre porte, qu'en proportion
du zele qu'on mettoit à s'y infcrire : c'étoit une
véritable taxe dont vous gréviez ceux qui ve-
noient rendre leurs hommages.

» Autrefois madame la marquife de *Pompa-
dour*, cette femme charmante qui vous a dé-
vancée dans la carriere brillante où vous entrez,

que les arts ont rendu immortelle ; parce qu'elles a toujours accueillis & soutenus, fit fai
une loterie pour *Geliotte* (ancien chantéur
l'opéra) ; on a donné des bals pour *Grandv*
(ancien acteur de la comédie françoise) ; ur
représentation pour *Molé* (acteur actuel de la come
die françoise), grands hommes infiniment supé
rieurs à moi & par leur talent & par l'excellent
à laquelle ils l'ont porté. Il vous étoit réfervé
Madame, d'envisager ma perte comme une cala
mité générale, & d'avoir recours, pour me com
ferver, à un de ces impôts extraordinaires
que le patriotisme alarmé s'empresse de payé
à l'envi. Mon dévouement plus absolu que jamai
à vos amusements, est la seule maniere don
je puisse vous témoigner ma reconnoissance. C'es
aux artistes, c'est aux gens de lettres à vous cé
lébrer plus dignement. Qu'est-ce que le génie n
doit pas attendre d'une divinté aussi tuté aire
si vous daignez faire tant de choses à l'égar
d'un homme à talent, uniquement recomma
dable par le bonheur qu'il a de contribuer à vô
plaisirs ? Déjà la peinture, la sculpture, la gr
vure se font disputé la gloire de transmettre
l'Europe étonnée les graces séduisantes de votr
figure ; déjà les muses vous ont couronnée d
leurs guirlandes ; déjà le patriarche de la litté
rature, le prince de nos poëtes & de nos philo
sophes, le vieillard de Ferney, s'est abaissé à vo
genoux, (on connoît la lettre de M. de *Voltai*
à madame la comtesse *Dubarri*, publiée au moi
de juillet dernier) & vous a, en sa personne
rendu les adorations, & du parnasse, & du po
tique. Puisse son exemple encourager ceux don
le respect captivoit la langue ! Qu'il s'éleve u
concer

concert général de vos louanges, & que le sceptre
des arts & de la philosophie, tombé des mains
de la marquise adorable qu'ils pleurent encore,
passent dans vos mains, & leur rende en vous
une autre Minerve ! »

Je suis avec un profond respect, &c.

Paris, ce 10 avril 1774.

1 *Mai* 1774. C'est au jeudi 5 mai qu'est fixée
la réception de l'abbé de *Lille*. Celui-ci a insisté
pour avoir une séance à lui seul, & pouvoir
lire, comme on l'a dit, un ou deux chants de
la traduction en vers du poëme de l'*Enéide*.

2 *Mai*. M. le chevalier de *Foucault*, major
des ville & château de Nantes, répand une réponse en date du 9 avril, au mémoire de M. de
Menou, lieutenant pour le roi desdites ville &
château. Il prétend que ce n'est que d'après l'avis
de jurisconsultes éclairés, qu'il s'est cru bien
fondé à exercer contre son adversaire une action
de dommages intérêts, & que celui-ci, bien loin
d'avoir prouvé qu'il n'avoit point eu de part aux
procédures criminelles dirigées contre le chevalier de *Foucault*, a fait tout le contraire ;
qu'en publiant l'histoire des différends qu'il lui
a suscités dans l'exercice de sa place, en impri-
mant les lettres dans lesquelles il portoit ses
plaintes, il a rendu publiques les preuves de son
animosité contre l'accusé ; il a donné à sa propre
conduite des motifs que celui-ci ne pouvoit que
soupçonner ; qu'enfin le calomniateur dans cette
affaire malheureuse, est celui qui, s'envelop-
pant du manteau de la discrétion, ou plutôt des
ombres de la fraude, a voulu se ménager l'im-

Tome XXVII.   K

punité, en cachant la main dont il portoit les
coups les plus funestes à l'honneur d'un officier
décoré du prix de vingt-huit ans de service,
qui fait imprimer dans la gazette de *Leyde* un
faux avis ; & qu'ainsi le chevalier de *Foucau*
est justement fondé à demander une réparation
éclatante contre M. de *Menou*, & cinquante mille
francs de dommages-intérêts.

2 *Mai*. On annonce un *dialogue de Pégase
avec un vieillard*, en vers, nouvelle facétie de
M. de *Voltaire* qui est encore très-secrete. On
dit M. l'abbé *Terrai* furieux des trois vers sui-
vans, qu'il regarde comme une ironie sanglante,
un reproche pour son peu de goût pour les arts.

Monsieur l'abbé *Terrai* pour le bien du royaume,
Préfere un laboureur, un prudent économe,
A tous nos vains écrits qu'il ne lira jamais...

4 *Mai*. On a fait à la bourse une enceinte,
espece de sanctuaire, où les agents de change
peuvent seuls pénétrer pendant l'heure des né-
gociants : l'entrée en est gardée, &, quand on veut
parler à l'un d'eux, on est obligé de le demander, & il sort. On a voulu prévenir par-là les
manœuvres d'une quantité de courtiers, d'ap-
prentis courtiers, de crocs & d'escrocs, qui
profitoient des instructions que pourroient avoir
les agents pour monopoler, & faire tomber les
effets à vil prix. Au reste, cet endroit n'est pas
d'une grande utilité dans le moment, où la place
est dans une inaction presque absolue par l'état
fâcheux de sa majesté.

5 *Mai*. Rien de plus plaisant que de voir

l'auteur de la gazette eccléfiastique, dans fa feuille du 25 avril, reprocher au fieur Marin d'être trop philofophe. C'eft à l'occafion de la fienne du 4 avril, où celui-ci prétend qu'un goût inné pour la liberté eft l'attribut des peuples du demi-continent feptentrional de l'Amérique. On fait que les philofophes au contraire lui reprochent d'être trop fimple, trop crédule, de remplir fon journal de contes populaires, & fur-tout d'être un fauteur ardent du defpotifme. Ainfi cet animal amphibie, profcrit également de tous les partis, devient odieux même au gazetier eccléfiaftique, & fera déformais obligé de fe fuffire à lui-même.

7 Mai. La requête préfentée au roi & à nofseigneurs de fon confeil, par la dame *Romain* & le fieur *Dujonquay,* en caffation de l'arret rendu contre eux le 3 feptembre par le parlement de Paris, quoiqu'extrêmement volumineufe, eft fi bien faite, qu'on ne peut en rien retrancher fans ôter aux faits ou aux preuves leur développement, & aux raifonnements quelque chofe de leur force ou de leur clarté.

Après un début oratoire, mais court, où Me. *Drou* réfume tout le fond de l'affaire, & annonce le courage qu'il lui a fallu pour entreprendre une défenfe dont il prévoyoit les dangers, pour braver les orages qui pouvoient s'élever fur fa tête, & franchir les abymes entr'ouverts fous fes pas; il retrace en détail l'hiftorique de cet étrange procès, de ce qui l'a précédé & fuivi. Quoiqu'il emprunte beaucoup de chofes des avocats qui ont éclairci la matiere avant lui, & démontré jufqu'à l'évidence l'innocence de fes clients & la juftice de leur caufe, il y

en ajoute une infinité d'autres , & fur-tout l
liberté qu'il a vraifemblablement eue de vifiter l
pieces fecretes du procès , lui a fourni une quan
tité d'arguments victorieux tirés des dépofition
récolements , confrontations; en forte que cet
requête eft devenue un chef - d'œuvre de log
que.

11 *Mai.* A la mort du roi, tous les grands qu
étoient auprès de la feue majefté , ne pouva
approcher de la nouvelle à caufe de la maladi
peftilentielle dont ils avoient pompé l'air , on
été , fuivant l'ufage , fe faire écrire feulemen
chez le roi actuel. M. le duc de la *Vrilliere* eft
allé chez madame la dauphine devenue reine
& de laquelle il a pu approcher , cette princeff
ayant eu la petite vérole , pour demander les
ordres de fa majefté , ou ceux que le roi vou
droit lui donner par elle : la reine lui a répondu
qu'elle n'en avoit aucun à lui intimer , ni de fo
chef , ni de celui de fon augufte époux. Le roi
eft monté en carroffe fur le champ , & tout le
monde a crié : *Vive le roi!*

Quoiqu'il n'y eût aucun ordre donné , le
roi ayant jugé à propos que toute la famill
royale fût raffemblée en ces jours de douleu
commune, la cour entiere s'eft rendue à Choify
Mefdames font dans le petit château , & le roi
& fes freres font dans le grand.

M. le duc d'*Orléans* ayant continuellement
réfidé auprès du feu roi, n'a pu rendre fes hom
mages au nouveau. Il eft à Saint-Cloud pour
neuf jours. Tous les miniftres par la mêm
raifon font difperfés , & l'on ne croit pas qu'i
y ait de confeil avant ce temps-là.

11 *Mai.* Madame *Dubarri* , qu'on avoit di

buffement fortie de Ruel, y eſt encore ; mais on ne préſume pas qu'elle puiſſe y reſter long-temps : on croit qu'elle y attendra les ordres du roi. Au reſte, ſa douleur ne l'a point diſtraite de ſon goût pour le luxe & la vie molle, au point que, ne ſe trouvant point aſſez bien couchée dans le lit de la ducheſſe d'Aiguillon, elle a envoyé chercher ſon lit de Verſailles.

Ce nom étoit devenu depuis ſa retraite de la cour en ſi grande horreur, que la jeune mar-quiſe Dubarri (Mlle. de Fumel) voyant comb en ce mépris public influoit ſur elle-même, avoit pris le parti de faire ôter la livrée à ſes gens. On ſait qu'elle a toujours répugné à cet hymen auquel elle a été ſacrifiée ; ce qui la rend véri-tablement à plaindre.

11 Mai. Le cadavre du roi s'eſt trouvé telle-ment infect, qu'aucun chirurgien n'a oſé en faire l'ouverture. On croit qu'on y a mis ſur le champ de la chaux vive, puis il a été revêtu d'un cercueil de bois de cedre, de plomb en-ſuite, &c.

Le palais eſt doublement infecté, & du ca-davre du feu roi, & de la multitude d'odeurs & de parfums que depuis douze jours chacun des courtiſans portoit ſur lui, dont eſt réſulté un pot-pourri plus affreux que l'odeur fétide de la maladie peſtilentielle de ſa majeſté.

11 Mai. Le corps du feu roi ne reſtera que juſqu'au jeudi ſoir à Verſailles : il doit être transféré tout de ſuite à Saint-Denis, avec quel-ques gardes-du-corps.

On a pris aujourd'hui le deuil de décence, en attendant que tout ſoit diſpoſé pour le grand deuil qui doit avoir lieu dimanche.

K 3

12 *Mai*. On parle d'un porte-feuille remis p
le feu roi à M. le Prince de *Soubise*, & dont
clef a été confiée par la feue majefté à madam
Adélaïde.

On parle d'un autre porte-feuille remis p
Louis XV au fieur de *la Borde*, fon premier vale
de-chambre, pour fuivre la deftination qu'il li
a prefcrite. On croit qu'elle regarde la comtef
Dubarri, & les enfants naturels que laiffe f
majefté, dont le nombre eft confidérable.

12 *Mai*. On ne peut favoir encore en qui
roi mettra fa confiance. Ce prince, étant dau
phin, ne fembloit avoir aucune affection déci
dée. On fait qu'il eft entouré aujourd'hui de
perfonnages de la cour les plus méritants, tels que
M. le comte *du Muy*, M. le marquis de *Caftries*
M. le comte de *Périgord*, M. le duc de *Noailles*
M. le comte d'*Aranda*, ambaffadeur extraordi
naire d'Efpagne, y eft auffi, M. le comte de
Mercy-Argenteau, ambaffadeur de l'empereur
M. le comte de *Lascy*, &c.

12 *Mai*. M. le prince de *Conti* étoit aux prieres
de quarante heures, lorfqu'un courier eft venu
lui annoncer la mort du roi. Ce prince, dan
l'excès de fa douleur, a tout de fuite donné
ordre de renfermer le Saint Sacrement au fond
du tabernacle, comme pour reprocher à Dieu
l'inutilité des prieres qu'on lui faifoit. Le peuple
qui n'a pas faifi le fens de cette vivacité de fon
alteffe féréniffime, a été fort fcandalifé de forti
fans bénédiction.

13 *Mai*. Le chapelier de madame la comtef
Dubarri, dans ce moment-ci, avoit cent cha
peaux de commandés & cent bords pour fe
gens ; ce qui annonce qu'elle avoit cent homme

de livrée, & donne une légere idée de fa dépenfe.

13 *Mai.* L'*Espagne littéraire* eft un journal
commençant qui pourroit être neuf, curieux &
inftructif. Malheureufement les entrepreneurs
ne paroiffent pas affez en fonds, & l'on juge
qu'ils font abfolument dénués de correfpondance
dans ce royaume étranger. On voit qu'ils ont
entre les mains cinq ou fix livres anciens de cette
nation, qu'ils dépecent alternativement, &
dont ils rempliffent leurs feuilles. D'ailleurs il
réfulte de cette difette qu'il n'y a dans leur ouvrage aucune critique, & l'on fait qu'elle eft
l'ame de ces fortes d'écrits qu'elle aiguife par
fon fel. C'eft M. de *la Dixmerie* qui tient la
plume en chef, quoiqu'il ne fache pas un mot
efpagnol.

13 *Mai.* Non - feulement les fpectacles, le
wauxhall, le colifée & autres lieux fe trouvent
fermés en ce moment; mais avant - hier on a
intimé aux jeux publics ordre de fufpendre. Ce
vuide oblige les oififs de fe livrer au feul amu-
fement qui leur refte, la promenade. St. Denis
forme un point de repos qui excite aujourd'hui
le concours général : le corps de fa majefté n'a
point paffé par Paris, mais par le chemin de la
Révolte; quoiqu'il ne fît pas beau, & que cette
marche fe foit prolongée fort avant dans la nuit,
une multitude de curieux s'eft répandue fur la
route : elle étoit bordée des plus brillants équipages.

14 *Mai.* Le fieur de *la Borde*, un des premiers
valets-de-chambre du feu roi, homme de mœurs
fort diffolues, & le complaifant de madame
Dubarri, a été renvoyé, ou plutôt chaffé ; c'eft

K 4

le terme dont se servent les courtisans pour marquer le mépris du roi envers lui ; ce qui est assez vraisemblable d'après une anecdote rapportée anciennement de M. *le dauphin* à son égard.

14 *Mai*. Le transport du cadavre royal a en effet eu lieu au jour indiqué, & s'est fait avec une promptitude indécente & un dénuement presque absolu de cérémonial. Les cabarets sur la route étoient remplis d'ivrognes qui chantoient. On parle entr'autres d'un très-coupable qu'on vouloit expulser, & à qui l'on refusoit de donner encore du vin : pour s'en débarrasser, on lui disoit que le convoi de *Louis XV* alloit passer : *Comment*, s'est-il écrié dans un délire punissable, *ce B*****-là nous a fait mourir de faim pendant sa vie, & à sa mort il nous fera mourir encore de soif?*

15 *Mai*. Ce qui rend la comtesse *Dubarri* plus odieuse à la cour, c'est une anecdote qui passe pour certaine, & la fait regarder comme cause de la mort du roi. On prétend que dans une partie de Trianon, où il étoit question de dissiper sa majesté toujours frappée de la mort subite du marquis de *Chauvelin*, de celle du maréchal d'*Armentieres*, & bourrelée par les remords qu'avoit excités dans son cœur l'évêque de Senez, lors de son sermon du jeudi-saint on s'apperçut que le monarque avoit jeté des yeux de concupiscence sur la fille d'un menuisier des environs ; qu'on avoit fait venir cette enfant encore novice, qu'on l'avoit décrassée, parfumée & introduite dans le lit de sa majesté pour qui ce morceau friand auroit été de dure digestion, si l'on ne l'eût aidé avec des confortatifs violents ; ce qui lui avoit effectivement

été d'un grand secours, & procuré plus de plaisir
qu'on en éprouve ordinairement à cet âge. On
ajoute que cette enfant se sentant déjà malade
avoit eu beaucoup de peine à se prêter à ce qu'on
en exigeoit, & ne s'étoit rendue qu'intimidée
par les menaces, & aiguillonnée par l'espoir
d'une fortune. On ignoroit qu'elle eût le germe
de la petite vérole, qu'elle a communiquée au
roi, & dont elle est morte avant lui.

16 *Mai.* On assure que la lettre de cachet
adressée à madame la comtesse *Dubarri*, n'est
point dure; que sa majesté y dit que des raisons d'état l'obligent de lui ordonner de se
rendre en couvent; qu'il n'oubliera point qu'elle
étoit honorée de la protection de son aïeul; &
qu'au premier conseil on pourvoira à lui donner une pension convenable, si sa situation pouvoit en avoir besoin.

Cette générosité de *Louis XVI* est d'autant
plus grande, que tous les courtisans savent que
la favorite s'exprimoit très-indécemment sur son
compte: on en peut dire autant de la reine qui
auroit à la faire punir de propos encore plus
outrageants: ces deux majestés, à l'exemple de
Louis XII, ne veulent point se ressouvenir sur le
trône des injures qui leur ont été faites avant
d'y monter.

17 *Mai.* Depuis plusieurs années il n'y avoit
point de premier médecin du roi. Sa majesté
auroit voulu y nommer le docteur *le Monnier*,
qu'elle aimoit & qui avoit le plus d'ancienneté;
la comtesse *Dubarri* y portoit le docteur *Bordeu*,
son médecin, qui même avoit l'honneur de tâter toutes les semaines le pouls de *Louis XV.*
Suivant son usage, pour ne point faire d'injus-

K 5

tice, & ne pas occasionner de mécontentement
à sa maîtresse, sa majesté avoit laissé la place
vacante. Par cette fatalité d'événements qui
regle ce monde, les deux concurrents ont été
frustrés, & le docteur *Lieutaud*, médecin de
M. le *dauphin*, est devenu de droit premier
médecin du roi, & le monarque actuel l'a déclaré tel.

18 *Mai*. On fait un quolibet sur la comtesse
Dubarri, qui rassemble les différentes époques
de sa vie, en la faisant passer sur plusieurs ponts.
On la fait partir du Pont-aux-choux (sa naiss-
sance d'une cuisiniere) pour aller au Pont-neuf,
(son premier métier de racrocheuse) ; du Pont-
neuf au Pont-au-double (sa grossesse) ; de-là
au Pont-au-change (son amélioration de fortune) ; ensuite au Pont-marie (son mariage) ;
de-là au Pont-royal (son élévation) ; enfin au
Pont-aux-dames (son exil.)

18 *Mai*. Extrait d'une lettre de Choisy, du
15 mai 1774. Sa majesté aime beaucoup à
marcher : elle a fait une promenade à pied hors
du château dans la campagne ; elle a parlé de
choses intéressantes, & a déployé des connoissances étendues en fortifications, en génie : elle
s'est entretenue sur-tout de guerre ; ce qui fait
craindre que des projets belliqueux ne fermen-
tent dans sa tête ; mais ils seront toujours diri-
gés par la sagesse & l'équité dont elle fait pro-
fession.

En revenant dans le parc, sa majesté a trouvé
la reine & les autres princesses qui mangeoient
du lait avec des fraises sur un banc ; elle n'avoit
voulu ni fauteuil ni chaise ; tout le monde s'est
réuni de bonne amitié. Rien de si ravissant que le

spectacle de cette union , bien préférable à tout le faste d'une pompe afiatique.

19 Mai. On a fait une épitaphe abominable sur le feu roi, qu'on conserve dans les anecdotes comme historique, elle peint la diffolution des mœurs fur la fin de fon regne , & l'auftérité de celles qu'on efpere voir renaître fous le regne actuel, d'après l'exemple du maître :

> Quittez la cour ; partez c.....;
> Partez, m.... & p.....;
> Ci gît *Louis* , quinze du nom,
> Dit *le Bien-aimé* par furnom,
> Et de ce titre le deuxieme ,
> Dieu nous préferve du troifieme !

Pour l'intelligence de cette épitaphe , il faut fe reffouvenir que *Charles* avoit auffi été furnommé *le Bien-aimé* avant fa démence.

20 Mai. On a retrouvé, dit on , que l'enterrement de *Louis XV* avoit coûté trois millions ; cette dépenfe auroit été aujourd'hui beaucoup plus confidérable.

20 Mai. Sa majefté a dû recevoir hier les princes de fon fang, les miniftres, les ambaffadeurs de fa famille, les grands officiers de la couronne.

21 Mai. Actuellement que par les rapports de plufieurs témoins oculaires, on peut conftater la conduite du feu roi dans fes derniers inftants, il paroît que c'eft de fon propre mouvement que le mercredi 4, fa majefté a dit à ceux qui l'entouroient : « Je n'ai point envie » qu'on me faffe renouveller ici la fcene de

K 6

» Metz ; qu'on dise à madame la duchesse d'A-
» guillon qu'elle me fera plaisir d'emmener mada-
» me la comtesse Dubarri. » Que dans la nuit du
vendredi au samedi, sentant que sa langue s'em-
barrassoit, il dit qu'on fît venir M. l'abbé
Maudoux son confesseur : ce qu'ayant entendu
le duc de Duras, ce seigneur dit au duc d'Orléans, & aux autres spectateurs : « Monseigneur
» & Messieurs, je vous prends à témoins que
» le roi demande son confesseur. » Que sur le
matin, sa majesté demanda le viatique, fit
arranger elle-même tout ce qui étoit nécessaire
pour cette cérémonie, & parut s'en occuper
avec beaucoup de présence d'esprit & avec indifférence, ou au moins tranquillité.

Il paroît constant encore qu'avant sa mort,
le roi a demandé M. le dauphin, qu'on lui a
représenté que son genre de maladie avoit obligé
sa majesté de défendre elle-même à ce prince
d'entrer dans son appartement ; ce qui avoit
arrêté sa volonté, & excité de sa part des regrets de ne pouvoir embrasser ses enfants avant
de mourir, & l'avoit engagé à envoyer au dauphin les porte-feuilles dont on a parlé.

21 *Mai.* Sa majesté avoit désiré que le deuil
fût de huit mois, par vénération pour le feu
roi ; mais sur les représentations des députés du
commerce, & sur-tout du sieur *Pernon*, député
de la ville de Lyon, à qui cette prolongation
feroit le plus de tort, le roi a décidé qu'il ne
feroit que de sept ; ce qui le termine au 15 décembre, & ne fait pas perdre aux marchands
la saison précieuse de l'hiver.

22 *Mai.* Avant la mort du feu roi, Mad. la
dauphine sollicitoit le régiment Royal-Cham-

pagne pour M. de *Roucy*, auquel 'elle s'intéressoit fort, & M. le dauphin appuyoit. Depuis la reine a engagé le roi à donner à cet officier le régiment de la Reine cavalerie, qu'avoit le marquis *Dubarri* : en conséquence sa majesté lui a écrit que, comme courtisan, il n'avoit plus rien à espérer ; mais que, comme son officier, il seroit susceptible de toutes les graces que ses services lui mériteroient, & qu'en conséquence lui donnoit le régiment Royal-Champagne, la reine désirant que de *Roucy* eût son régiment de cavalerie. Ce marquis *Dubarri* passe pour un assez bon sujet, & n'est point chargé, comme les autres, de la haine générale.

23 Mai. On écrit de Toulouse que, dès qu'on y a reçu la nouvelle du renvoi de Mad. *Dubarri* de la cour, & même avant la mort du roi, la populace s'est vengée des insolences du comte Guillaume, mari de cette dame, l'a hué, lui a jeté de la boue ; & l'on ne doute pas que ces avanies n'aient augmenté depuis la mort du roi, si ce malheureux n'a eu la précaution de s'enfuir.

24 Mai. Le comité des inspecteurs-généraux de l'infanterie, nommé par la rédaction des principes de tactique du baron de *Pirch*, suspendu par la maladie & par la mort du roi, a repris son travail : il y a eu le jour de la Pentecôte assemblée chez M. le maréchal duc de *Biron*, & il y a espérance qu'on ne tardera pas à avoir la publication du code militaire, que le public attend avec impatience.

24 Mai. M. le marquis de *Letoriere*, un des plus beaux hommes de Paris la coqueluche des femmes, & renommé par ses bonnes fortunes,

ayant été trop fréquemment à Versailles pendant la maladie du feu roi, y a vraisemblablement gagné la petite vérole & en est très-mal.
C'est une grande désolation parmi les femmes
galantes de Paris ; car il y au moins à parier
qu'il y perdra sa charmante figure.

25 *Mai.* Il étoit d'usage, lorsque le feu roi
étoit au château de la Muette, que les portes
du bois de Boulogne dans lequel il est, fussent
fermées : le jeune monarque s'étant apperçu de
cette clôture, en a demandé la raison. Il a ordonné qu'elles fussent ouvertes & que chacun
pût en liberté se promener dans le bois. La reine
s'y montre sans garde, à pied, quelquefois à
cheval : elle parle à tout le monde avec une affa-
bilité qui la fait aimer de plus en plus, & reçoit elle-même les placets qu'on lui présente.
Le voisinage de cour, le désœuvrement où l'on
est dans la capitale, & l'empressement de voir
leur auguste maître, engagent les Parisiens à se
rendre en foule à la Muette. C'est une procession
continuelle de voitures.

27 *Mai.* L'affaire du secrétaire de M. de *Guines*, notre ambassadeur à Londres, dont il a été
rendu compte dans le temps, va s'éclaircir :
on attend incessamment des mémoires.

27 *Mai.* On a parlé du médecin anglois,
nommé *Sutton*, qui s'étoit offert pour traiter
le roi dans sa petite vérole, & qui prétend avoir
un spécifique contre cette maladie. Ils sont deux
frères ici. Sur le rapport fait au roi de mauvais
propos de leur part, il leur avoit été ordonné
de sortir de France. M. le duc d'Orléans, témoin
oculaire de tout ce qui s'est passé, les a justifiés
auprès de S. M., & la lettre de cachet a été ré-

vaque, au grand contentement de quantité de
particuliers qui se sont mis entre leurs mains,
pour se faire inoculer.

27. *Mai.* M. de *Redmont*, lieutenant-général,
vient d'obtenir le cordon rouge. On crie beaucoup contre cette nomination arrangée du temps
du feu roi, à cause du passe-droit. M. de *Redmont*
est fort attaché à M. le duc d'*Aiguillon* : il étoit
avec lui à Saint-Cast, dans le moulin qui a
donné lieu au bon mot de M. de la *Chalotais*,
source de toutes les persécutions qu'il a essuyées
depuis.

28. *Mai.* La reine, étant dauphine, avoit témoigné son désir d'avoir une maison de plai-
sance à elle, où elle pût faire ce qu'elle voudroit. Sa majesté qui en étoit instruite, lui a
dit, il y a quelques jours : « Madame, je suis
en état de satisfaire à présent votre goût. Je
vous prie d'accepter pour votre usage particulier le grand & le petit Trianon. Ces beaux
lieux ont toujours été le séjour des favorites
des rois, conséquemment ce doit être le
vôtre. » La reine a été très-sensible à ce cadeau, & sur-tout au compliment galant par
où l'offre en été terminée. Elle a répondue au
roi, en riant, qu'elle acceptoit le petit, à condition qu'il n'y viendroit que lorsqu'il y seroit
invité.

28. *Mai.* Le sieur *Marin*, dans la gazette du
7 mai, fait un pompeux éloge de *Louis* XV :
il prétend que son regne sera célebre à jamais
au nombre de victoires, par l'*acquisition de
Lorraine.* On a trouvé qu'il étoit fort im-
prudent à ce gazetier de rappeller un pareil événement, & l'on craint que cette gaucherie ne

faſſe une ſenſation fâcheuſe ſur l'empereur, qui n'avoit pas beſoin qu'on lui remît ſous les yeux cette perte du patrimoine de ſes ancêtres, & qui la regrette chaque jour.

28 *Mai.* Le marquis de *Letoriere* eſt mort, & toutes les filles gémiſſent ſur la perte de ce *miroir à putains;* c'eſt ainſi qu'elles l'appelloient.

29 *Mai.* Malgré les projets de réforme dans les dépenſes dont on ſe berce, on parle de retraites accordées à deux écuyers (MM. de *Saint-Angel* & de *Montagnac*) qui ne ſemblent rien moins qu'économiques, puiſqu'on conſerve l'un 12,000 livres, & à l'autre 5,000 livres de penſion, avec quantité de valets & de chevaux entretenus.

29 *Mai.* M. de *Pontécoulans*, major des gardes-du-corps, du vivant de *Louis* XV, avoit eu le malheur de déplaire à madame la dauphine; & quoique l'objet fût léger, cette princeſſe avoit paru en recevoir beaucoup de mécontentement, au point d'avoir dit qu'elle ne l'oublieroit jamais. Lorſqu'elle eſt devenue reine, cet officier a craint que ſa majeſté ne tînt parole; & afin de prévenir tout déſagrément, il a pris le parti d'offrir ſa démiſſion. Il eſt allé trouver le prince de *Beauveau*, a verſé ſa douleur au ſein de ce capitaine des gardes, & lui a avoué le ſeul motif de ſon étrange démarche. Il lui a témoigné qu'il étoit au déſeſpoir de quitter le ſervice du roi, qu'il s'eſtimeroit trop heureux que ſa majeſté daignât lui donner un autre emploi, puiſqu'il ne pouvoit jouir du bonheur d'approcher de ſa perſonne. Ce ſeigneur s'eſt chargé de la démiſſion de M. de *Pontécoulans;* mais avant de la remettre au roi, il s'en

rendu chez la reine, & lui a exposé l'embarras
de ce major par l'appréhension de déplaire à sa
majesté dans l'exercice de ses fonctions. Cette
princesse a répondu avec la magnanimité si connue de *Louis* XII, qu'elle ne se ressouvenoit point
étant reine, des injures faites à madame la
dauphine, & qu'elle prioit M. de *Pontétoulans*
de l'imiter. L'ayant vu depuis, sa majesté lui a
répété la même chose, & cet officier enchanté
publie par-tout ce trait de grandeur d'ame.

30 *Mai*. Il paroît que la nomination du comte
de *Roucy* à la place de Mestre-de-camp, lieutenant du régiment de la reine, qu'a le marquis *Dubarri*, & que la reine vouloit faire passer au premier par un revirement, ne s'est point
effectuée, puisque M. de *Roucy* est nommé au
régiment Royal-Champagne. C'est sans doute
pour ne point donner un désagrément trop marqué à M. *Dubarri*, bon officier qui mérite des
égards, mais qui doit quitter son nom & porter celui de comte d'*Hargicourt*. L'échange, à
ce qu'on assure, aura pourtant lieu, mais seulement dans un an ou deux.

30 *Mai*. Une rixe survenue entre le marquis
de *Langeac*, fils de madame *Sabbatin*, & monsieur d'*Egreville*, est la matiere des conversations
& des plaisanteries de la cour & de la ville.
Le premier voudroit épouser la sœur du second.
Quelqu'un en parloit à M. d'*Egreville*, & lui
témoignoit sa surprise qu'il ne détournât pas la
veuve de son frere d'un pareil hymen. M. d'*Egreville* s'est défendu sur ce qu'il n'avoit aucune
autorité sur sa belle-sœur; en avouant cependant
que si la chose dépendoit de lui, il n'y consen-
tiroit pas, & se lâchant en propos désavantageux

fur le compte du futur beau-frère. Celui
inftruit du propos, étant à fouper chez fa m
avec M. d'*Egreville*, le provoqua de manière
lui faire fentir qu'il n'ignoroit pas ce qu'il av
dit ; la converfation s'eft échauffée là-deffus en
eux, & ils font fortis pour fe battre ; mais
s'eft trouvé des gardes des maréchaux de Fran
qui, comme apoftés-là, les ont arrêtés. L'affai
portée au tribunal, M. de *Langeac*, en quali
d'agreffeur, a été condamné à fix mois
prifon.

En général, on regarde cette aventure comm
un complot formé entre la mere & le fils. Madam
de *Langeac* vouloit que celui-ci eût l'air d'u
brave, qui ne fouffre point de mauvais propo
& cependant, graces aux précautions qu'el
avoit prifes, ne courût aucun rifque.

31 *Mai.* On a fait un calembour fur la po
tion où la cour fe trouve, ou, pour mieux dir
fur celle des perfonnages les plus puiffants de
vieille cour ; le voici :

Les barils s'enfuient,
L'aiguillon ne pique plus,
La vrille eft ufée,
Le pouls eft lent.

1 *Juin* 1774. On cite le préambule de l'éd
portant remife du droit de joyeux avénement
comme un morceau d'éloquence remarquable.

« Affis fur le trône où il a plu à Dieu d
» nous élever, nous efpérons que fa bonté fou
» tiendra notre jeuneffe, & nous guidera dan
» les moyens qui pourront rendre nos peupl

héureux. C'eſt notre premier déſir ; &, con-
noiſſant que cette félicité dépend principalement d'une ſage adminiſtration des finances,
parce que c'eſt elle qui détermine un des
rapports les plus eſſentiels entre le ſouverain
& ſes ſujets. C'eſt vers cette adminiſtration
que ſe tourneront nos premiers ſoins & notre
premiere étude. Nous étant fait rendre compte
de l'état actuel des recettes & dépenſes, nous
avons vu avec plaiſir qu'il y avoit des fonds
certains pour le paiement exact des arrérages
& intérêts promis, & des rembourſements
annoncés, & conſidérant cet engagement
comme une dette de l'état, & les créances
qui les repréſentent comme une propriété au
rang de toutes celles qui ſont confiées à notre
protection, nous croyons que notre premier
devoir eſt d'en aſſurer le paiement exact. Après
avoir ainſi pourvu à la ſureté des créanciers
de l'état, & conſacré les principes de juſtice
qui feront la baſe de notre regne, nous de-
vons nous occuper de ſoulager nos peuples
du poids des impoſitions ; mais nous ne
pouvons y parvenir que par l'ordre & l'économie. Les fruits qui doivent en réſulter ne
ſont pas l'ouvrage d'un moment, & nous
aimons mieux jouir plus tard de la ſatisfaction de nos ſujets, que de les éblouir par des
ſoulagements dont nous n'aurions pas aſſuré
la ſtabilité. Il eſt des dépenſes néceſſaires
qu'il faut concilier avec l'ordre & la ſureté
de nos états. Il en eſt qui dérivent de libé-
ralités, ſuſceptibles *peut-être* de modération,
mais qui ont acquis des droits dans l'ordre
de la juſtice par une longue poſſeſſion, &

» qui, dès-lors, ne préfentent que des éco…
» mies graduelles ; il eſt enfin des dépenſes q…
» tiennent à notre perſonne & au *faſte* de not…
» cour : ſur celles-là nous pouvons ſuivre pl…
» promptement les mouvements de notre cœur…
» & nous nous occupons déjà des moyens…
» les réduire à des bornes convenables. De te…
» ſacrifices ne nous coûteront rien, dès qu'i…
» pourront tourner au ſoulagement de nos ſ…
» jets ; leur bonheur fera notre gloire, & …
» bien que nous pourrons leur procurer, ſe…
» la plus douce récompenſe de nos ſoins & …
» nos travaux. Voulant que cet édit, le premi…
» émané de notre autorité, porte l'emprein…
« de ces diſpoſitions, & ſoit comme le gage …
» nos intentions, nous nous propoſons …
» diſpenſer nos ſujets du droit qui nous eſt d…
» à cauſe de notre avénement à la couronne…
» c'eſt aſſez pour eux d'avoir à regretter u…
» roi plein de bonté, éclairé par l'expérienc…
» d'un long regne, reſpecté dans l'Europe p…
» ſa modération, ſon amour pour la paix, …
» ſa fidélité envers les traités, &c. »

2 *Juin.* Il s'eſt élevé une conteſtation à …
Muette entre les gardes-du corps & les chefs d…
brigade : ces derniers ont prétendu qu'un gard…
du-corps en ſentinelle devoit ſe mettre ſous l…
armes à leur paſſage, & ſur le refus fait par u…
de ces meſſieurs, il a été envoyé aux arrêts, pu…
ſucceſſivement les autres qui l'ont remplacé…
prétendant ne devoir rendre cet honneur qu'…
capitaine. Comme l'on a jugé que c'étoit u…
parti pris par tout le corps, l'affaire a été port…
au roi, qui y ſtatuera. Il paroît que juſqu…
préſent l'uſage a été pour MM. les gardes-…

corps, & que la demande des chefs de brigade
est une innovation dans ce service.

3 *Juin*. Extrait d'une lettre de Londres, du
5 mai 1774. Les Anglois font très-fâchés du
changement de regne. Plusieurs feigneurs d'entre
eux ont entendu le jeune prince fe plaindre du
peu de confidération que notre nation avoit pour
la nation françoife, & promettre de la relever
de fon avilifiement. Votre monarque pafie ici
pour entier dans fes réfolutions, pour économe,
pour opiniâtre; il pourroit lui prendre envie de
guerroyer, & nous ne nous en foucions nullement;
d'ailleurs du train dont il y va, le défordre de
fes finances fera bientôt moindre que celui des
nôtres; en un mot, nous fommes fort inquiets;
& nous obfervons avec attention fes premieres
démarches....

5 *Juin*. Depuis l'avénement du roi au trône,
& l'expulfion de madame *Dubarri*, on avoit
parlé de l'exil de madame de *Langeac*, maîtrefie
de M. le duc de *la Vrilliere*, à laquelle ce dernier avoit paru renoncer, pour fe conformer à
la décence des mœurs de la nouvelle cour; mais
la vérité de ce premier bruit ne s'eft pas réalifée,
& pour mieux le démentir, cette dame avoit
afiecté de fe promener fur les boulevards, & de
fe faire voir autant qu'elle avoit pu. On a fu
depuis l'aventure du comte de *Langeac*: elle en
a été fi piquée qu'elle a envoyé un cartel à monfieur d'*Egreville*, où elle lui offre de prendre
querelle de fon fils en prifon, & de fe battre
au piftolet. L'adverfaire a ri du défi, & a préfenté la lettre aux maréchaux de France. La marquife de *Langeac* ne s'eft pas contentée d'une
pareille folie, elle a eu l'infolence d'écrire au tri-

bunal d'une manière très-impertinente. Le tribunal
a envoyé la lettre au roi, & madame de Langeac a reçu ordre de se tenir à une certaine dis-
tance de la cour, que la lettre de cachet fixe,
dit-on, à cinquante lieues. On assure que cette
dame est près de Caen. Le duc de la *vrillière*
depuis ce temps ne cesse de pleurer comme un
enfant, & l'on ne doute pas que cette imbécillité ne mette le comble à sa disgrâce. On prétend que s'il ne donne promptement sa démission,
il aura l'ordre de le faire.

5 *Juin.* C'est demain que sa majesté reçoit ce
qu'on appelle *les révérences.* Elle se met sous son
dais, & toutes les femmes présentées, ainsi que
les hommes, se rendent à la cour; les premières
en grand voile; les autres en long manteau; &
l'on passe ainsi devant le monarque avec le cérémonial usité. Mardi sa majesté reçoit les am-
bassadeurs.

7 *Juin.* M. le maréchal duc de *Broglio*, &
le maréchal duc de *Brissac* étoient avec le roi
lorsque le comte de *Noailles* est venu faire sa
cour au roi; & comme ce seigneur est fort em-
piétant, il avoit insensiblement pris le pas sur
les maréchaux, & s'étoit insinué très-près de
sa majesté, sur quoi elle lui a dit: « Monsieur
» de Noailles, prenez garde, vous laissez derrière
» vous vos anciens. »

8 *Juin.* Le sieur *Pierre Rousseau* de Toulouse,
auteur du *journal encyclopédique*, avoit entrepris
depuis quelques années à Bouillon, une *gazette
des gazettes*, qui se publioit de quinzaine en
quinzaine, & embrassoit le résumé de toutes les
nouvelles de l'Europe. Dans cet intervalle les
auteurs du *journal historique & politique*, entre-

pis sur le même plan & sous les auspices du
ministre des affaires étrangeres, ont jalousé le
premier : on a profité de l'imprudence qu'il a
de parler avec trop de complaisance de l'évêque de Rennes, de son procès avec M. de *Verdun*,
& ses discussions avec le parlement de Bretagne ; on a fait valoir aux yeux du duc d'*Aiguillon* les louanges qu'il prodiguoit au premier,
comme injurieuses à ce ministre, ennemi personnel de l'abbé de *Girac*, le prélat en question,
ainsi qu'au parlement maltraité dans ses mémoires. On a échauffé l'animosité de cette compagnie : en conséquence, arrêt condamnant le
cahier du journal du sieur *Rousseau*, où il rend
compte de cette affaire, à être lacéré & brûlé par
la main du bourreau. L'arrêt exécuté à Rennes,
au mois de janvier, par suite, l'introduction de
son ouvrage étoit défendue en France. Cet auteur s'est remué de son mieux, est venu s'établir à Paris pour solliciter la liberté de son journal ; enfin ne pouvant rien gagner, il a menacé le duc d'*Aiguillon* de donner à son affaire
plus grande publicité, de dévoiler les menées sourdes qu'on avoit employées, & toutes
les passions qu'on y mettoit en jeu. Le ministre,
afin de sévir contre ce malheureux auteur, s'est
rendu à ces dernieres réquisitions ; il venoit de
permettre de nouveau l'introduction du *journal
encyclopédique*, lorsqu'il a été disgracié

18 *Juin*. S. M. est allée avant-hier passer quelques
heures à Versailles, pour assister à la levée des
scellés : on a été fort surpris de ne trouver que
dix-sept mille louis en or, faisant 408,000 liv.
On compte pour vingt-deux millions d'effets en
papier.

Il s'est trouvé un testament daté de 176.
qui contient des dispositions pieuses, entre a
tres, une recommandation d'être enterré simpl
ment. Sa majesté donne ses entrailles au chap
tre de Notre-Dame.

Du reste, elle legue 200,000 livres de rent
à chacune de ses filles, outre leur maison en
tretenue. Les 200,000 livres de la première
qui mourra, se partageront par égale portio
entre les deux autres pour en jouir chacune leu
vie durant sans aucun accroissement.

Sa majesté legue ses joyaux, diamants, bi
joux propres à elle & à son usage, à ses en
fants nationaux & étrangers, à partager par égal
portion.

On ne dit point que sa majesté donne aucun
marque de souvenir aux différents seigneurs qu
étoient dans son intimité.

On ajoute qu'elle legue 500,000 livres un
fois payées à chacun de ses bâtards, dont le nom
bre est considérable.

Du reste, il s'est trouvé beaucoup de papiers,
même des lettres encore cachetées que sa majest
a fait serrer, n'ayant pas le temps de visiter le
tout.

On comptoit que M. le duc de la *Vrillière*
donneroit sa démission après la levée du scellé
mais il ne veut pas y entendre, & pleure comme
un enfant.

8 *Juin.* Ce n'est que le petit Trianon que le roi
a donné à la reine pour en jouir. Le premier usage
que sa majesté en a fait, a été d'y recevoir son
auguste époux. Le jour de la levée des scellés,
elle lui a donné à dîner en ce charmant séjour
ainf

ainſi qu'à la famille royale. Il a changé de nom & ſe nomme aujourd'hui *le petit Vienne*.

11 *Juin.* Extrait d'une lettre de Nantes, du 6 huin 1774. La nouvelle de la retraite de M. le uc d'*Aiguillon* ſe répand dans cette province, et cauſe une grande ſenſation : il a beaucoup d'ennemis à Nantes, & quelques partiſans, qui ne s'attendoient pas à l'événement ; le comte de *Maurepas* ayant aujourd'hui la confiance du roi, & une ſi grande influence dans les affaires.

Les grands changements qu'on m'avoit annoncé faits dans cette ville par l'ancien commandant, & qui ont ſi fort fait crier, ne me ſemblent pas l'avoir embellie, au point de me la faire méconnoître depuis vingt-cinq ans que je ne l'avois vue. A l'exception de quelques quais encore imparfaits, qui ne ſe prolongent même pas tout le long de la riviere du côté de la ville ; à l'exception de quelques belles maiſons répandues ſur ces quais & dans l'iſle Feydeau ; à l'exception d'une place commencée, & qui n'eſt décorée qu'en partie de bâtiments devant en former le pourtour, j'ai retrouvé la même ville qui n'approche pas, à beaucoup près, de Bordeaux.

12 *Juin.* C'eſt aux Bergeries qu'eſt reléguée madame la marquiſe de *Langeac.* M. le duc de la *Vrilliere* continue à pleurer ſur cette cruelle ſéparation.

12 *Juin.* Il paroît une piece infame contre le feu roi. C'eſt une *oraiſon funebre de Louis le Blâtier.* Sous ce mot de *Blâtier*, on entend un facteur de bleds ou revendeur, qui tranſporte cette denrée ſur des chevaux d'un marché à l'autre, ſuivant l'endroit où il compte gagner le plus.

On fent tout ce qu'a de diabolique cette dénomination méprifante. Quant à la piece, il y a
des vérités fans doute, mais énoncées d'une
façon trop hardie pour le moment. Il faut laiffer
à l'hiftoire le foin de les dire fur le ton & de la
maniere qui lui convient.

12 *Juin*. M. de *Voltaire* a vu le monarque
défunt fous un coup d'œil plus favorable que
tant de fatiriques. Il fait vendre fon éloge. Il
avoit autrefois compofé un panégyrique de
Louis XV; il l'étend & le complete aujourd'hui.
M. le chancelier n'eft pas oublié dans cette brochure, & le philofophe de Ferney ne peut fe
laffer d'admirer ce génie deftructeur & répara-
teur.

13 *Juin*. Le roi a finguliérement bien profité
des leçons de marine que lui a données M. le
comte d'*Oify*, capitaine des vaiffeaux de fa majefté, & il défole M. de *Boynes* toutes les fois
que celui-ci travaille avec le monarque. Il lui
fait fans ceffe des queftions auxquelles ce miniftre, qui de fa vie n'avoit rien connu à la
marine avant fon miniftere, ne peut répondre.
On préfume qu'il ne tardera pas à donner fa
démiffion : en général, il fera peu regretté.

14 *Juin*. Depuis plufieurs années des architectes ont profité des moyens offerts par des
artiftes de foutenir & même d'enlever des parties
de batiments que l'on a transférées à des dif-
tances de plufieurs toifes, fans qu'elles aient
été endommagées. La ville vient d'employer ce
moyen pour relever la maffe d'une fontaine
publique proche les petits Peres de la place des
Victoires, qui étoit baiffée de treize pouces, &
qui a été remife dans fon à-plomb.

13 *Juin.* On parle beaucoup du discours du
ˈˈˈˈ de *Nogueres*, barnabite, curé de Passy,
ˈˈˈˈé au roi le 2 juin, jour de la Fête-Dieu,
ˈˈˈque ce prince est venu à la paroisse. Le re-
ˈˈˈeux a profité de la circonstance pour déployer
ˈˈ art oratoire. Il prétend que la religion seule
ˈˈ les grands monarques. Cette assertion placée
ˈˈurellement dans sa bouche, est trop haute-
ˈˈˈnt démentie par des exemples anciens &
ˈˈdernes, pour n'être pas regardée comme
ˈˈˈrée à l'excès.

ˈˈ5 *Juin.* Il avoit d'abord été question d'ino-
ˈˈˈer les freres du roi seulement ; sa majesté a
ˈˈulu être de la partie, & depuis le 10 de ce
ˈˈois ils sont tous trois dans le régime prépara-
ˈˈˈre de l'opération. C'est le sieur *Richard*, sur-
ˈˈˈmmé en ce moment, *Richard sans peur*, qui
ˈˈˈa l'insertion ; mais il a mis pour condition que
ˈ majesté n'admettroit à sa suite aucun autre
ˈˈˈdecin, & suivroit exactement tout ce qu'il lui
ˈˈescriroit. Ainsi tout se dispose pour l'événe-
ˈˈent. Il alarme les bons citoyens, peu éclairés
ˈˈ la méthode en question. A la seule nouvelle
ˈ l'inoculation future du roi, les effets royaux
ˈˈnt tombés extraordinairement.

ˈˈ5 *Juin.* L'enthousiasme au sujet du nouveau
ˈˈˈne continue à se manifester, soit par la sa-
ˈˈˈe du regne précédent, soit par des acclama-
ˈˈˈns sur l'actuel. C'est ainsi qu'à Saint-Denis,
ˈˈ pied du cercueil de *Louis XV*, on a trouvé
ˈˈˈscription *hìc jacet, Deo gratias* ; & à la statue
ˈ *Henri IV* sur le Pont-neuf, ce mot *Resur-*
ˈˈˈit.

ˈˈ6 *Juin.* M. le duc de *la Vrilliere* persiste à
ˈˈ point vouloir quitter ; il se rassure même &

L 2

prétend que sa majesté lui a dit qu'il resteroit
tant que sa santé lui permettroit de lui rendre
des services. Cette obstination a donné lieu à
un vaudeville très-malin & fort bien fait sur
un air des *vieillards*, tiré du ballet de l'*Union
de l'Amour & des Arts*. Il fait fortune ; & comme
ce ministre est détesté, il est couru avec beaucoup d'empressement.

17 *Juin*. Il court une lettre du comte *Jean*
(*Dubarri*), qu'on suppose écrite de Suisse, où
il s'est réfugié. Il y rend compte de son désastre, de sa fuite, de sa retraite ; il fait un pa-
rallèle piquant des mœurs du pays où il vit
avec celles de Paris ; il regrette cette derniere
ville, pleine de ressources pour les gens indus-
trieux comme lui ; au lieu qu'il n'en voit aucune
où il est. Il fait quelques réflexions sur sa belle
sœur, & finit par philosopher sur les vanités de
ce monde. Cet écrit qu'on ne peut raisonnablement croire authentique, n'en est pas moins
agréable, & contient des anecdotes curieuses : il
est encore rare.

17 *Juin*. Madame la marquise de *Langeac* est
décidément aux Bergeries chez madame de *Sou-
vré* : un de ses fils, chevalier de Malte, a la
petite vérole, & l'on ne voit pas qu'elle s'empresse
de venir à son secours ; ce qui fait présumer
qu'elle n'ose pas reparoître à Paris.

19 *Juin*. Le sieur *Desportes*, peintre de fleurs,
de fruits, d'animaux & d'autres objets de la
nature muette, est mort il y a quelques jours.
Il étoit de l'académie, & exposoit réguliére-
ment au salon.

19 *Juin*. Le roi a été inoculé hier à Marly,
ainsi que les princes ses freres. Cet événement

occasionne de nouvelles discussions sur cette méthode, qui trouve encore nombre de contradicteurs en France ; mais rien n'a ébranlé le monarque.

20 *Juin*. M. de *la Harpe* n'a pas voulu rester muet dans une aussi belle occasion de déployer ses talents : il a embouché la trompette, & adressé une épître héroïque à *Louis XVI* sur son édit de mai, enrégistré le 30 dudit mois.

20 *Juin*. Le projet avoit été d'inoculer aussi madame *Clotilde* & madame *Elisabeth* ; mais la première ayant montré de la répugnance à l'être, le roi s'est rendu à ses instances. Madame la comtesse d'*Artois* l'a été à Marly.

21 *Juin*. A présent que les *Dubarri* sont rentrés dans la classe ordinaire des autres sujets de la majesté, toutes les langues se délient sur leur compte. On voit une généalogie d'eux fort exacte, qui ne remonte pas loin, & fixe les opinions diverses qu'on avoit à cet égard. Il en résulte que ce sont des gens de rien, qui, profitant de quelque ressemblance de nom, ont voulu s'enter sur une meilleure famille d'abord, & enfin sur une beaucoup plus ancienne & plus illustre.

21 *Juin*. M. le comte *du Muy* semble prendre beaucoup auprès du jeune roi, & l'on parle de le faire bientôt ministre, c'est-à-dire, de lui donner entrée au conseil. Comme les bureaux sont toujours restés à Versailles depuis les divers voyages de sa majesté, il s'y tient principalement. On assure qu'il s'occupe à mettre la dernière main aux ordonnances que faisoit rédiger M. le duc d'*Aiguillon*, d'après le système du baron de *Pirch*.

21 *Juin*. Les comédiens françois se disposoient

L 3

à jouer le *vindicatif*, espece de tragédie bour-
geoise, ou drame en cinq actes, par M. *Gastel
Dudoyer*. Une maladie survenue au sieur *Montvel*,
un des principaux acteurs de cette piece, en
retarde la premiere représentation.

Les Italiens annoncent aussi une nouveauté
pour samedi : c'est une petite comédie en deux
actes mêlée d'ariettes, intitulée *Perrin & Lucette*.
Elle est du sieur d'*Avesne*, quant aux paroles.

22 *Juin*. La réception de l'abbé *de Lille* est
encore retardée. L'académie veut attendre à
présent l'événement de l'inoculation. C'est toujours une petite perte pour le nouvel élu, qui
ne recueille pas de jetons jusqu'à ce qu'il ait été
installé solemnellement dans le fauteuil. Il y a
apparence que M. *Suard*, à force de délais, sera
reçu le même jour, étant déjà élu depuis près
d'un mois.

23 *Juin*. L'opéra se dispose aussi à donner une
nouveauté, *le Carnaval du Parnasse* étant extrêmement usé & peu suivi. On parle de jouer
l'*Orphée*, du chevalier *Gluck*.

24 *Juin*. M. de *Voltaire*, qui se joue de la
vérité depuis si long-temps, nie aujourd'hui
l'*Eloge de Louis XV*, comme lui étant faussement
attribué : il dit qu'il a été prononcé dans l'académie de Valence par M. *Chambon*, qu'il en a
trouvé par hasard deux exemplaires à Geneve,
où *Louis XV* est fort regretté, & *Louis XVI* adoré;
& qu'il les envoie à son ami. Ce ne sera pas
une petite peine pour les *Saumaises* futurs de
débrouiller le chaos de mensonges & de con-
tradictions que ce singulier philosophe a répandu dans l'histoire de notre littérature moderne.

25 *Juin.* L'*Agriculture*, poëme en six chants par le préfident de *Roffet*, dont on a annoncé, il y a quelques mois, l'impreffion exécutée au Louvre, paroît depuis peu de temps, & ne répond pas à la magnificence de cet appareil typographique. Tout en eft beau, papier, dorure, caractere, hormis les vers. Cet ouvrage eft en fix chants : c'eft une énumération longue, minutieufe & feche de tous les travaux de la campagne, fans aucune fiction, fans aucun épifode agréable. L'auteur s'eft piqué de n'omettre aucun détail, de nommer tous les inftruments, & de prouver qu'on pouvoit faire entrer dans la poéfie ce qu'on vouloit. C'eft réellement un amas de préceptes fort bons à pratiquer ; mais c'eft un déteftable poëme qui ne fera lu de perfonne, parce que les agriculteurs favent tout ce qu'il contient, & les amateurs de la belle poéfie ont quelque chofe de mieux à faire. Il y a auffi des notes inftructives. On peut le regarder comme le pendant du poëme de la peinture de M. *Watelet*, pour le fcientifique & l'ennui.

25 *Juin.* On commence à diftribuer depuis hier des bulletins concernant l'inoculation du roi, des princes fes freres, & de madame la comteffe d'*Artois :* on ne peut traiter la chofe plus gaiement.

On affure que pendant ce temps, les miniftres viendront travailler chez M. le comte de *Maurepas*, & que celui-ci feul rendra compte au roi : ce qui ne plaît pas à meffeigneurs.

26 *Juin.* Avant-hier, pour la premiere fois de l'année, on a ouvert le *colifée*. Afin d'attirer mieux le public, outre les places de trente fous, on en annonce de douze fous pour ceux qui

feront feulement curieux de voir les petits fpectacles qu'on y montrera dans le cirque, comme
joûtes, feux d'artifice, &c. Dans les affiches,
on publie qu'il fera ouvert toutes les fêtes & di-
manches ; ce qui fait préfumer une feconde fois
la fufpenfion du Wauxhall de *Torré*, ou fa
réunion avec les directeurs du coliſée.

27 *Juin*. Depuis long-temps on favoit qu'il
y avoit une nouvelle édition de la correfpondance, imprimée fous le titre de *Maupeouana*,
ou *Correfpondance fecrete & familiere du chancelier Maupeou, avec fon cœur Sorhouet, membre
inamovible de la cour des pairs de France, en
deux parties, imprimées à la chancellerie* ; mais
on n'ofoit la répandre, foit à caufe du nouveau tribunal alors occupé à févir contre les
auteurs, colporteurs & diftributeurs de cet ouvrage, foit pour ne pas aigrir les efprits, dans
l'efpoir d'un raccommodement.

Cette brochure paroît aujourd'hui en deux
volumes in-12. Chacun eft précédé d'un fron-
tispice ou d'une eftampe repréfentant un affaf-
finat différent, prétendu commis par un *Maupeou.*

27 *Juin*. M. le comte *du Muy*, le nouveau
miniftre de la guerre, eft en général très-peu
agréable à l'infanterie depuis le jugement du
confeil de guerre de Lille, auquel il préfidoit,
& où l'on prétend que les formes ont été vio-
lées. D'ailleurs fon exceffive & minutieufe dévotion ne peut guere lui laiffer fuppofer l'étendue
de génie néceffaire pour occuper avec diftinction
une femblable place.

28 *Juin*. On voit une eftampe qui repréfente
le fieur *Linguet*, gravée dans la maniere du

Sr. *Cochin*. Il tient en main un livre ouvert, intitulé *Plaidoyer de Morangiès*. A ses pieds sont *Platon*, *Démofthene*, &c.; au bas est cette légende : *Patrono fuo dicat Morangiès*. On assure que ce n'est point une caricature, que c'est un monument élevé de bonne foi par le maréchal-de-camp à son défenseur, & que l'ouvrage a été commandé au sieur de *Saint-Aubin*, peintre, auteur de ce dessin. Les partisans même du comte trouvent ce genre de reconnoissance bien bas & bien fou.

29 *Juin*. Mesdames ont eu la petite vérole depuis le feu roi leur pere, & s'en sont mieux tirées qu'on ne comptoit ; la plupart de ceux qui l'ont gagné de ce monarque en étant morts. Elles sont si bien aujourd'hui, qu'elles se sont rendues dimanche à Marly ; la faculté a décidé qu'il n'y avoit plus aucun mouvement à ce qu'elles se réunissent à la cour.

30 *Juin*. Ce qu'on avoit prévu est arrivé, madame de *Giac*, ci-devant duchesse de *Chaulnes*, est déjà séparée de son nouvel époux.

30 *Juin*. Le duc de *Chartres* n'a point quitté leurs majestés depuis l'inoculation du roi : le duc d'*Orléans* s'est tenu à *Saint-Cloud*, d'où il est allé fréquemment à Marly. Il paroît que les augustes inoculés ont été très-ménagés, qu'il y a eu peu de boutons ; ce qui fournit nouvelle matiere à la critique. On dit que cette petite vérole artificielle est trop légere.

1 *Juillet* 1774. On peut se rappeller que dans le quatrieme mémoire du sieur de *Beaumarchais*, il y a un épisode concernant ses aventures d'Espagne, que tout le monde a jugé très-romanesque. Un auteur l'a trouvé propre à en

L 5

compofer un drame en trois actes : il a exécuté
ce projet, & a eu peu de chofe à y mettre du
fien. Il l'a fait jouer fur un théâtre particulier
à la barriere du Temple. La piece a paru intéreffante, & l'on en a été fi content qu'on en a
donné une feconde repréfentation. Le fieur de
Beaumarchais y affiftoit, & a fixé tous les regards.

2 *Juillet.* On attribuoit la lettre du comte
Dubarri au chevalier de *Boufflers*. Il y a apparence que ce feigneur eût imaginé quelque chofe
de plus plaifant fur un fujet qui prêtoit autant.
Il eft plus à préfumer qu'elle eft de l'avocat
Marchand, dont le pinceau naturellement lourd
& groffier doit être encore affoibli par l'âge.

2 *Juillet.* L'hiftoire de l'inoculation du roi &
des princes fes freres eft abfolument finie. On a
donné le 30 juin le dernier bulletin ; mais en
général on eft peu content du fuccès, en ce qu'il
n'y a eu qu'une petite quantité de boutons, &
l'on veut que fa majefté en ait elle-même beaucoup d'humeur, parce qu'elle n'eft pas pleine-
ment raffurée, comme elle l'eût été dans le cas
contraire. Le fieur *Jauberthon*, qui a fait la pi-
quure comme chirurgien, ne s'eft prêté qu'à
regret à être un inftrument aveugle dans une
opération où il a coutume d'être en chef, qu'il
ne fait qu'après les plus grandes précautions, &
un exmen complet du fujet qu'il inocule.

3 *Juillet.* On a donné hier la premiere repréfentation du *Vindicatif*, drame en cinq actes & en vers.
On eft fi accoutumé à voir aujourd'hui des monf-
tres fur la fcene, que celui-ci n'a pas produit la
même horreur qu'il auroit caufée autrefois. Mais
ce qu'on n'auroit jamais imaginé, & ce qui a

émerveillé tout le monde, ç'a été de voir ce premier rôle entre les mains & de qui?.... du sieur *Préville*. Un valet dont le masque seul est risible, faire le *vindicatif* ! On n'en pouvoit revenir. Aussi a-t-il été très-souvent hué : du reste, le caractere est bas, vil, atroce, & l'un des plus détestables qu'il y ait dans aucune piece. Nulle intelligence de la scene dans celle-ci. Quelques beautés au quatriéme acte d'un genre très-ordinaire, mais fortement prononcées par le sieur *Molé*, ont favorisé les exclamations & les battements de mains de la cabale protec-trice, & ont subjugué un moment quelques en-thousiastes ; mais le cinquieme les a rétablis dans leur premiere tranquillité.

Lorsque le sieur *Molé* est venu pour annoncer la seconde représentation, on a beaucoup ap-plaudi avant qu'il parlât : mais on a crié du parterre, *pour Molé !* & l'on a eu grand soin de faire entendre que c'étoit à l'acteur qu'on en vouloit. Cependant le *vindicatif* est affiché pour lundi.

4 Juillet. On s'entretient d'une autre plaisan-terie imprimée sous le nom du comte *Dubarri*. Ce sont des lettres écrites par ce personnage obligeant aux différents souverains de l'Europe, où il leur offre ses services, & les réponses qu'il en reçoit. On dit que cela est gai, ma-lin, & que le génie de l'homme, ainsi que celui de chaque potentat, auquel on le fait s'a-dresser, y est bien peint.

4 Juillet. M. *Dudoyer* pour se donner plus de temps de faire à loisir les corrections très-grandes qu'on exige à son drame, l'a fait re-mettre jusqu'à mercredi.

L 6

4 *Juillet.* M. le comte de *Broglio* eſt rappellé
de ſon exil.

5 *Juillet.* Le réglement qu'on avoit fait pour
la librairie, ſuivant lequel, outre la permiſſion
donnée ſur le manuſcrit, il en falloit une ſeconde d'après le premier exemplaire imprimé,
n'a point lieu: on y a trouvé de ſi grands inconvénients qu'il n'a pu s'exécuter, & qu'il a
fallu y renoncer au grand contentement des auteurs & des libraires.

5 *Juillet.* La jeune cour s'amuſe beaucoup à
Marly & de choſes très-ſimples & peu diſpen-
dieuſes: par exemple, la reine a voulu eſſayer
du cabriolet & le conduire elle-même: on l'a
vu s'exercer avec beaucoup de graces aux diverſes évolutions de cette voiture légere qui, pour
ne pas perdre ſon à-plomb, exige une adreſſe
ſinguliere. Sa majeſté étoit précédée d'un
ſimple officier des gardes-du-corps. Ce ſpectacle
étonnoit les vieux courtiſans qui n'avoient point
encore vu une reine en cabriolet. En général,
qu'aujourd'hui ſouveraine & maîtreſſe de ſes
actions, celle-ci peut ſuivre ſon averſion pour
les longueurs & l'ennui de la gêne; elle s'aſſer-
vira peu à l'étiquette qu'elle avoit déjà ſecouée
étant dauphine. Du reſte, S. M. aimera les ſpectacles, les fêtes, les plaiſirs de ſon âge, à meſure
que les diverſes nuances du deuil s'éclairciront.
Quant au roi, ce prince d'un caractere auſtere,
déjà d'une raiſon mûre, ne prendra que les
divertiſſements propres à conſerver ſa ſanté, à
la fortifier & à la délaſſer des fatigues du trône.
Voilà ce que jugent ceux qui ont l'honneur d'approcher de leurs majeſtés.

7 *Juillet.* Suivant l'uſage moderne, le *Vm*

dicatif s'eſt relevé fortement hier, & eſt monté juſqu'aux nues, au moyen des forces con-
fédérées que l'auteur a miſes ſur pied & dont
il a gourmandé le parterre ; ce qui n'empéchera
point cette piece, dont on n'a retranché que des
longueurs, d'être conſtamment déteſtable.

7 Juillet. Depuis long-temps on trouve mauvais que l'académie d'architecture ſoit ſéparée
de celle de peinture & de ſculpture. Un architecte ne differe du maçon qu'en ce qui le rap-
proche du deſſinateur, du peintre & du ſculpteur.
C'eſt par la partie de la décoration qu'il peut
prétendre au génie & conſéquemment à la gloire.
De cette déſunion il naiſſoit un inconvénient
très-grand ; c'eſt que les chefs de l'académie de
peinture ne laiſſoient expoſer au ſalon que les
architectes qui étoient membres de leur académie ; ce qui ne produiſoit aucune émulation
dans celle d'architecture. On aſſure que monſieur l'abbé *Terrai*, depuis qu'il eſt miniſtre de
toutes ces parties, par la place de directeur-gé-
néral des bâtiments qu'il occupe, ſonge ſérieu-
ſement à ne faire qu'une ſeule & même académie des deux.

On veut encore que par une ſévérité très-
louable, il ordonne que les artiſtes qui n'auront point expoſé pendant un ou deux ſalons,
ſans cauſe légitime, ſeront rayés du tableau.

Il arriveroit de la réunion de l'académie d'architecture, que déſormais les monuments publics ſeroient ſoumis à la cenſure des connoiſſeurs, amateurs & autres, par un concours dont
il ne pourroit réſulter que des monuments plus
parfaits.

9 Juillet. On a cité le diſtique ſuppoſé trouvé

à la statue de *Henri* IV, à l'occasion du mot *so* *resurrexit* qu'on y avoit mis précédemment. *n* C'est un M. *du Mersans* qui en est l'auteur ; *n* comme il a été fort altéré par la tradition, *o* le voici tel qu'il a été enfanté.

O *Henri* ressuscité j'approuve le bon mot !
Mais, pour m'en assurer, j'attends la poule au pot.

Il ne faut pas oublier de faire aussi mention *s* d'un genre de tabatiere qui, dans l'histoire de nos *s* modes, doit faire époque, & caractérise le génie *s* du siecle, & la façon générale de penser sur la *o* mort du feu roi. On les appelle *une consola- tion dans le chagrin*, parce qu'elles sont de chagrin noir, à raison du deuil, & qu'on y incruste le portrait du roi & de la reine.

9 *Juillet*. On a oublié de parler de l'affaire de M. le comte de *Menou* : elle a été jugée au présidial de Nantes, & il a gagné, il y a plus d'un mois, son procès contre M. le che- valier de *Foucault*.

10 *Juillet*. Madame la comtesse de *valentinois*, dame d'honneur de Madame, qui vient de mourir, a été remplacée par madame la du- chesse de *la Vauguyon*, dame d'atours. Le testa- ment de la premiere fait bruit, à cause de sa singularité. Elle semble avoir voulu exclure toute sa famille de sa succession : elle a institué sa légataire universelle madame la marquise de *Fitzjames* : elle fait don de sa belle maison de Passy à M. le comte de *Stainville*, & charge de son exécution testamentaire Me. *Baudot*, célebre procureur & son homme de confiance, auquel

le laiſſe 10,000 livres de rentes viageres, dont
5,000 livres reverſibles ſur la tête de qui il vou-
dra. Elle laiſſe 2,000 écus de rentes à ſon notaire, & beaucoup d'autres legs.

10 *Juillet*. La conteſtation élevée au château
de la Muette, a provoqué une ordonnance concernant les gardes-du-corps du roi, qui va paroître. On y fixe un traitement aux chefs de
brigade & pluſieurs points relatifs à la confection de ce corps, ainſi qu'au ſervice.

10 *Juillet*. M. le comte de *Broglio* eſt arrivé
cette nuit, & ſe diſpoſe ſans doute à beaucoup
intriguer ſuivant ſon génie tourné fort de ce
côté-là.

10 *Juillet*. L'inſtruction proviſoire pour l'infanterie françoiſe, rédigée d'après les principes du
baron de *Pirch*, eſt publique depuis quelques
jours. M. le maréchal duc de *Biron*, & meſſieurs les inſpecteurs, après la confection de
cet ouvrage, ont écrit une lettre au miniſtre
pour qu'il ſoit accordé des graces au baron de
Pirch qui en eſt l'auteur, & aux différentes
perſonnes qui y ont concouru.

12 *Juillet*. L'eſtampe dont on a parlé, eſt
ainſi compoſée. Elle a d'abord pour titre *le retour du parlement*. On y voit la juſtice prête
à rendre ſes jugements, aſſiſe ſur un cube, ſous
un palmier, ſymbole de ſtabilité & de paix,
tenant ſur ſon bras droit le buſte du roi cou-
ronné d'olivier. Au haut eſt cette inſcription :
Regi pacificatori: au roi pacificateur. Appuyé ſur
un bouclier, le faiſceau à côté, elle porte de
l'autre main la balance & l'épée enlacées d'un
rameau d'olivier : auprès d'elle, la couronne
royale eſt poſée ſur le globe de la France, &

le flambeau du fchifme fous fes pieds. On li
fur le bouclier où eft gravé un calice: *ob leg*
& S. S. Can. ferv. Pour la confervation des lois
& des faints canons. Enfin au bas de la gravur
eft cette autre infcription : *juftitia redux.* IV
Sept. M. DCC. LIV. *Le retour du parlement*, i
4 *feptembre* 1754.

Enfuite eft un petit médaillon repréfentan
le duc de *Berry* dans fes langes, né à Verfaille
le 23 août 1754. Il eft entouré de laurier:
qu'eniacent les couleuvres qui femblent refpec
ter fon berceau. Au-deffus de fa tête on lit
pignus pacis: gage de la paix.

C'eft fur tout ce médaillon-ci dont on a voult
rapprocher les circonftances avec celle actuelle
& M. le duc d'*Orléans* s'imaginant que peut-
être le monarque feroit flatté de fe trouver à
fon avénement au trône dans le cas de rétablir
une paix dont il avoit été le gage à fa naiffance, eft allé à Marly montrer au roi l'eftampe
en queftion que, pour cette raifon, on recherche aujourd'hui avec empreffement.

13 *Juillet.* On a commencé fur le théâtre de
la rue Saint-Nicaife, les premieres repréfentations de l'opéra d'*Orphée* du chevalier *Gluck*,
& déjà quantité d'amateurs ont voulu en avoir
les prémices. Ils en difent beaucoup de bien ;
ils l'annoncent comme dans un genre plus agréable, plus léger qu'*Iphigénie* ; en forte qu'on fe
difpofe à fuivre les grandes répétitions avec la
même fureur que celles de ce dernier opéra. On
prétend que les directeurs ont réfolu de ne point
donner de billets pour éviter les importuns : ce
qui doit les augmenter. D'ailleurs comment faire
des répititions fans auditeurs ? A quoi fervi-
roient-elles ?

14 *Juillet.* M. de *Voltaire*, dans une lettre à l'un de ses amis, ne semble pas approuver le titre même du nouveau drame intitulé *le Vindicatif.* Il dit à cette occasion que ce n'étoit point assez d'avoir fait dégénérer la comédie de son véritable but, en introduisant le comique larmoyant; que nous allons avoir la comédie horrible. Quelle exclamation ne feroit-il pas en voyant le monstre dramatique en question?

15 *Juillet.* La nouvelle cour n'a pas encore une assiette bien fixée; les voyages, les cérémonies, les changements annoncés, rien ne se décide; ce qui fait murmurer les vieux commensaux habitués aux marches périodiques de *Louis* XV, qui n'avoit de stabilité que dans ces petites choses. On craint que M. de *Maurepas*, par caractère & par son âge, enclin à l'inaction, ne laisse également languir les affaires politiques; mais la nécessité d'occuper le jeune monarque n'ayant point de distraction étrangeres, le forcera d'y vaquer & de donner un aliment à son désir de bien faire, & de rendre ses peuples heureux.

15 *Juillet.* Le sieur de *Beaumarchais* se regardant déjà comme un homme célebre, s'est fait graver, & son portrait se vend publiquement. On trouve que c'est une grande impudence de la part de cet accusé, blâmé par un tribunal quelconque, & non encore lavé.

16 *Juillet.* La façon de restaurer la fontaine des petits Peres, devient de plus en plus dispendieuse par les traveaux survenus à l'occasion de l'éboulement des terres & des excavations. On ne peut regarder cette méthode, si l'on ne l'améliore, que comme de spéculation.

16 *Juillet.* MM. de *Wailly* & *Peyre* font deux architectes qui depuis long-temps avoient imaginé un plan de falle de comédie à établir à l'hôtel de *Condé*, qui en avoient rédigé les deffins & avoient même obtenu des lettres-patentes pour l'édification de la fufdite falle. De nouvelles vues à cet égard les avoient obligé de remettre ces plans dans leurs porte-feuilles. Depuis qu'il eft queftion du même lieu d'emplacement, ils ont trouvé fort mauvais que le fieur *Moreau*, chargé de la befogne, comme architecte de la ville qui doit faire les frais du nouvel hôtel, fe fût approprié leur ouvrage connu, & dont il n'a pas eu peine d'avoir communication. Ils attaquent aujourd'hui le fieur *Moreau*, & les obftacles qui s'oppofoient à ce qu'ils fiffent valoir leurs lettres-patentes étant levés, puifque l'emplacement redevient le même, & que l'énormité de la dépenfe n'effraie plus, ils demandent à avoir la direction de ce monument. C'eft ce qui les a déterminés à mettre leur travail fous les yeux de leurs majeftés, ainfi qu'on l'a vu annoncé dans la gazette de France. Ces tracafferies réveillent l'efpoir du fieur *Liegeon*, qui a pardevers lui l'avantage d'un plan plus commode pour le local, & infiniment moins difpendieux.

17 *Juillet.* Indépendamment de l'eftampe dont on a parlé, frappée en 1754, pour fixer l'époque du retour du parlement, il en fut imaginé une autre plus flatteufe pour le nouveauné qui en fait l'objet principal, à laquelle on joignit des vers. C'eft celle-ci que M. le duc d'*Orléans* & M. le duc de *Chartres* ont préfentée à fa majefté. En voici le détail, fur lequel

es vers qu'on va citer d'abord, jetteront un
grand jour ; ils en font comme l'explication :

Aftre naiffant, dont la lumiere
Doit aujourd'hui des loix éclairer le retour,
Pour te voir commencer ta brillante carriere,
Quel moment plus heureux eût choifi notre amour!
    Le ciel eft pur & fans nuage,
    Les vents fe taifent dans les airs,
    Tranquille après un long orage
Le timide Alcion s'éleve fur les mers.
Thémis arrive au port ; elle voit fur la rive
Cet aftre dont l'aurore amene les beaux jours.
Sur un berceau de fleurs qu'entourent les Amours
Louis fixoit encore une vue attentive,
Et du héros naiffant confultoit les deftins.
Il apperçoit Thémis, l'enfant lui tend les mains;
Le monarque fourit à cet heureux préfage ;
    Peuple, ce fourire eft le gage
Qui répond à vos vœux du bonheur des humains.

Au milieu de l'eftampe on voit *Louis* XV
tenant la maffue d'*Hercule*, embléme du fana-
tifme qu'il vient de détruire. La fcene eft fort
éclairée ; des rayons de lumiere dardent de
toutes parts, & caractérifent la vérité qui vient
de deffiller les yeux du monarque : dans les
airs vole l'Alcion, cet oifeau fymbole du calme
après l'orage. Thémis, fa balance fous fon bras,
fon glaive à la main, eft repréfentée comme
échappée à la tempête & débarquant. Elle porte
les premiers regards fur un enfant qui eft pré-

fenté au roi par une femme ailée. Une aigrette de feu fort de fa tête ; on fuppofe que c'eft l'Aurore mentionnée dans les vers. Le jeune prince tend les bras vers la déeffe de la juftice. Au devant du tableau eft fon berceau de fleurs, autour duquel voltigent les amours. Au bas eft l'infcription ci-jointe : *naiffance de monfeigneur le duc de Berry, né à Verfailles, le 23 août 1754, qui fert d'époque au retour du parlement.*

18 *Juillet.* Il y a un grand fchifme dans la faculté de droit relativement à la cure de Saint-André-des-Arts, dont les docteurs & les agrégés fe conteftent réciproquement la nomination, ou pour mieux dire, de la nomination de laquelle les premiers voudroient exclure les feconds. Cette nomination eft attribuée fucceffivement aux différentes facultés de l'univerfité, étant dévolue à ce corps. Les agrégés autrefois ne faifoient pas corps avec elle ; depuis le commencement du fiecle environ, ils ont été déclarés en être membres, & c'eft fur cette décifion qu'ils s'appuient pour obtenir un concours de fuffrages avec les docteurs : c'eft la matiere du procès.

18 *Juillet.* C'eft le 29 de ce mois que M. l'abbé de *Boifmont* doit prononcer devant l'académie françoife, l'oraifon funebre de *Louis* XV.

18 *Juillet.* On a fait mention du mot *refurrexit*, trouvé à la ftatue de *Henri* IV. On dit qu'à Saint-Denis on a trouvé auffi ce terme expreffif auprès de *Louis* XV. On a attribué la pafquinade à quelque parlementaire, fâché de voir le chancelier toujours en regne. Elle prouve au furplus combien aifément le François

passe de l'éloge outré à la satire la plus injuste.

19 *Juillet*. M. de *Vergennes*, nommé au département des affaires étrangeres, qui tardoit
à se rendre ici de Stockholm, où il étoit &
où il a appris avec bien de la surprise le choix
du roi tombé sur sa personne, est arrivé dimanche en fort bonne santé, quoiqu'on l'eût
fait mort. Il dit qu'il a été instruit de la
nouvelle de son trépas à Hambourg, qu'il s'est
flaté, & que se trouvant très en vie, il a con-
tinué sa route. Il se dispose à prêter serment
incessamment, afin d'entrer tout de suite au
conseil.

19 *Juillet*. Extrait d'une lettre Rennes, du
12 juillet 1774... Nous ignorons pourquoi
l'arrêt de Rennes concernant le sieur *Rousseau*
& son journal qu'il imprime à Bouillon, n'a
fait aucune sensation dans Paris. Il en a produit beaucoup ici; il est du 14 janvier, & a
été rendu sur la dénonciation faite par un
de messieurs dudit journal ; voici le dispo-
sitif.

« La cour, chambres assemblées, faisant
» droit sur les remontrances & conclusions du
» procureur-général du roi, ordonne que l'ou-
» vrage périodique ayant pour titre : *Supplément*
» *pour les Journaux politiques*, ou *Gazette des*
» *Gazettes des mois d'octobre*, *novembre & dé-*
» *cembre* 1773, *à Bouillon*, *avec approbation*
» *& privilege*, sera lacéré & brûlé au pied
» du grand escalier du palais, par l'exécuteur
» de la haute justice, comme contenant aux
» pages 49, 50 & 51 des faits faux & calom-
» nieux; & un libelle séditieux sous le titre

» de *Requête des pauvres du, diocese de Rennes*,
» fait pour continuer d'échauffer les esprits,
» & renouveller les troubles de la province ;
» tendant à inculper le parlement aux yeux du
» peuple, à répandre des préjugés odieux sur
» la justice de ses arrêts & à flétrir l'honneur
» de ses membres, auxquels on suppose mé-
» chamment des vues & des intentions cri-
» minelles ; ordonne à tous ceux qui en ont
» des exemplaires de les apporter au greffe de
» la cour, pour y demeurer supprimés ; or-
» donne pareillement que les différentes copies,
» manuscrites en écriture contrefaites de ladite
» requête des pauvres au diocese de Rennes
» (au nombre de trois) ensemble les lettres
» d'envoi qui les accompagnoient, toutes mi-
» ses sur le bureau par plusieurs des membres
» de ladite cour, demeureront déposées à son
» greffe, pour servir de mémoire & de pieces
» de comparaison : a décerné commission au
» procureur - général du roi, pour informer
» contre les auteurs & copistes de ladite re-
» quête, pardevant M. *de Caradeuc de Keranroy*,
» conseiller, doyen de la cour, &c. »

20 *Juillet.* On continue à prétendre que les
paroles de *la Fausse peur* sont de l'abbé de
Voisenon, quoiqu'on ne retrouve nullement sa
maniere dans cet ouvrage, où tous les rôles
paroissent sacrifiés à celui de M. *Raille*, que
fait le sieur *Trial.* Ce M. *Raille* est visiblement
calqué sur un homme de société très - connu,
& qu'on appelle par dérision *Milord Gois.* C'est
un plaisant qui prend les allures de toutes les
nations & sur-tout d'un Anglois. On peut se
rappeler son histoire avec madame de *Crussol,*

lorsque se faisant passer dans un souper pour un médecin étranger, il capta la confiance de cette dame, qui désira d'avoir un tête-à-tête avec lui, & lui fit des aveux dont elle se repentit fort, lorsqu'elle apprit qu'elle étoit dupe.

Ce M. *Raille* possede aussi le talent inimitable de contrefaire au suprême degré ceux qu'il veut imiter & joue également un rôle de médecin. Le surplus de la piece ne ressemble en rien à la premiere aventure.

La musique est pleine de réminiscences, agréable, mais foible; il y a cependant l'ariette de M. *Raille*, où il annonce son savoir-faire, qui a été fort applaudie comme savante & très-diversifiée.

21 *Juillet*. On sait que depuis long-temps avoit été question de jouer *la Partie de chasse de Henri IV*, du sieur *Collé*, mais qu'il avoit été précédemment décidé au conseil que ce drame ne seroit point représenté, comme dégradant un si grand roi; cependant par une conséquence trop commune, exécutée sur quantité de théâtres particuliers, dans toutes les provinces, au théâtre de la ville de Versailles, & tout récemment, cet hiver, à la cour, devant madame la dauphine. Depuis qu'elle est reine, elle a fait lever l'exclusion : la *Partie de chasse* doit se jouer incessamment à la comédie françoise; mais l'auteur s'y oppose aujourd'hui; l'on croit que c'est à cause de la saison.

22 *Juillet*. *Les coëffures au temps présent*, sont des bonnets de femme très-historiés, qui sont surmontés de deux cornes d'abondance, &

garnis d'une quantité d'épis de bled qui re-
tombent de toutes parts. Cet ajustement in-
venté, comme l'on juge, par l'adulation, ne
sera pas long-temps de mode, si le bled continue à renchérir, comme il fait journellement.

23 Juillet. On connoît l'attachement de M. le
prince de *Condé* pour madame la princesse de
Monaco. On peut se rappeller qu'afin d'en jouir
plus librement en 1771, il engagea le parlement à reprendre son service interrompu & à
juger le procès en séparation de cette dame,
malgré toutes les protestations & oppositions
de M. le prince de *Monaco.* Depuis le prince
de *Condé* a affiché scandaleusement son commerce d'adultere avec elle ; il l'a logée auprès de son nouveau palais, où il lui fait construire un hôtel ; mais le roi vient de rompre
ces liens criminels par un ordre signifié à madame de *Monaco* de choisir un asyle dans un
couvent. En vain son illustre amant s'est-il rendu sur le champ à Marly pour supplier sa
majesté de retirer la lettre de cachet : elle est
restée inflexible & a répondu qu'elle aimoit
l'ordre, les bons ménages, la conservation des
mœurs, & qu'une femme ne vivant point avec
son mari, ne pouvoit rester dans le monde.
Cette sévérité vis-à-vis du prince de *Condé,*
dans un moment critique où, en se séparant
des princes exilés, il obéissoit servilement aux
volontés du monarque, prouve combien on fait
peu de cas de lui à la cour.

24 Juillet. Le sieur *Boby,* notaire, vient
d'afficher une banqueroute considérable, qu'on
évalue à plus de huit cents mille francs. On
étoit

étoit surpris qu'il ne l'eût pas déjà faite. On
savoit que cet officier de justice faisoit beaucoup plus de dépense qu'il ne convenoit à son
état & dans un genre ridicule : il se donnoit
les airs d'entretenir des filles d'opéra & de
leur offrir des cadeaux considérables. Il affichoit
au surplus une élégance, un luxe proportionnés à ce goût ; en sorte que tout le monde crie
contre lui.

25 Juillet. Du temps des Romains, l'Espagne
avoit beaucoup de mines qu'ils faisoient ex-
ploiter, & dont ils tiroient une grande quantité d'or & d'argent. Depuis long-temps la
cour de Madrid s'étoit peu occupée de cette
exploitation. Plus jalouse de celle Pérou, elle
y bornoit ses soins. Des particuliers François
se sont réunis à des Espagnols & ont formé
une compagnie pour extraire des montagnes
des Asturies les sillons qu'on y avoit dé-
couverts. La mine est devenue si abondante,
que les actions de cette compagnie ont plus
que sextuplé. On y a fait passer des gens ins-
truits pour faciliter par leurs lumieres l'extrac-
tion de la matiere & de sa décomposition.

Quoique par ce recours à notre nation, les
Espagnols qui devroient être nos maîtres en ce
genre, conviennent de la supériorité des François, on reproche à l'académie des sciences de
ne s'être presque pas occupée de cet art, & il est
question d'établir une chaire & des écoles *ad
hoc*.

26 Juillet. La signora *Bastardella* est ici depuis
quelque temps ; c'est la plus célebre cantatrice
d'Italie ; elle est supérieure à la signora *Ga-
brielli* : elle eût voulu se montrer avec éclat dans

cette capitale : elle défiroit qu'on ouvrît une
foufcription en fa faveur ; on ne fait pourquoi
l'on n'y fonge pas ; elle a chanté dans quelques maifons particulieres feulement, & l'on
craint que ne fe voyant pas accueillie autant
qu'elle le mérite, elle ne difparoiffe bientôt,
fans avoir été entendue du grand nombre de
nos amateurs de mufique.

26 *Juillet.* M. le cardinal de *Gefvres* vient de
mourir affez avancé en âge, d'autant plus qu'il
étoit contrefait & boffu. Il plaifantoit lui-même
de ce dernier défaut naturel, & difoit en riant,
qu'il n'aimoit pas qu'on l'appellât *fon éminence*.
Il avoit réfigné depuis peu fon évêché de Beauvais. Il laiffe tous fes biens aux hôpitaux de
cette ville ; ce qui déplaît fort à fa famille : elle
veut travailler à faire caffer le teftament, fondé
fur les ordonnances qui défendent de léguer aux
gens de main-morte ; mais ce qui femble devoir
fouffrir exception de la part des gens d'églife,
tenus au contraire d'y faire retourner ce qu'ils
en ont recueilli.

27 *Juillet.* L'oraifon funebre du roi que
M. l'abbé de *Boifmont*, l'un des quarante, doit
prononcer à la chapelle du Louvre, devant l'académie françoife, n'aura lieu que famedi 30.
C'eft M. l'archevêque de Lyon, membre de la
compagnie, qui doit officier.

29 *Juillet.* La réception de M. *Suard* à l'académie françoife, eft indiquée au 4ᵉ août prochain.

30 *Juillet.* Epître à HENRI IV *fur l'avénement* de LOUIS XVI, *par M. de V....* On auroit peine à croire que cette bagatelle fût du
vieillard poëte, dont elle porte le nom, fi fon

avis au lecteur, & plusieurs passages de sa petite poésie, comme il l'appelle, n'attestoient leur auteur. Elle n'est distinguée des autres que par une adulation encore plus basse : & en effet il a grand besoin de flatter le jeune monarque, fortement prévenu contre lui. Un trait très-connu prouve combien il le déteste. Un jour on demandoit à ce prince devenu dauphin, quel spectacle il désiroit ? « Tout ce que vous voudrez, répondit-il, pourvu que ce ne soit pas de Voltaire. »

31 *Juillet*. On va travailler incessamment à l'agrandissement de la place qui est devant le Palais-Royal : au moyen d'un rang de maisons qu'on abat du côté des Quinze-vingts, on dégage toute la partie du palais encore masquée ; & en reculant le château d'eau, on procure à cet emplacement la proportion & l'étendue convenables.

Malgré tant de soins & de dépenses, ce palais sera toujours rempli d'imperfections & de défauts, & le plus grand sans doute sera celui de n'avoir point assez de grandeur & de noblesse du côté de la rue, & de ressembler à un simple hôtel particulier.

1 *Août* 1774. La restauration de la fontaine des petits Peres a très-bien réussi ; elle est finie, mais non sans une dépense excessive, ainsi qu'on l'a précédemment observé.

1 *Août*. On n'a pu qu'en ce moment recueillir les pieces authentiques des deux suicides arrivés à Saint-Denis le jour de Noël dernier ; l'attention du gouvernement à les soustraire dans le temps de la premiere fermentation, les avoit rendus rares alors, & depuis de nouveaux évé-

M 2

nements avoient fait perdre de vue celui-là.
Toutefois il est trop unique pour n'en pas conferver les détails & les monuments en quelque
forte dans toute leur intégrité. Les pieces recou-
vrées font au nombre de trois.

1. La lettre de M. de *Rulhieres*, lieutenant de
la maréchauffée, où il rend compte à fon fupérieur de toute l'aventure, & en dreffe une forte
de procès-verbal.

2. Un teftament que les deux dragons ont
dreffé en commun avant de fe tuer ; morceau
très - fingulier qui, bien loin d'annoncer de la
folie, caractérife au contraire un très - grand
fang froid, & un efprit de détail qu'on conferve
difficilement en circonftance pareille.

3. La lettre de l'un d'eux à un officier qui
l'honoroit de fon amitié & de fon eftime ; lettre
où l'on retrouve le même efprit philofophique
que dans le teftament, & en outre plus de liberté & de gaieté, telles qu'en comporte le genre
épiftolaire.

2 *Août*. Dans le premier acte, *Orphée* pleure
fa compagne & l'appelle ; un *chœur* compofé de
bergers, de bergeres & de nymphes, fuite des
deux époux, rend au tombeau d'*Euridice* les
honneurs funéraires ; ce qui amene un divertif-
fement, tel qu'il fe pratiquoit dans l'antiquité
à de pareilles cérémonies ; des libations, des
effufions de parfums, des offrandes de fleurs &
de guirlandes. *Orphée* fatigué de cette multitude,
la fait retirer pour fe livrer à la folitude & à fa
douleur : il forme le projet dangereux d'aller
ravir aux enfers leur victime. L'Amour furvient,
il le confole, il lui annonce qu'il peut defcendre au Tartare ; qu'il ramenera fa femme, à

condition qu'il se contiendra & ne la regardera point. Il se retire ensuite ; après avoir gémi de cette loi rigoureuse, *Orphée* se résout à obéir ; il prend sa lyre, il met son casque, & marche vers le lac d'Averne.

Au second acte, le théâtre change ; on voit l'entrée des enfers ; les spectres & les furies s'opposent au passage d'*Orphée*, & troublent ses accords par leurs danses. Il les charme insensiblement & pénetre. A ce spectacle effroyable succede le tableau des Champs-Elysées, que présente une décoration nouvelle. Plaisirs, jeux, danses des ombres heureuses : à leur tête est *Euridice*, qui se félicite de son bonheur nouveau ; elle va parcourir les bosquets écartés de ces beaux lieux : alors *Orphée* arrive & redemande aux ombres son épouse : pendant qu'on la cherche, on charme l'ennui de l'époux par toutes sortes de divertissements : elle lui est rendue.

Le troisieme acte ne contient proprement qu'une scene entre *Orphée* & *Euridice*. Celle-ci s'apperçoit qu'il détourne d'elle ses regards ; elle croit qu'il se répent déjà de son action généreuse ; elle le presse de s'expliquer, de tourner les yeux vers elle ; après un combat de sentiments divers, il ne peut résister aux reproches de son épouse, il l'envisage ; elle meurt soudain. Mais l'Amour vient opérer son miracle ordinaire : il ranime & embellit la scene.

Telle est la marche du poëme charmant, tendre, onctueux en italien, & que le traducteur, M. *Moline*, pour avoir voulu le rendre trop littéralement, a fait insipide & plat : ce qui fait tort à la musique en plusieurs endroits, & l'em-

M 3

pêche de produire tout son effet. On convient
généralement cependant qu'elle réunit le simple,
le naturel de la déclamation du récitatif françois, au savant, à la gentillesse, au pittoresque
des ariettes italiennes; & que le tout est ren-
forcé par des symphonies dans le genre allemand,
qu'on sait être le plus estimé aujourd'hui.

3 *Août*. Voici d'abord la lettre de M. de
Rulhieres, en date du 26 décembre 1773.

« Mon cher inspecteur, deux dragons, l'un du
régiment de *Belsunce*, & l'autre du régiment de
Mestre-de-camp-général, se sont tués hier à cinq
heures après midi dans une auberge dite l'*Albalêtre*, vis-à-vis la maison que j'habite à Saint-
Denis. Averti de cet événement, j'y ai accouru.
Le serrurier avoit ouvert la porte qu'on a trouvé
fermée en dedans. Ils étoient assis chacun sur
une chaise, de l'un & de l'autre côté de la che-
minée, un pistolet à leurs pieds, la mâchoire
fracassée, & la cervelle emportée. Une femme
qui logeoit au-dessus, a entendu deux coups
très-distincts; ce qui prouve que chacun d'eux
s'est tué de son côté. Ils avoient une table entre
eux deux, sur laquelle reposoient depuis le matin
trois bouteilles de vin de Champagne. On a
trouvé sur cette table un écrit, dont j'ai l'honneur de vous adresser copie dans la même forme,
ainsi que la copie d'un brouillon de lettre écrite
à M. de C. officier au régiment de *Belsunce*. Ils
étoient arrivés d'avant-hier à l'auberge; ils ont
été occupés toute la journée à écrire quatorze
lettres qu'ils ont mises à la poste, & dont on
dit qu'une plus grande que les autres est adressée
à M. de *Sartines*. La justice de Saint-Denis a
fait faire la levée des deux cadavres, qu'elle m'a

remis aujourd'hui pour être transportés à la basse
geole du Châtelet. C'est de moi dont il est
question dans cet écrit sous le nom de *Rh*. Le
dragon de *Belsunce* passant à Saint-Denis, l'année
derniere, allant au régiment, il étoit avec un
de ses camarades qui, étant ivre, avoit fait
quelque tapage dans cette même auberge, où je
fus appellé, & j'eus lieu d'être content de la
conduite du sieur *Bordeaux*. »

J'ai l'honneur, &c.

3 *Août.* On attend avec impatience le secours de M. l'évêque de Senez ; mais il passe
pour constant qu'il souffre beaucoup de difficultés
à l'impression. On sollicite fortement le prélat
d'y changer certaines choses, & l'on prétend
qu'il s'obstine à le laisser tel qu'il l'a prononcé,
ou à ne point le faire paroître. On veut que M. le
comte d'*Aranda* soit celui qui s'oppose le plus
fortement à sa publicité, à raison de la maniere
injurieuse dont M. de *Beauvais* s'est exprimé à
l'occasion de la destruction des jésuites, à laquelle on sait que la cour d'Espagne a principalement contribué.

4 *Août.* Par une suite de ce qu'on a dit, M. de
la Borde, le premier valet-de-chambre du roi,
sentant combien il seroit désagréable à leurs
majestés, a pris le parti de profiter des insinuations qu'il a reçues à cet égard, & M. *Richard
de Livry*, fermier-général, ayant eu l'agrément
de traiter de cette charge, il a fait un arrangement avec M. de *la Borde*, par lequel il lui donne
50,000 écus d'argent comptant, le reçoit adjoint
pour moitié de la place de fermier-général, dans
la part qu'en a M. *Richard*, & celui-ci se trouve
ainsi premier valet-de-chambre du roi.

M 4

Août. Testament de deux dragons, qui se font tués à Saint-Denis, dans une chambre de l'auberge de l'Albalêtre, le jour de noël 1773, à cinq heures & demie du soir.

» « Un homme qui meurt avec connoissance,
» ne doit rien laisser à désirer à ceux qui lui
» survivent. Nous sommes dans ce cas plus
» qu'aucun autre. Notre intention est d'empê-
» cher que nos hôtes ne soient inquiétés, & de
» faciliter la besogne à ceux que la curiosité,
» sous prétexte de formalités & de bon ordre,
» transportera ici pour nous rendre visite. *Hu-*
» *main* est le plus grand de nous deux ; & moi
» *Bordeaux* je suis le plus petit. Il est tambour-
» major de Mestre-de-camp-général des *dra-*
» *gons* ; & moi je suis simple dragon de *Bel-*
» *sunce.* La mort est un passage : je m'en rap-
» porte au procureur-fiscal de Saint-Denis, &
» à son premier clerc qui va lui servir d'adjoint
» pour faire une descente de justice. Ce prin-
» cipe, joint à l'idée que tout doit finir, nous
» met le pistolet à la main. L'avenir ne nous
» offre rien que de très-agréable ; mais cet
» avenir est court. *Humain* n'a que vingt-quatre
» ans ; pour moi je n'ai pas encore quatre lustres
» (vingt ans) accomplis. Aucunes raisons
» pressantes ne nous forçoient d'interrompre
» notre carriere ; mais le chagrin d'exister un
» moment, pour cesser d'être une éternité, est
» le point de réunion qui nous fait prévenir
» de concert cet acte despotique du sort. Enfin,
» le dégoût de la vie est le seul motif qui nous
» la fait quitter. Si tous les malheureux étoient
» sans préjugés, & pouvoient regarder leur
» destruction en face, ils verroient qu'il est

» aussi aisé de renoncer à l'existence, que de
» quitter un habit dont la couleur nous déplaît.
» On peut s'en rapporter à notre expérience.
» Nous avons éprouvé toutes les jouissances,
» même celle d'obliger nos semblables. Nous
» pourrions nous les procurer encore ; mais
» tous les plaisirs ont un terme, & ce terme en
» est le poison. Nous sommes dégoûtés de la
» scene universelle ; la toile est baissée pour
» nous ; & nous laissons nos rôles à ceux qui
» sont assez foibles pour vouloir en jouir encore
» quelques heures. Quelques grains de poudre
» vont briser les ressorts de cette masse de chair
» mouvante, que nos orgueilleux semblables
» appellent le *roi des êtres*. Messieurs de la justice,
» nos corps sont à votre discrétion ; nous les
» méprisons trop pour nous inquiéter de leur
» sort. Quant à ce qui nous reste, moi *Bordeaux*
» je laisse à M. de *Rh.* mon épée d'acier : il se
» souviendra que l'an passé, presque à pareil
» jour, il eut l'honnêteté de m'accorder de l'in-
» dulgence pour le nommé *Saint-Germain*, qui
» lui avoit manqué. La servante de cette au-
» berge prendra nos mouchoirs de poche & de
» cou, ainsi que les bas que j'ai sur moi, &
» autres linges quelconques. Le reste de nos
» effets sera suffisant pour payer les frais de l'in-
» formation & de procès-verbaux inutiles qu'on
» fera à notre sujet. L'écu de trois livres qui
» restera sur la table, paiera la derniere bou-
» teille que nous avons bu. »

A Saint-Denis, le jour de noël 1773. (Signés)
Bordeaux. Humain.

P. S. Il y a encore une bouteille de surplus qu'on
prendra sur nos effets. (Signé) *Bordeaux.*

M 5

5 *Aout*. On ne croit pas que M. de *Jouville* soit obligé de se défaire de sa charge de maître des requêtes ; on dit seulement qu'il est exilé à sa terre. La demoiselle *Granville* est déjà sortie de Sainte-Pélagie.

5 *Aout*. On ne peut rien voir de plus ridicule qu'un acrostiche imaginé par le sieur *Ducros*, secretaire de M. d'*Alembert*, pour mettre au bas du portrait de ce philosophe. Le voici :

Du meilleur des mortels reconnoissez l'image ,

A son aspect heureux l'humanité sourit ,

La vérité renaît , la vertu prend courage ,

Et le germe des arts se ranime & produit.

Méprisant des grandeurs un vain titre emprunté ,

Bienfaiteur des humains est celui qu'il préfere.

Etre à la fois leur guide , & leur servir de pere ,

Régner sur les talents par la fécondité :

Tels sont ses justes droits à l'immortalité.

On ajoute cependant que le philosophe a trouvé ces vers trop mauvais pour les adopter par l'impression ou la gravure qu'il en permettroit ; mais il ne semble pas trouver mauvais que l'auteur les répande & en donne des copies.

5 *Aout*. Lettre écrite par le nommé *Bordeaux* à M. de C. officier de dragons à *Guise* , au régiment de *Belsunce*.

« Monsieur, pendant mon séjour à *Guise* ,
» vous avez paru m'honorer de votre amitié. Il
» est temps que je vous en remercie. Je crois
» vous avoir dit plusieurs fois dans nos conver-
» sations que mon état actuel me déplaisoit :

» cet aveu étoit sincere ; mais peu exact. Je me
» suis examiné depuis plus férieufement, & j'ai
» reconnu que ce dégoût s'étendoit fur tout,
» & que j'étois également raffafié de tous les
» états poffibles, des hommes, de l'univers en-
» tier, & de moi-même. De ces découvertes, il
» m'a fallu tirer une conféquence. Lorfqu'on eft
» las de tout, il faut renoncer à tout : ce calcul
» n'eft pas long ; je l'ai établi fans le fecours
» de la géométrie. Enfin, je fuis fur le point
» de me défaire de mon exiftence, que je pof-
» fede depuis près de vingt ans, & qui m'a été
» à charge pendant quinze ans. Je ne dois des
» excufes à perfonne ; je déferte, c'eft un crime ;
» mais je dois me punir, & la loi fera fatisfaite.
» J'avois demandé à mes fupérieurs un congé
» pour avoir l'agrément de mourir à tête repo-
» fée. Ils n'ont pas daigné me répondre : j'en
» ferai quitte pour me dépêcher un peu plus
» vîte. Je mande à *Bar* de vous remettre quel-
» ques cahiers que je lui ai laiffés à *Guife*, &
» que je vous prie d'accepter : vous y trouverez
» quelques morceaux de littérature affez bien
» choifis. Ils fuppléeront au mérite perfonnel
» qu'il m'auroit fallu pour m'obtenir une place
» dans votre fouvenir. Adieu, mon cher lieu-
» tenant, foyez conftant dans votre amour pour
» *Saint-Lambert* & pour *Dorat* ; du refte, vol-
» tigez de fleurs en fleurs, & continuez d'en-
» lever le fuc de toutes les connoiffances, comme
» de tous les plaifirs.

Quant à moi, j'arrive au trou
Que n'échappe ni fou ni fage,
Pour aller je ne fais où. (Vers de *Piron*.)

» Si l'on existe après cette vie, & qu'il y ait
» du danger à la quitter, je tâcherai de m'ab-
» senter une minute pour venir vous l'apprendre;
» s'il n'y en a point, je conseille à tous les mal-
» heureux, c'est presque dire à tous les humains,
» de suivre mon exemple. Si vous écrivez quel-
» quefois à M. de C. saluez-le de ma part ; je
» lui dois à tous égards de la reconnoissance.
» Lorsque vous recevrez cette lettre, il y aura
» tout au plus vingt-quatre heures que j'aurai cessé
» d'être avec la plus sincere amitié, mon cher
» lieutenant, &c. *Bordeaux*, jadis éleve des
» pédants, puis de *Cujas*, puis aide de chicane,
» puis moine, puis dragon, puis rien. »

6 *Aout*. On avoit reproché au chevalier *Gluck*
d'avoir négligé dans *Iphigénie* les accessoires de
ce spectacle, c'est-à-dire, les danses & les divertissements : il a prouvé dans *Orphée & Euridice*
qu'il entendoit cette partie aussi bien que personne. Rien de plus agréable que les airs de
ballet. L'ouverture & la déclamation chantée
de celui-ci, sont inférieures sans doute à cette
partie du premier opéra, bien supérieur par
l'intérêt & par les passions tragiques. Il y a cependant encore beaucoup d'expressions dans *Orphée*, & le sieur *le Gros*, animé par le musicien,
continue à être acteur. Mlle. *Arnoux* fait le rôle
d'*Euridice*; mais l'organe de cette actrice qui se
perd absolument, est insuffisant pour certains
morceaux très-forts qui exigeroient beaucoup
plus de voix. Mlle. *Rosalie* remplit le troisieme
& dernier rôle de cette piece, celui de l'Amour:
c'est le plus foible.

Les ballets sont de la composition du sieur
Vestris : celui des monstres & démons dans le

remier acte est vigoureux, chaud, pittoresque
& plein d'énergie. On ne peut s'empêcher de
rire cependant, en voyant dans le livre des
paroles le poison personnifié & représenté par
Mlle. Vernier. On ne peut excuser cette bêtise
qu'en la regardant comme une plaisanterie fan-
tastique, qu'on a voulu faire contre cette dan-
seuse, à laquelle son rôle attire toutes sortes
de mauvais quolibets. Les fêtes des Champs-
Elysées font charmantes pour les détails, l'ordre, le nombre & l'exécution ; mais on y trouve
des contresens dans la pantomine, semblant
exprimer la coquetterie & la rivalité, qui doivent être exclus du séjour des bienheureux.
Enfin, les fêtes du troisieme acte font de la
plus grande magnificence, fans avoir aucun
caractere particulier ; ce qui est sans doute un
défaut : elles font merveilleusement bien ter-
minées par un pas de trois de Mlle. Heynel,
& des sieurs Vestris & Gardel, qui présente la
perfection de l'art & un assemblage de graces
majestueuses, comme on n'en peut voir nulle
part ailleurs.

7 Août. Le marquis du Muy qui, fort instruit dans l'art de la guerre, désire former des
officiers capables, se propose, dit-on, de mettre
plus à portée des militaires & sur-tout des éleves
destinés à ce métier, les moyens de leur faire
prendre des connoissances relatives à leur état.
Il y a dans une galerie immense des Tuileries
qui regne depuis le jardin de l'Infante jusqu'au
château, l'assemblage de tous les plans en relief des villes fortifiées & citadelles du royaume. Le ministre en question auroit voulu les
faire transporter à l'Ecole militaire ; mais l'em-

placement ne le fouffrant pas, il s'agit de loger à l'hôtel des Invalides.

D'un autre côté, cette galerie étant aiſſ dégagée, on pourra y développer une multitu de richeſſes en tableaux, eſtampes, vaſes pr cieux, &c. qui formeront le goût des artiſt & dont le ſpectacle ſervira d'amuſement ho nête aux oiſifs.

9 *Août.* Les Italiens ſe propoſent de rem tre inceſſamment ſur le théâtre *les Nymphes Diane*, opéra comique en un acte, mêlé vaudevilles. Cette piece du ſieur *Favart* eſt d l'ancien théâtre. Le ſuccès d'*Acajou* donne li d'eſpérer que cette production du même auteu aura le même ſuccès: elle ſera accompagnée d ſes agréments, c'eſt-à-dire, de beaucoup de ſpec tacle.

9 *Août.* On s'étoit flatté vainement, à ce qu'il paroît, que le ſacre de ſa majeſté renvoyé à l'année prochaine, auroit lieu dans cette ca pitale du royaume, où la cérémonie auroit p ſe faire avec un appareil vraiment digne de la royauté, où ſeroit accouru une multitude d'é trangers que la curioſité auroit amenés, qui auroient répandu beaucoup d'argent à Paris, & qui ne pourront aller à Rheims faute de lo gemens. Cette conſidération n'a pu balancer les égards qu'on a cru devoir à M. l'archevêque de Rheims, qui, malgré ſon grand âge, eſpere goûter encore ce bonheur, & n'attend que ce heureux moment pour comble à la faveur dont il jouit.

10 *Août.* Les ennemis du chevalier *Gluck*, ou plutôt les détracteurs de ſa muſique, ne ceſſent de lancer des brocards contre ce compo-

...hteur. Comme au second acte d'*Orphée*, il y
a des Champs - Elysées qui, quoique traités
très-différemment de ceux de l'opéra de *Caf-*
tor & Pollux, semblent devoir avoir quelque
analogie, on dit qu'*Orphée* n'est qu'un *demi-*
Castor.

On parle d'une caricature représentant le
théâtre de l'opéra enrichi de magnifiques décorations, & rempli de dindons, que le chevalier
Gluck semble conduire dans son costume allemand, c'est-à-dire, grossièrement vêtus, le chapeau sur la tête, un bâton à la main. Au bas
on lit *glou, glou, glou*; cri ordinaire de cette
volatile ignoble.

11 *Août.* La retraite de madame la princesse
de *Monaco* ne s'est point effectuée jusqu'aujour-
d'hui. On présume que sa majesté dont le premier mouvement est très-dur, mais qui revient facilement ensuite, aura eu égard aux
représentations de cette dame, que ses affaires
obligent sans doute de rester dans le monde.
Elle est actuellement à Chantilly, chez M. le
prince de *Condé*.

11 *Août.* M. *Dorat*, dont la fécondité dans
tous les genres, ne permet pas à ses talents de
se reposer, fait annoncer déjà une nouvelle tragédie de sa façon, intitulée *Adélaïde de Hon-*
grie; elle doit se jouer après-demain.

13 *Août. Louis* XV aimoit singuliérement le
jardinage & les différentes branches de cet
art; il s'étoit créé des jardins en beaucoup d'endroits, entr'autres un à Auteuil, à la porte du
bois de Boulogne: c'étoit un jardin à fleurs, qui
n'étoit arrangé que depuis peu d'années; il
avoit coûté beaucoup d'argent & exigeoit un

entretien confidérable. C'eft-là qu'étoit le jardinier fur lequel *Louis XVI* a exercé la juftice
févere & bienfaifante qui a occupé un moment
les converfations de Paris. Sa majefté a regardé
ce jardin comme inutile, ou plutôt comme une
charge, & quoiqu'elle ne foit pas ennemie d'un
art auquel fe livroient autrefois les Romains
les plus illuftres, elle a cru devoir fe priver de
cet agréable lieu : elle a donné ordre à M. le
contrôleur - général de le vendre, & les particuliers vont le vifiter comme en vente. C'eft le
but de promenade à la mode.

14 *Août.* Le héros principal d'*Adélaïde &
Hong ie* eft *Pepin*, fils de *Charles Martel*, &
chef de la feconde race de nos rois, connu
fous le nom de *Carlovingienne*. L'intrigue roule
fur une fuppofition de femme qu'on lui a donnée, qui ne fe reconnoît qu'au bout de quelque
temps. Il aime celle qu'il a éprouvée & dont il
a des enfants ; mais le devoir, l'honneur, la
juftice à rendre à l'innocence ne lui permettent
pas de laiffer triompher le crime ; de-là des
combats dans le cœur de *Pepin*, & le nœud
de la tragédie dont il feroit impoffible de rendre un compte exact par la complication & le
nombre des incidents. Elle n'a point eu de fuccès ; mais on fait aujourd'hui que les pieces
mêmes fifflées fe relevent du fecond bond, &
vont toujours aux nues.

14 *Août* M. de *Voltaire* vient de lâcher un
nouveau pamphlet contre l'abbé *Sabbathier*, fous
le titre de *Lettre d'un théologien à l'auteur des
trois fiecles*. Cet ouvrage eft bien loin de la modération de l'autre intitulé : *Obfervations fur les
trois fiecles de la littérature françoife*, dont on a

…rlé. Le nouveau mérite quelques détails, &
on y reviendra.

15 *Août.* On n'a pas manqué de faire des
épigrammes sur la réception de M. *Suard* à l'a-
cadémie françoise : voici les deux meilleures.
Pour entendre la premiere, il faut se rappeller
qu'il a fait long-temps la gazette de France con-
jointement avec l'abbé *Arnaud*, déjà membre
de la compagnie en question, & qu'il a épousé
mademoiselle *Pankouke*, sœur du libraire, assez
jolie femme. Cette épigramme est intitulée *les
… Exclamations* :

Auprès d'*Arnaud* le gazetier *Suard*
A pris hier placé à l'académie :
Certain Anglois, s'y trouvant par hasard,
Dit à quelqu'un : Monsieur, je vous en prie,
Qu'a, s'il vous plaît, produit ce bel esprit !
Pendant quatre ans il a, Monsieur, écrit
Notre gazette… Ah, peste ! Et puis en outre
Il a traduit avec beaucoup de goût
Le *Robertson*… Ah, diable !… & ce n'est tout.
Tenez, voyez : c'est là sa femme… Ah ! f*****.

Autre, intitulée *dialogue.*

Sait-on quel écrivain succede par hasard
        A l'évêque de Triconie (*) !
C'est un froid traducteur sans esprit & sans art.
        Fort bien, j'en ai l'ame ravie.
        Vous aimez donc monsieur *Suard* !
        Non, mais je hais l'académie.

_____

(*) L'abbé de la *Ville.*

15 *Août.* On se verroit avec peine obligé de transférer aux invalides les plans dont on a parlé. M. *Gabriel* en conséquence a toujours formé le dessin d'une nouvelle galerie à construire à l'Ecole militaire pour cet objet, & les fonds le permettent, on la construira, est certain que cet établissement y conviendroit mieux. Il serviroit à tenir sans cesse sous les yeux des éleves, des objets d'instruction qu'ils seroient obligés de venir chercher ailleurs.

15 *Août.* On répand manuscrite une épître de M. de *Rulhieres*, sur le renversement de fortune : elle adressée à M. de *Chamfort.*

16 *Août.* Extrait d'une lettre de Beauvais du 10 août 1774. Malgré la charité du cardinal de *Gesvres*, qui donne son mobilier aux pauvres aux hôpitaux de ce diocese, il est à craindre qu'elle ne soit éludée par les économats qui absorberont tout en réparations. La succession plus claire qu'il laissera, ce seront quatre vingt deux procès dont hérite son coadjuteur. Ce prélat cardinal, très-honnête, très-bon homme même, avoit l'esprit du clergé au suprême degré, & pour ne rien perdre de ses droits, auroit plaidé contre son pere.

17 *Août.* Le pamphlet nouveau attribué à M. de *Voltaire* contre l'auteur *des trois siecles* consiste dans deux lettres d'un théologien à l'abbé *Sabbathier.* Sous cette tournure, il dévoile les manœuvres du parti encyclopédique, dont il regarde cet abbé comme un suppôt, & releve en même temps des erreurs ou les faux jugements du critique. Il profite aussi du personnage emprunté pour se donner sans façon les louanges les plus outrées ; elles semblent des

...tre d'autant moins suspectes, qu'il les ...t dans la bouche d'un ennemi, c'est-à-dire, ...un défenseur zélé de la religion. Il dénigre ...la même voie sans ménagement plusieurs ...ds hommes, depuis long-temps l'objet de ...jalousie & de ses atteintes indirectes. On ...onnoît dans l'ouvrage la méchanceté du phi-...ophe de *Ferney*, infatigable à vomir des li-...lles; mais on y trouve moins d'agrément & ...légéreté, quoiqu'il soit impossible, au pre-...er coup d'œil de l'ensemble de sa composi-...n, de douter qu'elle soit de lui.

...Quelques connoisseurs cependant attribuent ...te diatribe au marquis de *Condorcet*, qui com-...nce à s'exercer dans l'art du libelle, & est ...urvu de la méchanceté suffisante pour y ...ssir, qui d'ailleurs ne manque pas des autres ...uts de l'écrivain.

...8 *Août*. On ne peut rendre le ridicule qui re-...llit sur M. *Gresset*, de son dernier discours ...rimé. Il est d'autant plus grand, que son ...our ici avoit été une espece de triomphe, & ...e tout Paris s'étoit empressé d'aller voir cet ...mme célebre, dont la dévotion semble avoir ...ibli la tête, & tombé dans une espece d'en-...ace.

...o *Août*. Les *Nymphes de Diane* n'ont pas, ...aucoup près, le succès d'*Acajou*. On trouve ...premier opéra comique infiniment plus mal ...ois que celui-ci, en ce qu'on n'a rien ...ngé du tout aux airs de *Pont-neuf* dont ...abonde; qu'on ne les a point renforcés ...t l'accompagnement, & que d'ailleurs il n'est ...as joué dans la perfection qu'il exigeroit. Du ...ste, il y a un spectacle charmant, des dé-...orations galantes & beaucoup de piquant

dans les situations & de sel dans le dialog[ue]
Madame *Trial* & le sieur *Nainville* se distin[-]
'guent le plus parmi les acteurs dont il faut [un]
nombre considérable pour l'exécution.

21 *Août. Mémoire pour le sieur Th[air]
Muphta, de Tetouan au royaume de Maroc.* [Tel]
est le titre d'un nouvel ouvrage de Me. F[é-]
connet. Il roule sur un fait fort singulier, [&]
donne lieu à une question de politique vrai[-]
ment intéressante.

Thair Muphta, sujet du roi de Maroc & d'u[ne]
famille qui porte le titre de *Chérif,* c'est-à-di[re]
d'une de celles qui passent pour descendre [de]
Mahomet, avoit tourné ses vues vers le com[-]
merce, dans l'espoir de se ménager ainsi u[ne]
occasion de quitter sa patrie, & de s'étab[lir]
en Europe, dont il goûtoit fort l'état de s[o-]
ciabilité inconnue chez lui: en 1758 il avo[it]
chargé sur le navire Anglois *le Baptiste,* cap[i-]
taine *Antoine Montero,* des marchandises po[ur]
la somme de 142,345 livres, & il fit vo[ile]
pour Alger. Le bâtiment ayant été assailli d'u[ne]
tempête, fut obligé de relâcher à Oran, vil[le]
de la dépendance de sa majesté catholique. O[n]
en demanda préalablement permission au go[u-]
verneur. A peine y fut-il mouillé, qu'on forç[a]
l'équipage de débarquer, qu'on saisit les papie[rs]
de *Thair Muphta,* qu'on confisqua sa garnison
& qu'il fut jeté dans un cachot infect, l[es]
fers aux pieds & aux mains. Il ne sortit de cet[te]
captivité qu'en payant une rançon de deux mil[le]
écus. Revenu à Tetouan, il se rendit à Mar[oc]
pour y porter ses plaintes au roi: sa majest[é]
les trouva justes & le chargea d'une lettre pou[r]
le gouverneur de Gibraltar, auquel il demand[a]

oit justice des vexations & brigandages exer-
ces contre son sujet. Celui-ci renvoya le plaigant
à la cour de Londres ; milord d'*Egremont* venoit
gner les préliminaires de la paix : soit crainte
d'exciter une nouvelle querelle avec l'Espagne,
soit indifférence, il eut peu d'égards aux réclamations de l'infidele, & il le renvoya à son
tour vers le même gouverneur. *Thair Muphta*,
dans son retour à Gibraltar, ayant passé par
Paris, s'y est fait catholique après plusieurs
contre-temps, & n'a fait aucun usage de la lettre
du ministre Anglois. Il a cherché long-temps en
vain quelqu'un qui voulût porter sa réclamation
au pied du trône des Espagnes ; il espere cependant le trouver, mais, avant de faire aucune
démarche, il veut s'assurer si les loix naturelles,
civiles & politiques le protégeront.

Me. *Falconnet*, dans son avis du 21 mars
dernier, estime que jamais droit ne fut plus
constant ni moins sujet à discussion, & il entre
à cette occasion dans des détails & des discussions qui attestent ses connoissances du droit
public, ainsi que des divers traités de paix dont
il tire ses principaux arguments.

21 *Août.* Les discussions concernant les inconvénients de laisser subsister le nouveau parlement ou
de rétablir l'ancien, sont exposées dans l'épigramme suivante ; car chaque fait historique se
trouve ainsi consigné dans une méchanceté du
moment, bonne ou mauvaise. Voici celle annon-
cée :

De nos deux parlements l'extrême différence
Doit, pour les rapprocher, causer de l'embarras.
Thémis les a pesés dans sa juste balance ;
Et l'antique est trop haut, le moderne trop bas.

22 *Août*. L'épître de M. de *Rulhieres* à M.
Chamfort est fort estimée des connoisseurs :
est remplie de poésie & de philosophie ;
roule sur quelques anecdotes connues & qui
rendent plus intéressante, en la faisant distingué
de tant d'autres qui ne sont que des lieux communs. On lui reproche seulement trop de longueurs, & quelques détails exprimés triviale-
ment ; ce qui les rend disparates d'avec le surplus
de l'ouvrage écrit noblement.

23 *Août*. C'est du fils de Mlle. *Romans* dont
on s'entretient aujourd'hui. On assure qu'il doit
être présenté incessamment au roi, sous le titre
d'abbé de *Bourbon*, & pourvu en conséquence
de grosses abbayes, entr'autres de celle prove-
nant de la défroque du cardinal de *Gesvres*. On
le dit au séminaire de St. Magloire pour se pré-
parer à être tonsuré par M. l'archevêque de
Paris. Ceux qui le voient, assurent que c'est un
très beau garçon, qui ressemble beaucoup au feu
roi.

24 *Août*. On a encore fait un dernier changement au vers de la piece de M. *Dorat* qui
avoit excité tant de rumeur ; au lieu de *& laisse
aux tribunaux*, on a mis *conserve aux tribunaux*,
ce qui a absolment éloigné toute idée d'allusion.

24 *Août*. C'est l'abbé *Mercier* qui est à la
Bastille, qui passe, dit-on, pour le colporteur de
la piece atroce contre la reine, intitulée *la nouvelle Aurore*. Elle roule sur des promenades
nocturnes de sa majesté, & tendroit à diffamer
ses mœurs. Comme l'objet des exécrables auteurs
d'un pareil libelle étoit d'allumer la jalousie du
roi ; on veut qu'on l'ait fait trouver adroitement
dans le secretaire du monarque, mais les cou-

ses calomniateurs ont échoué dans leur des-
sein. On a peine à croire que l'abbé *Mercier* se
soit rendu aussi criminel, & la prison ne seroit
qu'un supplice proportionné à son forfait.

26 Août. L'académie de Saint Luc est aussi
ouverte d'hier, & à défaut de la grande école,
fournira quelque matiere à la curiosité publique.

27 Août. Nos académies, nos théâtres, nos
journaux ont retenti du nom de Salency, nom
d'un village précieux par la *fete de la Rose*. On
souvient qu'elle fut fondée par *Saint-Médard*,
évêque de Noyon & seigneur du lieu en question. Elle se célebre en l'honneur de la fille la
plus sage du hameau. Ce prélat a voulu que tous
les ans, on donnât un chapeau de rose & une
somme de vingt-cinq livres à la Rosiere ; c'est
ainsi qu'on appelle la paysanne élue. Il détacha
de ses domaines plusieurs arpents de terre, qui
forment ce que l'on nomme *le fief de la rose*,
& en affecta le revenu au paiement de la dot
& aux frais du couronnement. Il eut le bonheur d'entendre la voix publique proclamer Rosiere l'une de ses sœurs ; on voit encore un tableau placé au-dessus de l'autel de la chapelle
de *Saint-Médard*, où cet évêque est représenté
en habits pontificaux, posant la couronne de
rose sur la tête de sa sœur qui est à genoux
& coëffée en cheveux. C'est à l'occasion de cette
fête qu'il se publie aujourd'hui un *Mémoire pour
les syndics & habitants de Salency, contre le sieur
Danré, seigneur de Salency*. Il est de Me. de
la *Croix*, & fournit matiere à ce jeune avocat
de déployer son éloquence fleurie, tendre &
touchante.

28 *Août*. Le fieur abbé *Mercier* eft forti de la Baftille; ce qui le rend innocent des infamies, atroces & facrileges dont on l'accufoi dans le monde.

29 *Août*. On a rendu compte de la tripl métamorphofe qu'avoit fubie le vers de la piec de M. *Dorat*, qui fit tant de bruit le premie jour.' Avant-hier, on l'a récité fuivant le vra texte : *Et rend aux tribunaux leur augufte exer cice*; ce qui a caufé une fenfation confidérable & va fervir de véhicule à cette tragédie.

Ces variantes, fi M. *Dorat* les rapporte dan l'impreffion de fon ouvrage, fourniront matier aux commentateurs ; & toutes ordonnées ou au torifées par la police, prouveront combien l gouvernement lui-même étoit verfatil à cett époque.

30 *Août*. On voit un difcours imprimé, pro noncé par le curé de Sainte - Marguerite, com me doyen au nom de tous les curés de Paris le 21 juillet dernier, lors de leur vifite à mon feigneur l'archevêque, pour le féliciter de fa con valefcence. Il eft d'une emphafe inconcevable ; il eft précieux par fon ridicule : il roule fur la fermeté & la douceur avec lefquelles ce prélat remplit fon miniftere, & s'eft conduit dans les temps les plus critiques.

30 *Août*. La conteftation qu'éleve le fei gneur contre les habitants de Salency, roule fur l'élection de la rofiere. Suivant Me. *la Croix*, voici comme elle doit fe faire. Un mois avant le jour de la cérémonie qui eft celui de Saint-Médard, ces habitants s'affemblent pour nommer, en préfence des officiers de la juftice, trois filles dignes de la rofe, & vont enfuite les pré-

fenter

-enter au seigneur qui choisit celle des trois
qu'il lui plaît de faire couronner. Le dimanche
suivant, le curé annonce à ses paroissiens quelle
est la fille qui a été nommée *la Rosiere*. Dans
cet intervalle ceux qui auroient à déposer contre
cette élection peuvent le faire, d'autant qu'il
ne suffit pas que la Rosiere soit la plus modeste,
la plus attachée à ses devoirs, la plus respectueuse envers ses parents, & la plus douce avec
ses compagnes ; il faut encore que la famille
soit sans reproche.

Le jour de la fête, *la Rosiere* est conduite à
l'église par le seigneur, & y reçoit des mains
de l'officiant le chapeau de rose, garni d'un
large ruban bleu à bouts flottants, & orné d'un
anneau d'argent, depuis que *Louis XIII* daigna,
à la prière de M. de *Belloy*, seigneur de Salency,
faire donner à la Rosiere la couronne en son
nom, sa majesté y joignit ces derniers attributs,
qu'elle fit apporter par le marquis de *Gordes*,
son premier capitaine des gardes. Le curé fait
un discours, & après l'office la Rosiere est
conduite sur une piece de terre, où les vassaux
lui offrent des présents champêtres.

En 1766, M. *le Pelletier de Morfontaine*, intendant de Soissons, ayant passé par Salency,
fut invité de donner le chapeau à la Rosiere ;
il remplit cet emploi, & la dota de quarante écus
de rentes, reversibles après la mort de celle-ci
en faveur de toutes les Rosieres, qui en jouiront
chacune pendant une année.

En 1773, le sieur *Danré*, voulant exclure les
habitants du droit de nommer les trois filles
dignes de la rose, & de les lui présenter, trouva
un syndic assez vil pour entrer dans ses vues ;

il refuſa la convocation de l'aſſemblée, & le
ſeigneur profitant de cette inaction, s'arroge
le droit de nommer la Roſiere de ſon chef; il
fit placer des cavaliers de maréchauſſée à la porte
de la chapelle de Saint-Médard, qui en inter-
dirent l'entrée, & priverent les ſpectateurs de la
vue de la cérémonie.

Les habitants ont réclamé contre l'uſurpation
du ſeigneur, qui a perdu au bailliage de Chau-
ny. Le 19 mai dernier, le ſeigneur a interjeté
appel de la ſentence, & par une vilenie affreuſe,
prétend que la dépenſe du chapeau de roſe, du
ruban & de la bague d'argent, doit être priſe
ſur les 25 livres dues par le ſeigneur. Il ne veut
pas que ce ſoit l'officiant qui mette le chapeau
ſur la tête de la Roſiere, & s'arroge auſſi cette
fonction ; enfin, il ſoutient que la Roſiere ne
peut être conduite que par celui qu'il nommera
à ſa place.

31 *Aout.* M. *Colardeau* avoit fait inſérer dans
le *Mercure* d'août, dans les feuilles de *Freron*
& autres ouvrages périodiques, le déſaveu d'un
libelle manuſcrit qui couroit dans les ſociétés
& qu'on lui attribuoit. Cette démarche a ré-
veillé la curioſité des amateurs, dont le grand
nombre ignoroit abſolument ce dont il s'agiſſoit. On a découvert que c'étoit une ſatire en
vers contre une Dlle. *Verriere*, fameuſe & antique courtiſane, avec laquelle ce poëte a vécu.
Mais on a été confirmé dans la certitude que
l'ouvrage étoit de lui. On y reconnoît abſolument ſa touche. On croit qu'impatient de voir
percer un pareil ouvrage dans le public, & voulant le faire rechercher, il a pris cette tournure
uſitée depuis long-temps par M. de *Voltaire*, &

que ce philosophe met encore tous les jours en pratique. La charlatanerie est devenue fort à la mode dans notre monde littéraire.

1 *Septembre* 1774. Le cadre dans lequel M. *Colardeau* a enchâssé sa satire contre Mlle. *Verriere*, est d'une tournure piquante. Il suppose que cette courtisane, déjà vieille en effet, a eu un songe qui l'effraie, qu'elle a prévu par anticipation l'état d'abandon, de décrépitude, de laideur où l'âge l'a réduite ; que pour prévenir cette époque fatale, elle veut se retirer au couvent : en conséquence, il lui fait écrire à l'abbesse de Saint-Cyr pour lui demander de la recevoir parmi ses ouailles, & à cette occasion elle fait une confession générale de sa vie, où l'épisode de ses amours, de ses infidélités, de ses perfidies envers le sieur *Colardeau* n'est point oublié. Dans cet ouvrage, quoique long, il y a beaucoup d'anecdotes indiquées, de très-beaux vers, des morceaux de poésie & de sentiment, qui le rendent recommandable & fort recherché ; mais il faudroit des notes qui, en éclaircissant certains passages, les rendroient plus intéressants.

4 *Septembre*. Les directeurs du collée continuent à laisser leurs créanciers dans un état de souffrance : on permet à ceux-ci de se venger sur la chose, c'est-à-dire, de demander de temps en temps des représentations extraordinaires à leur profit. On cherche par toutes sortes d'affiches insidieuses, à séduire le public, qui, toujours attrapé, y retourne toujours par oisiveté, & dans l'espoir de voir quelque chose de mieux.

5 *Septembre*. L'exposition de l'académie de Saint-Luc attire beaucoup de spectateurs, qui la

rouvent curieufe à bien des égards : il y a peu
de tableaux d'histoire ; mais dans les tableaux
de genre & dans le portrait très-multipliés, on
rencontre des morceaux eftimables : la fculpture
eft ce qu'il y a de mieux, ainfi qu'au falon dernier ; M. *Sigisbert Michel*, ancien fculpteur du
roi de Pruffe, s'y diftingue fur-tout par l'abondance, la variété & le goût de fes productions.
Son temple des graces, modele fait pour fervir
de milieu à un fur-tout, eft une des chofes les
plus agréables qu'on puiffe voir.

7 Septembre. Monfieur a toujours paffé pour un
prince très-inftruit, ami des arts & des lettres.
Lorfqu'on agitoit quelque queftion devant le
dauphin, aujourd'hui *Louis XVI*, & qu'on ne
pouvoit la réfoudre, il difoit : Il faut demander
cela à mon frere de Provence. Son alteffe royale
juftifie aujourd'hui cette bonne opinion. On cite
un impromptu en vers attribué à ce prince. Il
fait honneur à la facilité & aux graces de fon
efprit, fur-tout fi c'eft le fruit en effet d'un
premier moment de veine.

Monfieur avoit caffé un éventail à la reine ;
il veut réparer ce petit tort envers fa majefté ; il
lui en envoie un autre avec les vers fuivants :

Doux inftrument de vos plaifirs,
Heureux d'amufer vos loifirs,
Au temps des chaleurs trop extrêmes,
De pouvoir près de vous ramener les zéphirs ;
Les Amours y viendront d'eux-mêmes.

10 Septembre. Voici une autre leçon des v...

attribués à *Monfieur* ; elle paroît la véritable :
c'eft toujours l'éventail qu'on fait parler :

> Au milieu des chaleurs extrêmes,
> Heureux d'amufer vos loifirs,
> J'aurai foin près de vous d'amener les zéphirs ;
> Les Amours y viendront d'eux-mêmes.

11 *Septembre.* Le Béarn éprouve depuis quelques années périodiquement une épidémie dans
fes bêtes à cornes, contre laquelle on n'a pu
trouver encore aucun remede efficace ; on efpere
que M. *Turgot*, aujourd'hui contrôleur-général
& chargé de cette partie, dont les vues ont été
toujours fpécialement dirigées vers l'adminiftration économique, & renommé pour des
expériences en tout genre d'utilité patriotique,
viendra au fecours de cette province, & enga-
gera des médecins habiles à chercher la caufe
de cette dévaftation, pour y mieux appliquer le
fpécifique.

13 *Septembre.* M. *Necker*, dont la maifon eft
renommée comme bureau de bel efprit, qui
accueille fort bien le fieur de la Harpe, & a
une haute opinion de fes talents, avoit engagé
celui-ci à compofer pour le prix de Marfeille,
dont l'académie avoit propofé pour fujet, *l'éloge
de la Fontaine*. M. de *la Harpe* s'en étoit défendu en faifant entendre qu'il regardoit ce prix
comme trop modique. Sur quoi fon protecteur
l'avoit plus fortement excité, en lui pronofti-
quant avec confiance qu'il fe trouveroit quelque
Mécene généreux qui le groffiroit. En effet, on
a fu depuis qu'un anonyme avoit prié l'académie

en queftion d'accepter une fomme de 2000 liv.
à joindre au prix. Cet anonyme étoit M. *Necker*,
qui a profité du crédit que lui devoit donner fa
magnificence pour folliciter fortement les juges
en faveur de M. de *la Harpe* ; mais leur équité
ne leur a pas permis de dégrader à ce point
leur jugement. C'eft M. de *Chamfort* qui a eu
le prix , & a empoché les 2000 livres ; ce qui
mortifie étrangement l'amour-propre du premier.

14 *Septembre*. On ne fauroit croire l'importance qu'on a mife au vers de la piece du fieur
Dorat, déjà changé tant de fois, & qui, le
famedi 27 août , avoit été rétabli dans le vrai
texte : depuis il a encore été altéré, fur les
plaintes fans doute du nouveau tribunal , &
lorfqu'on a férieufement fongé à arrêter la fermentation trop grande qu'excitoit la nouvelle
de l'exil du chancelier.

16 *Septembre*. Le madrigal fur l'éventail qu'on
a attribué à *Monfieur* , a bien été envoyé par ce
prince à la reine avec un éventail ; mais les vers
font du fieur *le Mierre*. On les dit même imprimés : fon alteffe royale n'y a d'autre part que
de les avoir adoptés & appliqués à la circonftance. Ce choix fait toujours honneur à fon
goût.

17 *Septembre*. Ce qui a déterminé le roi à reconnoître l'abbé de *Bourbon*, c'eft l'adreffe qu'a eue
madame de *Caveinac* (ci-devant Mlle. *Romans*)
d'envoyer à fa majefté l'extrait baptiftaire de
fon fils, baptifé fous le nom du feu roi , avec
la lettre y jointe , par laquelle ce monarque
promet à la mere d'avoir foin de l'enfant comme
le fien , & de le reconnoître. C'eft cet écrit qui

a occafionné les perfécutions fufcitées à la
mere, & qu'on vouloit retirer. Celle-ci l'a
toujours regardé comme fon patrimoine le plus
précieux ; elle a élevé fon fils en conféquence ;
elle le mettoit toujours dans le fond de fon
carroffe ; elle fe tenoit fur le devant ; elle l'appelloit monfeigneur, & fembloit fe regarder
plutôt comme fa nourrice, que comme fa mere.
La grande école qu'a fait Mlle. *Romans*, ç'a été
de fe marier. Il eft à noter qu'elle a nourri elle-
même fon fils.

17 *Septembre*. De l'*Encyclopédie*. Tel eft le
titre d'une légere brochure en fix pages attribuée encore à M. de *Voltaire*. L'honneur que
la fecte lui a fait de le choifir pour fon cory-
phée, l'oblige d'en prendre la défenfe. Auffi
ce pamphlet roule-t-il fur l'énorme dictionnaire
en queftion, dont il fait l'éloge, & fuftige les
détracteurs.

18 *Septembre*. Quelques idées bizarres caractérifent principalement les ouvrages que le
fieur *Montpetit* a expofés au falon de Saint-Luc.
Dans l'un eft un bouquet négligemment entre-
mêlé de lauriers, de lys, d'immortelles ; du
milieu defquels s'éleve une rofe, où eft enchâffé
le portrait de la reine. Dans l'autre du même
genre, fe voient enchâffés les portraits de
Henri IV, de M. le duc, de madame la ducheffe de *Chartres* & de M. le duc de *Valois*.
Son portrait de madame *Louife* en habit de car-
mélite préfente d'autres fingularités : elle tient
en main le portrait du roi fon pere, & paroît
méditer deffus ; fentiment filial, fans doute
très-refpectable : mais une religieufe entourée
de tous les inftruments de la pénitence, fur-

tout ayant un crucifix à côté d'elle, femble
devoir s'occuper principalement de ces exercices
afcétiques : à fes pieds eft, d'une part, un manteau royal furmonté d'une couronne ; attribut
faux, puifqu'en France la fille d'un roi ne peut
afpirer à la royauté : de l'autre eft un char avec
un collier de perles, petite image, & qui exprime
trop légérement, d'un autre côté, les grands
facrifices de cette princeffe.

19 *Septembre.* Une brochure *in-8°.* de quatre-
vingts pages d'impreffion, ayant pour titre le
Partage de la Pologne, perce dans ce pays-ci, &
occupe les politiques. Ce font fept dialogues en
forme de drames, dans lefquels on fait parler
les princes intéreffés conformément à leurs principes & à la conduite qu'ils tiennent en Pologne, avec quelques interlocuteurs fubalternes.
Cette converfation entre des perfonnages auffi
diftingués, pouvoit être très-piquante, fi elle
eût été maniée par un homme d'efprit qui eût
la légéreté françoife. Mais les plaifanteries en
font dans le goût allemand, c'eft-à-dire, lour-
des. Cet écrit a été imprimé à Londres, & fe
reffent de la liberté angloife. Les puiffances y
font peu refpectées, & le roi de France y joue
un pietre rôle.

21 *Septembre.* La plaifanterie du vieillard de
Ferney contre l'évêque de Senez, eft dans le
genre de toutes celles qu'il fait depuis quelque
temps, c'eft-à-dire, fouvent injufte & amere.
Il reproche au prélat de fe citer, d'employer
des comparaifons qui ne font pas exactes dans
tous leurs points ; de parler trop durement des
défauts du feu roi ; de s'être expliqué trop
ouvertement en faveur des jéfuites : il va jufqu'à

lui faire un crime d'approuver les coups d'autorité frappés sur le parlement, & de lui supposer des torts : & c'est M. de *Voltaire* qui dit
cela ; il trouve aussi très-mauvais qu'il injurie
notre siecle, le meilleur des siecles, le plus
rempli d'exemples de grandeur d'ame. On voit
que par une réticence adroite, il cherche à
faire sa cour au saint du jour, au comte de
Maurepas, & à réparer son ingratitude envers
le duc de *Choiseul*, qu'il désigne aussi indirectement, & dont il vante la fermeté dans sa
disgrace. Rien de plus-puéril que ce pamphlet,
où l'on découvre cependant l'adresse ordinaire
du philosophe à saisir l'à-propos, & à se prévaloir de tout ce qui peut le soutenir auprès
des grands. Depuis long-temps il suit la maxime
d'Horace : *Principibus placuisse viris, non ultima
laus est.*

22 *Septembre.* M. l'abbé *Terrai*, disgracié
comme M. de *Maupeou*, & non moins que ce
chancelier l'exécration du public, est aussi chan-
sonné par un vaudeville assez plat, & digne de
la canaille qui le chante. Pour mieux associer
ces deux personnages, on a mis le couplet concernant le dernier sur le même air que celui
relatif au premier : il ne mériteroit pas plus
d'être conservé, s'il ne servoit à constater la
filiation des anecdotes du jour :

> Chacun le pense, le pense,
>
> L'abbé *Terrai* est en transe,
>
> L'abbé *Terrai* est aux abois :
>
> Chacun le pense, le pense,

Il ne peut plus en France
Piller comme autrefois.
Chacun le pen.... le pen.... fe.
L'abbé *Terrai* est en transe, &c.

24 *Septembre*. On fait que l'archevêque de
Cambray, frere du duc de *Choifeul*, vient de
paffer fubitement en revenant des eaux. Ce prélat,
peu digne d'être regretté, est un fcandale de
moins pour le monde & pour l'églife ; en outre
il meurt en digne prélat, c'est-à-dire, banque-
routier d'une fomme affez forte. On en parloit
derniérement devant le roi, & l'on s'en étonnoit
d'autant plus qu'il étoit fort riche. *Oui, mais,*
s'écria fa majefté, *tout ce qui est Choifeul, est*
mangeur. Réflexion qui fait baiffer les actions
du miniftre, & ne femble pas préfager fon retour à la faveur, comme s'en flattoient & l'annonçoient fes partifans.

25 *Septembre*. Le fieur *le Kain*, dont le retour
fait toujours époque au théâtre françois, & y
attire un monde prodigieux, a reparu, pour la
première fois, famedi dernier, dans l'*Orphelin*
de la Chine. Cet acteur admirable continue à
exciter la plus vive fenfation au moyen de fon
attention à ne fe montrer que rarement & dans
de certains temps ; ce qui est très-abufif.

26 *Septembre*. Les lapins font une engeance
qui pullule prodigieufement, & dévafte les campagnes de la maniere la plus cruelle. Les cantons
des princes, gardés pour la chaffe, comme l'on
fait, avec une exactitude rigoureufe, font par-là
très-incommodes pour les voifins qui ne peuvent
exterminer ce fléau. Sur les repréfentations faites

par le sieur *Michel*, dans le conseil du prince de *Condé*, son altesse sérénissime a donné l'ordre qu'on détruisît tous les lapins de ses domaines : bel exemple d'humanité & de bienfaisance à suivre par les autres princes : d'ailleurs le sieur *Michel* a travaillé en cela pour le prince même, puisque ses propres domaines étoient ainsi devenus d'un revenu presque nul en certaines parties. Les dains, dont la dent ronge & flétrit les bois, est encore une autre espece de gibier très-malfaisante.

28 *Septembre*. On travaille, ainsi qu'on l'a rapporté, à la destruction des lapins sur les terres du prince de *Condé*. Suivant le calcul de M. *Michel*, cet animal qu'on vend tout au plus douze à quinze sous, avant d'être mangé revient au moins à un louis.

1 *Octobre* 1774. *Voyage d'une Françoise à Londres*, ou *la Calomnie détruite par la vérité des faits* : tel est le titre d'une brochure venue de Londres qui, sous cette annonce piquante, ne contient qu'un bavardage de femme très-long & très-insipide. Cette Françoise est madame de *Godeville*, dont on avoit annoncé depuis long-temps les *Mémoires* ; on les attendoit avec impatience, comptant y rencontrer des anecdotes curieuses, & du moins beaucoup d'esprit. On est tout surpris, quand on a lu cette rapsodie de se trouver la tête, le cœur & la mémoire également vuides. Tout ce qui en résulte, c'est que l'héroïne est sortie de France pour se soustraire aux poursuites de ses créanciers, & qu'en ayant fait de nouveaux à Londres, elle quitte ce pays-là encore pour la même raison : du reste, aucuns détails sur les libelles qu'on l'accusoit

d'avoir compofés, fur les liaifons avec les li-
belliftes, fur les exempts envoyés, &c. Il y a
quelque facilité dans le ftyle, quelque tournure
heureufe ; du refte, rien, mais rien du tout,
c'eft une véritable attrape.

1 *Octobre*. Un bon mot du comte d'*Aranda*,
mérite, quoiqu'ancien, d'être recueilli, d'autant
qu'il eft peu connu, & ne fe cite que dans le moment. Il remonte à la fin d'août, où le chancelier & l'abbé *Terrai* ont été difgraciés : quelqu'un difoit devant ce feigneur, *voilà une belle*
Saint Barthelemy de Miniftres, par illufion au
jour de *Saint Barthelemy*, que leur a été fignifiée la lettre de cachet : *oui*, répondit en fou-
riant malignement la flegmatique excellence,
ce n'eft pas le maffacre des innocents.

2 *Octobre*. Les comédiens italiens ont donné
hier la premiere repréfentation d'une piece nouvelle intitulée : *le Retour de tendreffe*, en un
acte & en vers, mêlée d'ariettes. Quant au drame, c'eft moins que rien ; il roule fur des
tracafferies domeftiques d'une efpece très-com-
mune. La mufique a eu quelque fuccès : elle eft
du fieur *Mero*, organifte. A la fin on a demandé l'auteur ; un acteur a dit que celui des
paroles étoit feu *Poinfinet* ; enfuite celui de la
mufique s'eft montré, & par gefte de modeftie, a paru renvoyer à l'orcheftre les applaudiffements dont on le combloit ; ce qui lui en
a valu de nouveaux.

2 *Octobre*. M. l'évêque de Vannes, frere de
M. *Bertin* le miniftre, vient de mourir. On a
trouvé chez ce prélat une grande quantité d'or ;
mais en même temps il a laiffé un teftament,
contenant beaucoup de legs & de fondations

qui font honneur à sa piété & à son humanité: c'étoit un prélat très-attaché aux jésuites ;
il leur devoit son élévation, & en avoit conservé une grande reconnoissance.

3 *Octobre*. Les François annoncent une comédie nouvelle en cinq actes, en prose, imi-
tée de l'Allemand. Elle a pour titre *les Amants*
généreux. Elle est de M. *Rochon de Chabannes*,
qui, après s'être fait connoître par plusieurs
petites pieces restées au théâtre, s'étoit jeté
dans la politique, avoit passé plusieurs années
à Dresde, chargé des affaires du roi ; & revient
aujourd'hui aux muses qu'il n'avoit jamais quit-
tées qu'à regret.

4 *Octobre*. Un courier arrivé de Rome avant-
hier, a apporté la nouvelle de la mort du Pape.
Depuis quelque temps, sa sainteté éprouvoit
des accidents qui indiquoient un grand délabre-
ment dans la machine ; elle avoit des ulceres
aux jambes, qui lui avoient fait annoncer à son
exaltation, qu'elle n'avoit pas plus de six ans
à vivre : la pierre lui étoit survenue, & l'on
prétend que le frere *Côme* devoit partir pour
aller tailler le saint Pere. Malgré toutes ces
causes connues de mort, ou du moins que font
connoître les partisans des jésuites, des jansénistes charitables assurent que ces derniers ont
accéléré les jours du pontife.

Si les prétentions du cardinal de *Bernis* pouvoient se réaliser, ce seroit dans ce moment-
ci, où devenu noble Vénitien, il ne semble
plus susceptible d'exclusion, & où il pourroit
réunir le vœu du plus grand nombre des cours
pour son exaltation au trône pontifical ; les
gens de lettres, les philosophes le désirent ;

mais les plus fins politiques ne regardent cette
belle spéculation que comme une chimere. Il
seroit trop plaisant de voir l'auteur de *l'Acte
d'Anacréon*, & d'autres poésies galantes, nous
donner des *agnus* & des bénédictions.

5 *Octobre*. Quoique *le Retour de tendresse* ne
roule effectivement que sur une pure tracasserie
de ménage, il y a cependant quelque art dans
la maniere dont l'intrigue est soutenue & conduite jusqu'au bout, le fond semblant ne pouvoir y fournir. Un mari & une femme ouvrent
la scene d'abord pour marier leur fille à un
amoureux qui lui convient, ainsi qu'à tout le
monde; on est d'accord, lorsque peu-à-peu l'ai-
greur se met entre les deux époux à raison de
l'autorité que chacun voudroit avoir, & il en
résulte une brouillerie complete qui, poussée
à l'extrême, s'affoiblit à son tour, & laisse le
temps de renaître aux vrais sentiments que les
deux époux ont l'un pour l'autre. Cette image
naturelle de ce qui se passe tous les jours dans la
vie, a un point de vue très-philosophique. La
musique est pittoresque & brillante en beaucoup
d'endroits. Le rôle de *Nainville*, faisant le père,
est sur-tout d'une grande énergie pour les effets
de l'harmonie & donne lieu à cet acteur de déployer son organe beau & volumineux.

6 *Octobre*. On avoit mis sur les almanachs une
imposition médiocre, mais qui étoit fort gê-
nante pour les auteurs & les libraires. Sur les
représentations de M. *le Noir*, M. le garde-des-
sceaux vient de la supprimer. Ce lieutenant de
police commence ainsi à déployer sa bonne volonté pour les gens de lettres, & l'on espere
qu'il étendra sa protection à des objets plus
essentiels.

7 Octobre. On a parlé du discours de monsieur *Gresset* à l'académie, & de l'étrange sensation qu'y avoit causé cet orateur qu'on n'avoit pas vu depuis quinze ans à Paris. On sait que certains membres de la secte encyclopédique avoient réunis leurs efforts pour l'empêcher de faire imprimer son discours. Il se plaint aujourd'hui lui-même de cette impression, & il en fait faire une autre à Amiens où il est de retour. Ce discours doit être précédé d'une lettre, en date du 10 septembre, à M. * * *, où il rend compte de son ouvrage, de ce qui s'est passé le jour qu'il l'a prononcé, & des raisons qui l'engagent à en publier une seconde édition. On voit que non-seulement il ne se repent pas de l'avoir fait, mais qu'il y a ajouté plus de choses, & lui donne un supplément par cette lettre, roulant principalement sur la même matiere. Il y a joint des vers qui contiennent une critique surabondante du persifflage, du néologisme, & d'autres ridicules du langage moderne. Il faut convenir que le tout est bien inférieur aux poésies de cet auteur dans son printemps.

8 Octobre. Ces jours derniers, le roi est allé passer cinq jours à Choisy. M. le Duc d'*Aumont*, gentilhomme de la chambre de service, lui a demandé, suivant l'étiquette, quels seigneurs sa majesté désiroit nommer pour être du voyage ? « Mettez sur la liste ceux qu'il vous plaira, » a répondu le monarque : « tous me sont égaux, » pourvu qu'ils soient au-dessus de trente ans ; » je suis las de voir de jeunes gens. » Ce qui annonce une singuliere maturité de raison dans un prince qui n'a que vingt ans lui-même.

8 *Octobre*. Il n'est point de moyens que n'invente la cupidité pour s'assouvir. Depuis quelque temps il s'étoit établi plusieurs tripots où l'on jouoit *la Belle*, nouveau jeu très-propre à excroquer les dupes : par les calculs faits & démontrés, les seuls gains du banquier devoient en être énormes. Cette *Belle* vient, par cette raison d'être défendue dans toutes les maisons de jeu. C'est un des premiers actes de police de M. le Noir. Mais il est bien à craindre que des créatures protégées n'éludent encore sa vigilance & son zele.

10 *Octobre*. Quoiqu'il n'y ait pas encore de spectacles à la cour, à cause du deuil, leurs majestés semblent n'en avoir pas perdu le goût. Elles ont établi une regle qui annonce combien elles veillent à cette partie des plaisirs publics. Il est ordonné aux comédiens d'envoyer chaque semaine à la cour le répertoire des pieces qu'ils se proposent de jouer dans cet espace de temps. On présume que, lorsque le temps le permettra, la reine viendra souvent au spectacle *incognito*, c'est-à-dire sans cérémonial.

11 *Octobre*. Les filles du haut style de cette capitale sont très-partagées sur le genre de leurs plaisirs, & se divisent en deux sectes. Mlle. *Arnoux* est à la tête de l'une, & Mlle. *Raucourt* est à la tête de l'autre. On sait le goût que celle-ci a introduit. Ce vice est ancien sans doute, mais restoit enveloppé jusqu'à présent des ombres du mystere. Celles qui en étoient infectées, le cachoient avec soin, du moins n'osoient l'avouer. Mlle. *Raucourt* a encore raffiné; elle admet des hommes à sa couche, & par une imagination qui lui concilie le sexe mâle,

le plus oppofé aux femmes, elle ne tolere que
l'introduction qu'aime celui-ci. C'eft cet accord
que profcrit Mlle. *Arnoux*, elle veut qu'on foit
putain ou tribade parfaitement, & qu'on ne
faffe aucune treve avec les non-conformiftes.
Le marquis de *Villette*, très-renommé entre
ceux-ci, a trouvé l'expédient de l'actrice françoife délicieux ; il s'eft réuni à elle, & tous
deux prêchent la nouvelle doctrine, avec un
zele qui fait quantité de profélytes. Les partifans
de la chanteufe fe font raffemblés de leur côté,
hommes & femmes : il s'en eft fuivi un fchifme
ouvert entre les deux fectes ; de-là des vers,
des épigrammes, &c. ce qui amufe finguliérement les couliffes & la multitude de gens frivoles pour qui ces querelles font des objets
très-importants.

12 *Octobre*. Le marquis de *Poyanne*, commandant en fecond les carabiniers, ayant une
maifon de plaifance appellée *Petit-bourg*, fur
la route de Fontainebleau, a imaginé d'y faire
camper fon régiment, & d'en propofer la revue
à *Monfieur*, qui le commande en chef, comme l'on fait, ainfi que fa majefté, lors de leur
paffage pour le voyage ordinaire d'automne :
en forte qu'il y a eu plufieurs fêtes à ce fujet. La
revue du roi s'eft paffé fur-tout avec un concours de monde prodigieux : *Monfieur* a commandé le corps avec beaucoup de jufteffe, de
grace & de nobleffe. Il a fait faire les évolutions & les manœuvres, foit à pied, foit à cheval, d'une maniere à recevoir les applaudiffements
de tous les connoiffeurs. Sa majefté a dîné enfuite chez M. *Poyanne*. Mais c'eft *Monfieur* qui
a fait les frais du repas ; le roi ne mangeant chez

personne par étiquette. Ce spectacle avoit attiré
beaucoup de gens de Paris.

16 *Octobre*. Le bruit assez vague jusqu'à présent de l'empoisonnement du pape, se soutient & acquiert plus de créance. Il paroît que
sa sainteté n'avoit ni la pierre, ni les ulceres
aux jambes dont on a parlé. Il n'est nullement
question de ces accidents dans les lettres dé-
taillées, venues de Rome, & l'on a remarqué
même que c'étoient des jésuites ou leur partisans qui semoient ces bruits : on assure
encore que la maladie du pontife a été très-
violente, qu'il est mort dans des douleurs
aiguës & tellement enragé, que dans son
désespoir, ne se souciant plus de rien, il n'a
pas même voulu nommer des cardinaux *in
petto*, qu'il avoit réservés. On ajoute que le
cardinal de *Bernis* ayant désiré visiter le sou-
verain pontife dans ces derniers moments,
avoit été forcé de parler haut, & avoit trouvé le pape agonisant entre les bras de ses ennemis.

On s'apperçoit déjà combien étoit chimé-
rique le projet du cardinal de *Bernis* de devenir pape, d'autant que la faction françoise
dans le conclave sera très-foible, puisque
tous nos cardinaux sont hypothéqués, hors
d'état de s'y rendre, & que le seul cardinal
de *Luynes* pourra entreprendre le voyage.
D'ailleurs, l'exemple de *Ganganelli*, l'effraie &
il craint, dit-on, le boucon : il aime mieux
vivre en particulier avec sa maîtresse dans une
douce quiétude, que de se voir environné sur
la chaire de Saint-Pierre, de soupçons & d'a-
larmes.

17 *Octobre.* Le fieur *Pankoucke,* libraire très-
vide, avoit établi un *Journal de politique,*
commencé il y a environ deux ans, fous les
aufpices du duc d'*Aiguillon*: il fe flattoit de
faire tomber celui de Bouillon, ce qui n'a
pas réuffi. Il avoit travefti un autre ouvrage
périodique, intitulé l'*Avant-coureur* fous le nouveau titre de *Gazette de littérature,* & cette
métamorphofe exécutée depuis peu n'a pas eu
plus de fuccès. Il fait une troifieme refonte
aujourd'hui & réunit enfemble ces deux ouvrages
périodiques fous la dénomination de *Journal
de politique & de littérature.* C'eft le 25 de ce mois
que l'ouvrage commencera, & c'eft Me. *Lin-*
quet qui doit principalement tenir la plume.
On annonce avec affectation ce journalifte dans
l'efpoir qu'il attirera des foufcripteurs: on en
conclut plus douloureufement pour lui qu'il fe
regarde comme anéanti au bureau, & qu'il
n'a pas plus d'efpoir d'y reparoître fous l'ancien parlement que fous le nouveau, par le
fecret qu'il a eu de fe brouiller avec tous les
partis.

17 *Octobre.* L'opéra fe difpofe à donner après
Orphée & Euricide, un opéra nouveau du fieur
Floquet.

19 *Octobre.* Il eft queftion de régénérer le
Journal étranger, que l'abbé *Arnaud,* après avoir
transformé en *Gazette de littérature,* avoit abfolument anéanti. C'eft aujourd'hui le fieur *Mathon*
de la Cour qui en a le privilege, & la demoifelle *Matné de Morville,* fameufe par fa connoiffance de différentes langues, a l'entreprife.
Le journal doit reprendre au mois de janvier
1775.

21 *Octobre*. On peut fe rappeller *les princ...* *du droit public* en deux gros volumes, qui o... paru entre les brochures répandues par le ... triotifme. On y trouvoit d'excellentes cho... mais quelques propofitions erronées. On a fu... primé les endroits de cette efpece, on en a d... veloppé d'autres ; on y a fait fans doute be... coup d'additions, puifqu'il fe publie aujourd'h... en *Hollande* une édition de cet ouvrage en ... volumes. Il étoit déjà d'une longueur trè...e... nuyeufe ; il eft bien à craindre qu'elle n'ai... qu'en augmentant.

23 *Octobre*. On doit fe rappeller les ordo... nances rendues en 1765 & 1772, concerna... l'artillerie. Cette derniere n'ayant pas répon... à fon attente, on a inftitué des conférenc... tenues fur cette partie par les militaires l... plus diftingués, que préfidoient les maréchau... de France. C'eft d'après leurs obfervations ... les difcuffions les plus motivées fur cet obj... important, mis par le miniftere fous les ye... du roi, que S. M. vient de figner une nouvell... ordonnance en date du 3 de ce mois, conce... nant le corps royal de l'artillerie. Elle ftatu... dans le plus grand détail fur toutes les parti... de ce fervice effentiel, & forme un code im... muable fur la compofition & le fervice ... l'artillerie. Suivant un examen réfléchi de... membres de ce corps, il paroît que le fyfte... me de M. de *Valiere* eft rejeté en très-grand... partie, & que celui de M. de *Gribeauv...* prévaut. Cette ordonnance a 149 pages in-4...

23 *Octobre*. On apprend de Rome que le con... clave eft commencé du 6 de ce mois, que les... jéfuites font des menées extraordinaires, contre...

squelles le cardinal de *Bernis* est obligé
employer toute son adresse, & que le Saint-
prit aura bien de la peine à se faire entendre
milieu de cette assemblée tumultueuse. Que
reste on n'y doute pas que le pape n'ait
empoisonné, & que son sort intimide
aucoup d'aspirants du parti contraire aux
naciens.

23 *Octobre*. Apparemment qu'on a fait regar-
à M. *Linguet* comme peu noble de s'être fait
noncer avec emphase pour être à la tête du
urnal de *politique & de littérature*. En consé-
ence dans la seconde édition, son nom est
pprimé.

Fin du vingt-septieme volume.

www.ingramcontent.com/pod-product-compliance
Lightning Source LLC
Chambersburg PA
CBHW071852020726
47502CB00003B/710